Juni 94 – Kreta

Henry Miller

VERRÜCKTE LUST

Henry Miller

VERRÜCKTE LUST

Roman

Mit einem Nachwort von Mary Dearborn

Aus dem Amerikanischen
von Dirk van Gunsteren

Goldmann Verlag

Die amerikanische Originalausgabe erschien 1991
unter dem Titel »Crazy Cock«
bei Grove Weidenfeld, New York

Dieses Buch und der Schutzumschlag
wurden auf chlorfrei gebleichtem Papier gedruckt.
Die Einschrumpffolie (zum Schutz vor Verschmutzung)
ist aus umweltfreundlicher und recyclingfähiger PE-Folie.

Der Goldmann Verlag
ist ein Unternehmen der Verlagsgruppe Bertelsmann

1. Auflage

Satz: IBV Satz- und Datentechnik GmbH, Berlin
Druck: Presse-Druck Augsburg · Printed in Germany
ISBN 3-442-30449-0

Vorbemerkung des Herausgebers

Die Veröffentlichung eines postumen Werkes stellt den Herausgeber naturgemäß vor besondere Probleme, und der Leser hat ein Recht zu erfahren, ob, und wenn ja, welche Änderungen vorgenommen worden sind. Wir haben uns gewissenhaft bemüht, den vorliegenden Roman so unverändert wie möglich zu präsentieren. Korrekturen erfolgten lediglich bei orthographischen Fehlern, offenbaren Widersprüchen und sprachlichen Unstimmigkeiten, die ohne Hinzufügungen bereinigt werden konnten. Von diesen kleinen Ausnahmen abgesehen, folgt die Erstveröffentlichung von Henry Millers drittem Roman genau seinem Manuskript.

Vorbemerkung des Autors

Ich entschuldige mich bei Michael Fraenkel.

Vorwort

Adieu Roman,
Adieu geistige und körperliche Gesundheit.
Willkommen, ihr Engel!

ERSTER TEIL

1

Ein entlegener, verlassener Winkel Amerikas. Endlose Schlammflächen, auf denen keine Blume, keine Pflanze wächst. Risse ziehen sich in alle Richtungen und verlieren sich in der gewaltigen Weite des Raums.

In ihren schweren rindledernen Stiefeln und mit einem dicken, messingbeschlagenen Gürtel um die Hüften steht sie auf dem Bahnsteig und zieht nervös an ihrer Zigarette. Das lange, schwarze Haar liegt wie ein Gewicht auf ihren Schultern. Der Pfiff gellt, die Räder nehmen ihr glattes, schicksalhaftes Rollen wieder auf. Die Erde gleitet auf einem endlosen Förderband davon.

Unter ihr eine graue Ödnis, erstickt von Staub und Beifuß. Riesig, gewaltig, eine endlose Weite, nirgends eine Menschenseele. Ein Eldorado mit einer Bevölkerungsdichte von weniger als einem Einwohner pro Quadratkilometer. Von den schneebedeckten Bergen, die den Himmel auf ihren Schultern tragen, weht ein starker Wind hinunter in die Ebene. Mit der Abenddämmerung fällt das Thermometer wie ein Bleigewicht. Hier und da mit Kreosotbüschen getüpfelte spitze Hügel und Tafelberge. Friedvoll stille Erde unter dem stöhnenden Wind.

»So wie ich bin und immer sein werde, spüre ich, daß ich eine Kraft bin, die erschafft und zerstört; jemand, der einen echten Wert besitzt und einen rechtmäßigen Platz und eine Mission unter den Menschen hat.«

Sie rutschte träge auf ihrem Sitz hin und her. Eher das Gefühl der Bewegung als die Bewegung selbst. Entspannt und ruhig sank ihr Körper tiefer in die Polsterung des Sitzes. *So wie ich bin...* Die Worte schienen aus dem Meer der Buchstaben aufzutauchen und, umgeben von einem farblosen Nebel, in ihrer stummen Vision zu treiben. Gab es etwas hinter dem Schleier der Sprache, die uns mitteilt, daß...? Sie konnte nicht einmal für sich selbst formulieren, welche Aussage in dieser Welle von Worten steckte, die in diesem Augenblick die verborgenen Winkel ihres Ichs erhellten.

Nach einer Weile verliefen die Worte in dem See ihres inneren Auges; sie verschwanden wie das Ektoplasma, das angeblich aus den Körpern von Besessenen aufsteigt.

»Wer bin ich?« murmelte sie. »*Was* bin ich?«

Und plötzlich fiel ihr wieder ein, daß sie eine Welt hinter sich ließ. Das Buch entglitt ihren Händen. Sie war wieder auf dem Friedhof hinter dem Ranchhaus und umarmte Bäume; sie ritt nackt auf einem weißen Hengst zum zugefrorenen See; Täler wurden vom Sonnenschein erstickt, die Erde war fruchtbar und brachte stöhnend Früchte und Blumen hervor.

Erst nach dem Auftauchen der Krupanowa hatte sie den Namen Vanya gewählt. Davor war sie Miriam gewesen, und als Miriam hatte man eine rücksichtsvolle, zurückhaltende Frau zu sein.

Die Krupanowa war Bildhauerin. Daß sie auch noch andere Fähigkeiten besaß – Fähigkeiten, die nicht so leicht einzuordnen waren –, mußte man ebenfalls zugestehen. Der Zusammenstoß mit einem Stern dieser Größe schleuderte Vanya aus ihrer engen Kreisbahn; während sie vorher als Nebel, als Kometenschweif sozusagen, existiert hatte, wurde sie nun zu einer Sonne, deren innere Gashülle, genährt von einer unerschöpflichen Energie, erglühte. Ihr Schaffen war erfüllt von einem wollüstigen Eifer. Mit Bister und getrocknetem Blut, mit Grünspan und grellen Gelbtönen blieb sie den Rhythmen und Formen, die ihre Visionen bevölkerten, auf der Spur. Gewaltige, orangefarbene nackte Gestalten hielten Brüste gepackt, von denen Blut und Schleim tropfte; mumiengleich bandagierte Odalisken und Apostel, die nicht einmal Christus gesehen hatte, zeigten ihre Wunden, ihre schwärenden Glieder, ihre aufgedunsenen Lüste. Da gab es die heilige Sossima und die heilige Savatyi, Johannes den Krieger und Johannes den Vorboten. Ihre Madonnen umrahmte sie mit Lotosblättern, mit goldenen Fickern und Kobolden, mit einem vielfältigen Gezücht im Stadium der Entstehung. Inspiriert von Kali und Tlalu, schuf sie Göttinnen, aus deren grinsenden Schädeln Reptilien krochen, deren Topasaugen in den Himmel schauten und deren Lippen von Flüchen geschwollen waren.

Mit der Krupanowa führte sie ein eigenartiges Leben. Vom Ritual der Messe betäubt, taumelten sie zum Schlachthof und von dort weiter zum Leben der Päpste. Sie ließen die Fingerspitzen über die Haut von Idioten und Elefanten gleiten, sie photographierten Edelsteine und künstliche Blumen und Kulis mit nacktem Oberkörper; sie erforschten die pathologischen Ungeheuer der Insektenwelt und die noch pathologischeren Ungeheuer in Rom. Nachts träumten sie von den in der Moräne von Campeche begrabenen Götzenbildern und von Stieren, die aus dem Gehege stürmten, um unter Strohhüten zu sterben.

Ihr Puls ging schneller, als die ungeordnete Reihe von Gedanken ihr helles, warmes Blut mit Macht durch ihre Adern trieb. Sie sah in das Buch auf ihrem Schoß und las abermals diese Worte:

»So wie ich bin und immer sein werde, spüre ich, daß ich eine Kraft bin, die erschafft und zerstört, daß ich jemand bin, der einen echten Wert besitzt und ein Recht und einen rechtmäßigen Platz und eine Mission unter den Menschen hat.«

Plötzlich, ohne Warnung oder Vorankündigung, setzte sich in ihr ein Dynamo in Gang. Jedes Partikel ihres geschmolzenen Wesens wurde von einer bebenden Verzückung geschüttelt. Gesprenkelte Worte betäubten sie mit giftiger Lust... Sie spürte, daß in allem, ob niedrig oder erhaben, eine ungestüme, vitale Kraft steckte, eine Bedeutung und eine Schönheit, von der jedes Kunstwerk, und sei es noch so großartig, nur eine schwache Ahnung geben konnte. »Ich will leben!« murmelte sie mit wilder Leidenschaft. »Ich will leben!«

2

Tony Bring saß allein in einem möblierten Zimmer, dessen Fenster auf den Hafen gingen. Es war Mitternacht. Das bedeutete, daß er zwei Stunden oder länger in ein und demselben Kapitel gelesen hatte. Was darin stand, war sehr abstrus, eine Orgie pompöser Gelehrsamkeit. Er fühlte, daß er tiefer und tiefer sank, und einen Boden gab es nicht.

Erst vor ein paar Tagen hatte sein Freund ihm diese sogenannte Morphologie der Geschichte in die Hand gedrückt. Und jetzt, dachte er, verrottete der Körper seines Freundes still unter einem von Rosen erstickten Hügel.

Er fühlte sich bedrückt. Nicht nur, daß der Geist seines Freundes in den Seiten dieses Buches bewahrt war, nicht nur, daß die Bedeutung der Worte sein Begriffsvermögen überstieg – er konnte auch die Einsamkeit nicht mehr ertragen, die ihn überkam, wenn er dasaß und auf den Klang ihrer Schritte lauschte.

Diese Einsamkeit suchte ihn nun schon seit einigen Wochen heim, zwar nicht jede Nacht, aber immer wieder und mit einer Häufigkeit, die an seinen Nerven zerrte. Unten, wo der Hafen sich zu einem breiten, tintigen Fleck weitete, war Frieden. Die genarbte Oberfläche des Wassers verband sich mit dem Mantel der Nacht und warf einen Schleier aus flüssiger Stille über die Erde. Als er den Vorhang beiseiteschob, um hinaus in die Dunkelheit zu starren, überfiel ihn eine unerklärliche Angst. Wie zum erstenmal kam ihm der Gedanke, daß er ganz und gar allein war. »Jeder ist allein«, murmelte er, doch selbst als er es aussprach, schien es ihm, als sei er mehr allein als irgendein anderer.

Wenigstens, sagte er sich (das hatte er sich schon mehrmals gesagt), hatte er nichts Bestimmtes zu befürchten. Tatsächlich? Je angestrengter er sich das versicherte, desto überzeugter war er, daß ihn ein finsteres Unheil belauerte, dessen Gegenwart und Bedrohlichkeit in diesen zarten, schattenhaften Vorboten zum Ausdruck kam. Der Gedanke, daß diese Prüfung vielleicht bald vorbei sein würde, bot keinen großen Trost. Die Frage war vielmehr, ob sie nicht bloß ein Vorspiel zu einer endgültigen, immerwährenden Einsamkeit war. Die Anspannung, die anfangs durchaus glaubwürdige ein oder zwei Stunden gedauert hatte, erstreckte sich nun über ganz und gar unvergleichliche Zeitspannen. Wie sollte man den himmelweiten Unterschied zwischen einer und fünf Stunden des Wartens bemessen? Was sagte das Verstreichen der Zeit, das von den langsamen Bewegungen der Uhrzeiger angezeigt wurde, über Probleme dieser Art aus?

Aber es gab natürlich Erklärungen... Ja, Erklärungen gab es ohne Ende. Manchmal war die Luft blau von lauter Erklärungen. Und dennoch erklärten sie nichts. Schon die Tatsache, daß es Erklärungen gab, schrie nach einer Erklärung.

Seine Gedanken verweilten bei der Vielschichtigkeit des Lebens in einer großen Stadt – einer *herbstlichen* Stadt –, wo eine geordnete Unordnung herrschte, eine verrückte Gerechtigkeit, eine kalte Gespaltenheit, die es dem einen gestattete, friedlich vor dem Kamin zu sitzen, während nur einen Steinwurf entfernt ein anderer brutal ermordet wurde. Eine Stadt, dachte er, ist wie ein Universum – jeder Häuserblock ist ein Sternennebel, jede Wohnung ein leuchtender Stern oder ein ausgebrannter Planet. Das warme, gesellige Leben, der Rauch und die Gebete, der Lärm und die Paraden, die ganze verdammte Darbietung kreiste um einen einzigen Mittelpunkt: die Angst. Wenn man seinen Nächsten lieben konnte, mochte man imstande sein, sich selbst zu achten; wenn man glauben konnte, mochte man imstande sein, Frieden zu erlangen – aber wie, *wie* denn nur, in diesem Universum aus Backsteinen, dieser Irrenanstalt voller Egoisten, dieser Atmosphäre voller Chaos, Streit, Angst und Gewalt? Dem Bewohner der herbstlichen Stadt blieb nur die Vision der großen Hure, Mutter der Hurerei und aller Greuel auf Erden. *Und sie werden die Hure hassen und werden sie einsam machen und bloß und werden ihr Fleisch essen und werden sie mit Feuer verbrennen.* Das war die Offenbarung der seelisch Toten... das letzte Kapitel... im Buch der Bücher.

So tief war er in seine Gedanken versunken, daß er, als er den Kopf wandte und sie auf der Schwelle stehen sah, fast ohnmächtig wurde.

Unter ihrem roten Kittel war sie nackt. Er hielt sie auf Armeslänge von sich ab und betrachtete sie lange und aufmerksam.

»Warum siehst du mich so an?« keuchte sie, noch ganz außer Atem.

»Ich hab gerade daran gedacht, wie anders...«

»Willst du schon wieder damit anfangen?«

»Nein«, sagte er ruhig. »Ich will nicht darauf herumreiten, aber... Hildred, manchmal siehst du schrecklich aus, einfach *schrecklich.* Wenn du es darauf anlegst, kannst du schlimmer als eine Hure aussehen.« (Ihm fehlte der Mut, einfach zu sagen: »Wo bist du gewesen?« oder »Was hast du die ganze Zeit gemacht?«)

Sie ging ins Bad und kam gleich darauf mit einem Fläschchen Olivenöl und einem Frottiertuch zurück. Sie gab ein paar Tropfen Öl auf ihre Handfläche und verrieb es auf ihrem Gesicht. Ein Zipfel des weichen, saugfähigen Tuchs nahm den Schmutz auf, der sich in ihren Poren festgesetzt hatte. Es sah aus wie der Lappen, mit dem ein Maler seine Pinsel abwischt.

»Hast du dir keine Sorgen um mich gemacht?« fragte sie.

»Natürlich hab ich das.«

»*Natürlich!* Wie du das sagst! Und kaum bin ich zurück, da sagst du mir, daß ich wie eine Hure aussehe... schlimmer als eine Hure.«

»Du weißt genau, daß ich dich nicht eine Hure genannt habe«, sagte er.

»Es kommt aber auf dasselbe heraus. Du beschimpfst mich gern. Du bist nur glücklich, wenn du mich kritisieren kannst.«

»Laß uns nicht damit anfangen«, sagte er erschöpft. Am liebsten hätte er geschrien: »Zum Teufel mit diesem ganzen Mist! Ich will doch bloß wissen, ob du mich liebst! *Liebst du mich?*« Aber bevor er das hervorstoßen konnte, beschwichtigte sie ihn schon wieder mit ihrer tiefen, volltönenden Stimme. Ihre Zunge war gewandt... zu gewandt. Das Beben ihrer dunklen, üppigen Kadenzen durchpulste ihn wie das warme Blut ihrer Adern und weckte Gefühle, die sich wirr mit der Bedeutung ihrer Worte vermischten. Seine Gedanken drängten sich zusammen, sie waren dunkel und allzu zahlreich und durchdrangen die ihren, und sie hingen dort, hinter den Worten, jenem Schleier, den der leiseste Windhauch zerreißen konnte.

3

Da saß er, der miese kleine Trottel mit seinen goldenen Locken und den spitzen chinesischen Fingernägeln. Er war fast im Schaufenster, den Rücken zur Straße. Bemerkenswert, wie sehr er Johannes dem Täufer ähnelte. Wenn er aufstand und man ihn in ganzer Länge sah, verwandelte er sich auf einmal in einen Mastiff, einen von der intelligenten Sorte, der auf den Hinterbeinen gehen kann, wenn man es ihm mit ein paar Stükken rohem Fleisch beigebracht hat. Er trug gewohnheitsmäßig ein gelassenes Gesicht zur Schau. Entweder hatte er gerade gut gegessen, oder er würde gleich gut essen. Eine orientalische Passivität. Ein See mit einer Oberfläche aus Glas, die Sprünge bekommen würde, wenn Wellen sie kräuseln wollten.

Vanyas breite Schultern und ihre hünenhafte Statur verbargen ihn fast. Seine Besorgtheit war komisch anzusehen. Er nahm ihre Hand und drückte seine feuchten Lippen darauf wie ein kleiner Hund, der die Hand seines Frauchens ableckt.

Über allem hing ein Geruch nach verdorbenem Essen.

»Iß, Vanya, iß!« beschwor er sie kriecherisch. »Iß, soviel du willst. Iß, bis du platzt!« Hildred übersah er höflich, und wenn er gezwungen war, sich an sie zu wenden, schmückte er seine Sätze mit so blumigen Unaufrichtigkeiten, daß sie ihn am liebsten erwürgt hätte. Er hatte die Angewohnheit, seine Oberlippe zurückzuziehen und die gelblichen Zähne lächelnd zu entblößen – eine äußerst abstoßende Zurschaustellung von Freundlichkeit. »Du siehst heute abend zauberhaft aus«, sagte er, »einfach zauberhaft«, und wandte sich ab, noch bevor er es ausgesprochen hatte.

Es gab ein wenig Aufregung, weil ein Dichter darauf bestand, sich Spaghetti in die Westentaschen zu stecken. Er befand sich im Endstadium der Betrunkenheit und bemühte sich, zwei Frauen bei Laune zu halten, die ihn mit Geierblicken betrachteten. Unter ihren Pelzmänteln, die er hin und wieder zurückschlug, waren sie nackt. In den Winkeln seiner blutunterlaufenen Augen klebte ein weißlicher Schmier, und seine Augenlider, an denen keine Wimpern mehr waren, sahen aus wie entzündetes Zahnfleisch. Wenn er grinste, erschienen zwischen den dicken, formlosen Lippen ein paar braune Zahnstummel und die Spitze seiner feuchten Zunge. Er lachte unablässig – es klang wie das Gurgeln eines Gullis.

Die Schlampen, für deren Ohren seine gestammelten Andeutungen bestimmt waren, musterten ihn mit blödem Unverständnis. Was das andere Geschlecht betraf, stellte er nur eine einzige Bedingung: daß diese Frauen die zu seiner Befriedigung erforderlichen Organe besaßen. Im übrigen war es ihm gleichgültig, ob sie braun oder weiß waren, ob sie schielten oder taub waren, ob sie krank oder schwachsinnig waren. Und was diesen kleinen Trottel Willie Hyslop und seine Pferdchen anging, so konnte man nicht wissen, was sie eigentlich waren, es sei denn, man warf einen Blick auf das, was sie unter der Gürtellinie hatten – und selbst dann stand man vor einem komplizierten Problem.

»Dieser eklige, widerwärtige Kerl!« rief Hildred, als sie das Lokal verlassen hatten. »Ich verstehe nicht, wie du ihn ertragen kannst.«

»Ach, er ist gar nicht mal so schlimm«, sagte Vanya. »Ich verstehe nicht, warum du ihn mehr verachtest als die anderen.«

»Ich kann's nicht ändern«, sagte Hildred. »Es ärgert mich, daß du ihm erlaubst, dich zu benutzen.«

»Aber ich hab dir doch gesagt, ich bin pleite... völlig pleite. Wenn er nicht gewesen wäre, dieser kleine Idiot, dann weiß ich nicht, wo ich heute wäre.«

Dieser Wortwechsel fand auf der Straße vor Vanyas Wohnung statt.

Warum bleibt sie hier stehen? dachte Hildred. Warum bittet sie mich nicht hinauf?

Als hätte sie ihre Gedanken erraten, trat Vanya unbehaglich von einem Fuß auf den anderen, wurde eigenartig verlegen und unternahm unschlüssige Versuche, die Unterhaltung in die Länge zu ziehen. Ihr ging etwas durch den Kopf, das sie den ganzen Abend schon hatte aussprechen wollen. Mehr als einmal hatte sie versucht, sich dem Thema auf Umwegen zu nähern, aber Hildred war entweder begriffsstutzig oder aber nicht willens gewesen, ihr auch nur ein kleines bißchen entgegenzukommen. »Würdest du denn gern mit mir nach Paris fahren?« sagte Vanya unvermittelt.

»Es gibt nichts, was ich lieber täte. Aber...«

»Hör mal, du findest es doch nicht merkwürdig, daß ich so mit dir rede, wie ich es heute abend getan habe, oder?«

»Ich hab das Gefühl, als würde ich dich schon mein Leben lang kennen.« Und dann fügte sie unvermittelt hinzu: »Hier wohnst du also?«

»Im Augenblick«, sagte Vanya und nickte.

Sie schwiegen einen Moment.

»Vanya«, sagte Hildred plötzlich und mit leiser, eindringlicher Stimme, »Vanya, ich möchte, daß du dir von mir helfen läßt. Du mußt! Das kann nicht so weitergehen.«

Vanya nahm Hildreds Hand. Sie sahen einander in die Augen. Eine ganze Minute lang standen sie so da, und keine von beiden wagte etwas zu tun, was über das gesprochene Wort hinausging.

Schließlich sagte Vanya ruhig: »Ja, ich werde mir von dir helfen lassen... Gern... aber wie?«

Hildred zögerte. *»Das«*, sagte sie, »weiß ich auch nicht.« Die Worte fielen langsam wie Schneeflocken von ihren Lippen. »Betrachte mich einfach als deine Freundin«, fügte sie ernsthaft hinzu.

Vielleicht war es die Wirkung dieser letzten Worte, vielleicht auch der Entschluß, ein geplantes Vorhaben auszuführen – jedenfalls drehte Vanya sich abrupt um und sprang die Stufen zur Haustür hinauf. Sie sah hinunter zu ihrer leicht überraschten Begleiterin, ihrer Freundin, und bat sie zu warten. »Nur ein paar Minuten«, sagte sie. »Ich habe etwas für dich.«

4

Am Anfang waren ein paar Kuhtriften, und außer den Kuhtriften gab es nichts im Village. Heute liegt es da wie eine kranke Hure, die von einem Anfall von Delirium tremens entkräftet ist. Trübselig. Schmierig. Deprimierend. Touristen, die sich mühsam dahinschleppen. Dichter, die seit 1917 nichts mehr geschrieben haben. Jüdische Piraten, deren Säbel keinem mehr Angst einjagen. Schlaflosigkeit. Verdrehte Liebesträume. Vergewaltigungen in Telephonzellen. Perverse vom Sittendezernat, die Laternenpfähle umarmen. Plattfüßige Kosaken. Eine Boheme, die ein Bruchband trägt. Hängematten im zweiten Stock.

Jede Nacht tauchte, so regelmäßig wie ein Uhrwerk, ein Spanner vor dem »Caravan« auf und erleichterte sich. Ein guter, vergammelter Laden mit Atmosphäre – oder vielmehr mit dem, was davon noch übrig war. War es nicht hier gewesen, wo O. Henry seine Meisterwerke geschrieben hatte? Und waren nicht Valentino und Bobby Walthour hierher gekommen? Welcher von denen, die jemals Berühmtheiten gewesen waren, war nicht irgendwann mal hier gewesen? Sogar Mary Garden war majestätisch durch diesen Liebestod aus Kerzenwachs und aschgrauen Schatten gerauscht. Und Frank Harris mit seinem mächtigen Schnurrbart und dem würdevollen Gang – hatte er nicht in dieser Fledermaus-Düsternis gesessen und sich das ermüdende Geplapper seiner Bewunderer angehört? Hier hatte O'Neill seinen Koboldträumen nachgehangen, hier hatte Dreiser sich mißmutig und mürrisch auf einen Stuhl fallen lassen und war mit wildem, brütendem Blick über die Menschheit hergezogen, mit dem Blick seiner melancholischen Augen, mit den Augen eines Genies, mit Augen, die alles enthalten konnten, was man darin sehen wollte.

Es war lange nach Mittag, als Tony Bring ins »Caravan« kam. Eine große Frau mit roten Haaren ging von Tisch zu Tisch und blies die Kerzen aus. In der Ecke klimperte ein Klavier. Ein Leben im Untergrund, dachte er, während er die aufgedunsenen Gesichter musterte, auf welche die Schatten grausame Spuren von Laster und Faulheit zeichneten. Irgendwie bedrückten ihn nicht die Bosheit, sondern die Trostlosigkeit des Lebens und die Aussichtslosigkeit aller Bemühungen. Schwaden von Zigarettenrauch verdichteten sich zu dünnen Wölkchen und zogen wie leise Akkorde über den Silhouetten dahin. Hier und da verglühte qualmend ein Kerzendocht und erfüllte den Raum mit einem beißenden, erstickenden Geruch.

Weit hinten in der Düsternis saß eine massige, steinerne Gestalt und trommelte nervös mit den Fingern. Aus der Entfernung sah das Gesicht des Mannes nicht unsympathisch aus; von nahem wirkte es faltig und verquollen, als käme es gerade vom Hackblock eines Metzgers. Es war das Gesicht eines Gladiatoren – abgenutzt, verwittert wie das einer Statue, die jahrhundertelang Regen und Frost ausgesetzt war.

Mach sie schnell fertig, lautete Earl Biggers Motto. Und je größer sie waren, desto besser fand er es. Sie konnten sich einölen, soviel sie wollten – wenn er sie erst einmal gepackt hatte, war das Spiel vorbei, und sie bekamen eine Gratisfahrt ins Krankenhaus. Doch wenn man den niedergeschlagenen Ausdruck auf seinem Gesicht sah, hätte man meinen können, daß er es gewesen war, der letzte Nacht einen Kampf verloren hatte. Er war wütend. Mechanisch befühlte er seine Ohren, von denen eines eingerollt war wie eine Knospe. Ein säuerliches Lächeln huschte über sein Gesicht. Noch so ein Jahr, sagte er zu sich, und ich bin reif für den Zoo.

Die Frau mit den roten Haaren streifte ihn im Vorbeigehen. Er packte sie am Arm. »Keine Ausreden jetzt«, sagte er. »Wo ist die Schwalbe mit den nackten Beinen hin?«

»Sei nicht so grob«, sagte die Frau. »Ich hab dir doch gesagt, sie ist gleich wieder da.«

»Sie macht wohl einen kleinen Spaziergang... *mit ihrer Freundin.*«

»Ja, *mit ihrer Freundin.*«

»Hör mal, wenn sie einen Mann will, warum nimmt sie dann nicht mich? Sieh mich an! Ich bin ein Mann, siehst du?« Er warf sich in die Brust.

Tony Bring war in seine Gedanken vertieft und schenkte diesem Wortwechsel keine Beachtung, im Gegensatz zu anderen, die amüsiert zuhörten. Seine Gedanken trieben in die Düsternis, ohne Form, ohne Inhalt. Während er noch grübelte, trippelte Hildred herein. An ihrer Seite klebte eine große, schweigsame Gestalt, deren rabenschwarzes, in der Mitte gescheiteltes Haar in üppigen Wellen auf ihre Schultern fiel. Sie war wie ein Stück gemeißelter Marmor, das noch nicht ganz vom Block getrennt war.

»He, du!« rief eine laute, dröhnende Stimme. Hildred fuhr herum. Das schwache, weiche Licht von der Straße gab ihrem Gesicht einen matten Glanz; um ihren Mund lag ein begieriges Beben, eine zarte, feinfühlige, kaum wahrnehmbare Bewegung. Als sie sich schwungvoll und engelhaft auf ihn zubewegte, bemerkte er den Glanz, der von ihr ausging und sie verwandelte. Diese Vision war so überwältigend, daß es, als eine massige, affengleiche Gestalt sich erhob und Hildred abfing, ihm vorkam, als hätte sich eine bedeutungslose Wolke vor sie geschoben und ihm den Blick verstellt. In jener gespannten Gemütsverfassung, die der Desillusionierung vorausgeht, wartete er einen Augenblick, und dann – es erschien ihm unerklärlich und unglaublich – nahm Hildred neben dem Affen Platz und begann, sich mit ihm zu unterhalten.

Eine Geste der Höflichkeit, beruhigte er sich und sah ruhig zu, wie sie sich vorbeugte, mit blitzenden Augen ihr Gesicht hob und beim Lachen die perlweißen Zähne sehen ließ, so glatt, so ebenmäßig. Die Hand, die sie zum Gruß ausgestreckt hatte, blieb in der großen, behaarten Pranke, die sich darum geschlossen hatte. Sie war darin eingespannt wie in einen Schraubstock. Und dann bemerkte er, daß sie sich befreien wollte – doch der andere wollte seinen Griff nicht lockern. Plötzlich schlug sie mit der freien Hand zu. Unwillkürlich ließ der Mann sie los. Sein Gesicht lief rot an.

Jetzt, dachte er, wird sie doch aufstehen und herkommen. Zugleich fragte er sich, wie oft ein solche Szene wohl vorkam. War so ein Schlag ins Gesicht tatsächlich ein Ausdruck der Mißbilligung? Er wartete. Er wartete auf ein Zeichen des Erkennens. Doch ihr Blick glitt stets über ihn hinweg. Nicht einmal durch die kleinste Andeutung ließ sie erkennen, daß sie sich seiner Anwesenheit bewußt war. »Du lieber Himmel!« murmelte er. »Hat sie mich etwa nicht gesehen?« Unmöglich! Sie hatte ihn doch angesehen, sie war auf ihn zugekommen, und dann war dieser große Affe aufgestanden und hatte sie abgefangen. Und wie sie ihn angesehen hatte! Was für ein Blick! Plötzlich schoß ihm ein schwarzer, schrecklicher Verdacht durch den Kopf. Nein, das war zu absurd – er verwarf ihn gleich wieder. Sie hatte ihn gesehen, dessen war er sich sicher. Hinter diesem Spielchen steckte irgendein vernünftiger Grund, irgendeine Absicht, die ihm später enthüllt werden würde. Er verstand nur zu gut, welcher Täuschungen sie sich bedienen mußte. Was für Komödien sie gespielt hatten, sie beide! Manchmal, wenn er diese aberwitzigen Situationen vor seinem geistigen Auge vorbeiziehen ließ, fiel es ihm schwer, die Grenze zwischen Spiel und Wirklichkeit zu ziehen. Bislang – und dies war ein tröstender Gedanke – hatten sie immer miteinander gespielt, einer des anderen Widerpart sozusagen. Er beobachtete sie, wie man, in der Seitenkulisse stehend, eine Schauspielerin beobachten würde. Sie saß da und redete mit diesem Idioten und umwickelte ihn höchstwahrscheinlich mit ihrem Netz aus Falschheit und Täuschung. Was sagte sie zu ihm? Was für Lügen erzählte sie ihm? Wie offen und aufrichtig ihr Lächeln war – und doch war es nur ihr Mund, der lächelte. Was für eine geborene Schauspielerin seine Frau war! Eine regelrechte Verstellungskünstlerin... Je länger er sie beobachtete, desto mehr freute er sich. Es war die Freude eines Kindes, das ein kompliziertes Spielzeug zerlegt.

Sie war jetzt schöner denn je. Wie eine Maske, die lange verborgen gehalten worden war. Eine Maske oder die

Maske einer Maske? Bruchstücke rasten durch seine Gedanken, während er die Widersprüche ihres Wesens in eine harmonische Ordnung brachte. Plötzlich bemerkte er, daß sie zu ihm hersah. Eine Beziehung, wie die Lebenden sie zu den Sterbenden herstellen. Sie erhob sich und ging auf ihn zu wie eine Königin auf ihren Thron. Seine Glieder zitterten, er war überwältigt von einer Welle der Dankbarkeit und Selbsterniedrigung. Er wollte auf die Knie sinken und ihr stammelnd dafür danken, daß sie sich herabließ, von ihm Notiz zu nehmen.

Ihr warmer, duftender Atem erfüllte ihn mit Schrekken und Freude. Ihre tiefe, begierige Stimme, volltönend und bebend, zerschmetterte ihn wie ein Gewirr gedämpfter Akkorde. Während sie sich übertrieben entschuldigte, schlug er die Augen nieder, als wollte er die Verwirrung, die sich dort ausgebreitet hatte, auslöschen.

»Dann hast du mich also gesehen, als du hereingekommen bist?« fragte er, noch immer etwas beschämt. Er benahm sich wie ein Liebhaber, der zu einem geheimen Stelldichein erscheint.

»Dich gesehen?« fragte sie. »Was meinst du damit?«

»Du hast mich nicht gesehen...?«

»Dich nicht gesehen?«

Ihre Verwirrung war verwirrend. Die Maske einer Maske. Sphinx und Chimäre, in einem proteischen Akt vereint. Das Rätsel blieb ein Rätsel, das Rätsel verwandelte sich in einen Gladiator, der einen Tisch massakrierte, in einen Automaten mit steinernem Gesicht, mit den Lungen eines Gorillas und einem Blasebalg in den Eingeweiden. »Hildred!« brüllte er. »Hildred!« Eine Stimme wie das Gähnen eines Löwen, klaffend, der rote Mund vollgestopft mit Rhododendren.

»Den mach ich fertig«, sagte Hildred. Sie sprang auf, mit weißglühender Wut. Ihre Finger zuckten, als wären sie bereits dabei, den roten Mund bis zu den Ohren aufzureißen.

Er hämmerte noch immer auf den Tisch, als sie zu ihm trat.

»Was ist, du Blödian?« rief sie.

Er fuhr zurück – die Bewegung eines Mannes, der versucht, ein Megaphon neben seinem Ohr wegzuschieben.

»Was willst du? Na los, sag schon!«

»Ich will ein bißchen Aufmerksamkeit!« keuchte er. »Was ist los – geb ich dir nicht genug Trinkgeld?« Schweigen. »Hör mal«, flötete er, und ein gemeines Glitzern trat in seine Augen, »wer ist der Kerl da hinten? Soll ich ihm einen Knoten in den Rücken machen?«

»Idiot!« rief sie und erhob die Stimme. »Dein Hirn besteht bloß aus Muskeln. Sieh dich doch an: eine Wagenladung Fleisch! Soll ich dir etwa um den Hals fallen, bloß weil du gestern abend einen abgekarteten Kampf gewonnen hast? In einem fairen Kampf würde dich doch jeder auseinandernehmen...«

Es folgten noch ein paar gemeine, giftige Bemerkungen, und jede davon war unter die Gürtellinie gezielt. Er war ein so großer Bursche, und doch fiel er in sich zusammen; in seinen Augen standen Tränen. Er war still; er legte das Kinn auf die Brust, als wollte er sich gegen einen Würgegriff verteidigen. Komisch! Der Mann der tausend Griffe, der Riese mit dem Körper eines Gottes, mit Sehnen aus Stahl und gewaltigen Muskeln, saß da und zog den Kopf ein wie eine Schildkröte. Wie ein Stück Knete. Darauf lief es hinaus: Er war wie ein Stück Knete in ihren Händen. Jeder konnte es sehen.

Tony Bring sah peinlich berührt zu. Und doch war es, wie einer der Gäste im Flüsterton bemerkte, komisch zu sehen, wie dieser Mann jeden Tag herkam, um sich seine Bestrafung abzuholen. Er schien sie zu genießen. Dieser große, polternde, gutmütige Kerl würde zweifellos schon morgen wieder hereingestolpert kommen, mit seinen steinernen Augen einen Blick in die Runde werfen und einen herzlichen Gruß brüllen, mit einer Stimme, die alle erzittern lassen würde. Außerdem glaubte er singen zu können. Wenn er Hildred sah, ging er zum Klavier, legte seine schweren Pranken auf die Tasten und gab schleimige Liebeslieder von sich. »Song of India« war sein Lieblingslied. Verzweifelt bemühte er sich, die Worte mit Zärtlichkeit zu erfüllen, doch sie purzelten ihm aus dem Mund wie ausgefallene Zähne.

»Sieh ihn dir an!« sagte Hildred, als die Erregung sich gelegt hatte und sie zu ihrem Platz in der Ecke beim Fenster zurückgekehrt war. »Sieh ihn dir an! Er windet sich vor Angst und Schmerz. Du liebe Zeit, er heult doch nicht etwa?«

»Bitte, Hildred, das reicht! Nicht auch noch Schadenfreude.«

»Sag bloß, er tut dir leid.« Ihre Augen blitzten.

»Ich weiß nicht. Mir wird vom Zusehen schlecht – als würde ich sehen, wie ein Hund in den Bauch getreten wird.«

»Lächerlich!« sagte Hildred. »Du hast keine Ahnung, wie es ist, wenn man mit solchen Idioten zu tun hat.«

»Vielleicht... gibt es ja auch andere Methoden...«

Ein kurzes, verächtliches Lachen unterbrach ihn. »Du bist ein Trottel!« sagte sie. »Mit einem solchen Idioten Mitleid zu haben! Und die Art, wie du andere in Schutz nimmst«, fuhr sie fort, »besonders Leute, die du nicht in Schutz nehmen darfst, läßt mich aussehen, als wäre ich gemein.« Ihre Stimme war ärgerlich und rauh geworden. Sie drehte sich abrupt um und nickte. »Siehst du die Frau da, mit den weißen Haaren? Wenn es etwas gibt, das ich ekelhaft finde, dann so eine hochnäsige Zicke mit Zuckerguß wie sie. Sie sieht überall nur Gutes. Wenn man sie beschimpft und beleidigt, findet sie Entschuldigungen für einen... und sagt einem, daß man es ja eigentlich gar nicht so meint. Die alte Schachtel, sie pißt auf mich mit ihrem Geseire. Ich hasse solche Leute. Ich hasse dich, wenn du Leute in Schutz nimmst, von denen du gar nichts weißt...«

Tony Bring unternahm die üblichen Bemühungen, sich im Zaum zu halten. Sie redete immer so, wenn sie aufgebracht war. Die alte Frau hatte recht: Sie meinte es nicht so. Hildred war gut. Sie war ein Engel, aber sie fühlte sich wohler, wenn die Leute sie für eine Dämonin hielten. Sie war pervers, das war es.

»Ich finde, du solltest nicht mehr herkommen.« Hildred sprach jetzt ruhiger. »Wirklich, Tony, ich finde, du solltest das nicht tun. Finde ich wirklich.«

Er erstarrte. »Ja, ich weiß, das klingt merkwürdig«, fuhr sie fort, »aber du solltest nicht versuchen, dir Gründe für das, was ich sage, auszudenken. Vertrau mir, ich weiß schon, was ich tue.«

Ein ängstlicher Blick stahl sich in seine Augen. Hildred war verärgert. Er nahm immer alles so ernst. Doch sogleich wurde sie viel einfühlsamer, und ihre Stimme klang noch weicher als zuvor.

»Das ist alles so dumm«, sagte sie. »Ich möchte nicht, daß du herkommst, Tony. Du gehörst nicht hierhin. Es ist ja auch nicht für lange. Du wirst schon sehen... Ich hab einen Plan...« Sie sah ihn scharf an. »Hörst du mir zu?«

»Ich höre dir zu«, sagte er. Sie hatte Pläne... Schlingen... Fallen. Alles von Anfang an verdreht. Höhepunkt auf Höhepunkt. Bedeutungslos... bedeutungslos. Bruchstücke, willkürlich aneinandergereiht. Schlechte Träume. »Ja, ich höre dir zu.«

Er begann heftiger zu träumen – ihre Worte im Gleichklang mit seinen Gedanken. Es waren Halbgedanken, sie quollen in einem larvalen Strom hervor, der sich über die Erde und durch die Wasser unter der Erde wälzte. Weil er blind war und nur eine männliche Klugheit besaß, weil er sich demütig mit der Wahrheit begnügte und kein Vertrauen in Hildreds Schliche hatte, weil er im Morgen nur den schmutzigen Abfall des Gestern sehen konnte... weil seinem männlichen Verständnis so viele Dinge fremd waren, erschienen ihm die Worte, die sie sich aus ihrer Brust riß, belastet mit Schmerz und Bitterkeit.

Schließlich sagte er mit einer Stimme, aus der alle Männlichkeit verschwunden zu sein schien: »Aber bist du nicht wenigstens ein kleines bißchen froh, daß ich gekommen bin?«

»Das steht hier nicht zur Debatte«, sagte sie

Ihre Worte trafen ihn wie ein Hammerschlag. Als hätte er am Kopf einer langen Treppe gestanden, als hätte sie ihn mit aller Kraft gestoßen und dann hilflos und benommen liegengelassen, mit dem Rauschen von Fledermausflügeln in den Ohren.

Jemand stand neben ihnen, direkt neben dem Tisch. Es schien ihm, als hätte diese Person schon ewig dort gestanden.

»Ach, du bist es!« rief Hildred und sah aus dem Augenwinkel auf. Und sogleich wurde sie verwirrt. »Tony«, sagte sie, »das ist meine Freundin... Das ist... Vanya.«

Später, als ihm die wahre Bedeutung dieser Szene bewußt geworden war, versuchte Tony Bring immer wieder, die Details dieses Gesprächs, das wie ein Blick in eine bis dahin unbekannte Welt gewesen war, zu rekonstruieren. Doch alles, an was er sich erinnern konnte, war der Eindruck eines Gesichtes – eines Gesichtes, das er nie vergessen würde und das sich so dicht über seines beugte, daß die Einzelheiten verschwammen, und das einzige, an das er sich deutlich erinnern konnte, war ein Bild seiner selbst: Er wurde zusammengepreßt, bis er nur noch so groß wie eine Träne war.

Von nun an hieß es Vanya hier und Vanya dort. Gewaltige Wortkaskaden von Hildred, deren Seele den Körper verlassen hatte und in fernen und himmlischen Regionen schwebte. Von Vanya Schweigen, ohrenbetäubendes Schweigen.

Das, dachte er, ist also die »Graf Bruga«-Frau, die Schöpferin dieser spindeldürren Puppe mit dem eingesunkenen, schmierig grinsenden Gesicht, die ihn Tag und Nacht wie ein Straßenganove angrinste. Nun hatte er also Gelegenheit, sie sich genau anzusehen... Sie war weder verrückt noch geistig gesund, weder alt noch jung. Sie war schön, doch es war eher eine natürliche Schönheit als die Schönheit einer Persönlichkeit. Sie war wie ein ruhiges Meer bei Sonnenaufgang. Sie fragte nicht, und sie antwortete nicht. Auch bei ihr gab es Widersprüche. Ein Kopf von da Vinci auf dem Körper eines Dragoners; ruhige, leuchtende Augen, die hinter zerrissenen Schleiern glommen. Er sah sie forschend an, als könnte er die Kokons, die sich unablässig in ihren Augen bildeten, herunterreißen. Eine vitale, hypnotische Ruhe. Das Starren eines Mediums, und die Stimme eines Mediums. Ihr weißer Hals war ein wenig zu lang und zitterte, wenn sie sprach.

Diese Begegnung, die ihn aushöhlte wie eine Ouvertüre, die nie zu enden drohte. Sein Körper war nicht mehr ein mit Blut und Muskeln, Gefühlen und Vorstellungen ausgestatteter Organismus, sondern eine leere Hülle, durch die der Wind pfiff. Seltsam war ihre Sprache, wie die Flucht eines Wals, der von der Harpune getroffen ist und, bebend vor Wut und Schmerz, in die schäumende See hinuntertaucht und eine blutige Spur durch das Wasser zieht.

Er gab alle Bemühungen, ihnen zu folgen, auf. Sein Blick verharrte auf Vanyas langem Gänsehals, der wie eine Leier bebte. So weich und glatt, ihr Hals. Weich wie Lamahaar. Wenn man am Fuß der Treppe lag, hilflos und benommen, mit dem Rauschen von Fledermausflügeln in den Ohren, und einen solchen Hals zum Festhalten hatte, zum Anklammern, zum Anbeten... Wenn man plötzlich aufsprang, mit Rhododendren im Mund, und einem der Mund bis zu den Ohren aufgerissen wurde, wenn man eine Orgel in den Eingeweiden hatte und die Arme eines Gorillas, Arme, die gotteslästerlich, ekstatisch zudrücken konnten, wenn man die ganze Finsternis, die ganze Nacht hatte, um sich darin hin und her zu wälzen und zu fluchen und zu kotzen, und neben einem ein Hals war, der wie eine Leier bebte, ein Hals, der so weich, so glatt war, ein Hals, mit Augen besetzt, welche die Schleier der Zukunft durchdrangen und eine unbekannte, eine obszöne Sprache sprachen, wenn...

ZWEITER TEIL

1

Mit jedem Tag wurden die Schatten länger, und die Farben wechselten zu Goldbraun und tiefen Rostrottönen. Hier und da hoben sich Gegenstände mit skeletthafter Kraßheit vom stumpfen Horizont ab: kahle Eichen bohrten ihre lakritzschwarzen Zweige in das graue Pigment des Himmels, schwache junge Bäume standen gebeugt wie mit zuviel Wissen beladene Gelehrte.

Die Tage vergingen, und ein Dunst legte sich über die Stadt; der Wind fuhr durch die tiefen Schluchten und wirbelte den Staub und Abfall der Straßen in erstickenden Spiralen auf. Die Wolkenkratzer erhoben sich düster glänzend aus dem grauen und rostroten Dunst. Doch auf den Friedhöfen war Grün, das Gras der Auferstehung und des ewigen Lebens. Und auch die Flüsse waren grün, so grün wie Galle.

Jeder Tag brachte neue Gesichter ins »Caravan«: Börsenmakler, die von der Riviera zurück waren, Künstler, die im Hinterland ein bißchen gemalt hatten, Schauspielerinnen, die fette Verträge abgeschlossen hatten, Einkäufer der feineren Kaufhäuser, die auf ihren Reisen im Ausland ein paar Brocken Französisch oder Italienisch aufgeschnappt hatten. Sie alle machten sich daran, sich für den Winter einzugraben und das hektische, ungesunde Leben wieder aufzunehmen, das sie angeblich so befreiend und erfrischend fanden.

Vanya lebte praktisch im »Caravan«. Wenn Hildred vormittags dort auftauchte, wartete Vanya bereits auf sie, um mit ihr zu frühstücken. Jeden Tag begrüßten sie sich, als hätten sie sich jahrelang nicht gesehen.

Doch seltsam – immer wenn Tony Bring hereinschaute, waren sie nicht da. Es war immer dieselbe Geschichte: Hildred war irgendwohin gegangen, *mit ihrer Freundin.* Kein Wort wurde über diese Besuche verloren, bis es eines Tages, als Hildred gerade das Haus verlassen wollte, zu einem jener Wortwechsel kam, die jetzt immer häufiger wurden. Sie warf ihm vor, ihr nachzuspionieren. Sie wisse sehr wohl, wie oft er im »Caravan« auftauche, was für Fragen er stelle, welche gemeinen Andeutungen er mache. Sie habe ihn selbst hin und wieder dort gesehen, wie er seine Nase am Fenster plattgedrückt habe. Der Himmel mochte wissen, wohin er ihr sonst noch nachgeschlichen sei.

Schließlich fiel der Name Vanya. Vanya... Ja, sie war es, mit der dieser ganze Ärger angefangen hatte.

»Du bist eifersüchtig auf sie, das ist es!« rief Hildred.

»Eifersüchtig auf *die*?« Einen Augenblick lang suchte er vergeblich nach einem Wort, das seine ganze Verachtung zum Ausdruck bringen konnte. Eine schöne Freundin war das. Sie versuchte doch bloß, sich hier und da mit einer Prise von dem weißen Pulver Eintritt zu verschaffen, und hing mit Huren und syphilitischen Dichtern herum. »Soll ich die etwa ernst nehmen?« schrie er. »Du sagst, daß sie ein Genie ist. Was hat sie denn schon Geniales vorzuweisen? Ich meine, außer ihren schmutzigen Fingernägeln?«

Hildred hörte ihm mit eisigem Schweigen zu. Sie malte ihre Lippen an. Ihr Gesicht hatte einen wunderschönen, leichenartigen Schimmer; sie betrachtete sich im Spiegel und berauschte sich an ihrer eigenen Schönheit – wie ein Beerdigungsunternehmer, der auf einmal merkt, was für eine schöne Leiche man ihm gebracht hat.

Tony Bring war wütend. »Hör auf damit!« schrie er. »Merkst du eigentlich nicht, wie du aussiehst?«

Sie musterte sich gelassen im Spiegel. »Ich nehme an, du meinst, daß ich wie eine Hure aussehe«, antwortete sie freundlich.

Schließlich war sie fertig. An der Tür, die Hand auf dem Griff, hielt sie inne.

»Ich wollte, du würdest noch nicht gehen«, sagte er. »Ich will dir noch etwas sagen...«

»Ich dachte, du wärst fertig.«

Er lehnte sich an die Tür und drückte Hildred an sich. Er küßte sie auf den Mund, die Wangen, die Augen, auf die Stelle an ihrem Hals, wo die Ader leicht pochte. Er hatte einen fettigen Geschmack auf den Lippen.

Hildred befreite sich aus der Umarmung, und als sie die Treppe hinunterrannte, rief sie zurück: »Reiß dich doch zusammen!«

Mehr als einmal sprang er in dieser Nacht auf, warf das schwere Buch, das er las, zur Seite und rannte zur U-Bahn-Station. Er stand unter den Stahlträgern und sah zu, wie ein Zug nach dem anderen einfuhr. Er ging hinüber zum Platz an der Brücke und wartete noch ein bißchen. Taxis fuhren melancholisch vorbei. Taxis voller Betrunkener. Taxis voller Ganoven. Keine Hildred...

Er ging heim und blieb die ganze Nacht auf. Am Morgen erfuhr er, daß sie angerufen hatte.

»Was hat sie gesagt?« fragte er.

»Sie wollte mit Ihnen sprechen.«

»Hat sie keine Nachricht hinterlassen?«

»Nein, sie wollte bloß wissen, ob Sie zu Hause sind.«

»Das war alles?«

»Sie wollte mit Ihnen sprechen.«

Als Grund für ihr Ausbleiben gab Hildred an, ihre Mutter sei krank geworden.

Na gut.

Erst ein paar Tage später fiel ihm auf, daß ihre Geschichte nicht stimmen konnte. Als er kurz entschlossen ihre Mutter anrief, erfuhr er zu seiner Verwunderung, daß Mutter und Tochter sich seit über einem Jahr nicht gesehen hatten und daß die Mutter nicht einmal von der Heirat ihrer Tochter wußte.

Ein paar Tage später, als sie nachts im Bett lagen und einander in den Armen hielten, wiederholte er wortwörtlich das Gespräch, das er mit ihrer Mutter geführt hatte. Hildred begann zu lachen, als wollte ihr das Herz zerspringen.

»Das hat meine Mutter wirklich gesagt?« Wieder lachte sie schallend. »Und du hast es ihr geglaubt!« Noch mehr Gelächter, bis zur Atemnot. Dann war sie plötzlich, schlagartig, erschöpft. Sie zitterte und war schweißnaß. Sie wollte etwas sagen, brachte aber nur ein Gurgeln heraus. Er lag reglos da und drückte sie an sich.

Als sie ganz still geworden war, packte er sie unvermittelt an den Schultern und schüttelte sie. »Warum sollte deine Mutter mich anlügen?« wollte er wissen. »Warum? Warum?«

Sie begann wieder zu lachen, als wollte ihr das Herz zerspringen.

2

Ein paar Tage darauf wurde er abends ans Telephon gerufen. Es war Hildred. Vanya war krank geworden, und sie hielt es für besser, bei ihr zu bleiben. »Macht es dir etwas aus, wenn ich nicht nach Hause komme?« fragte sie.

»Ja, es macht mir was aus«, sagte er. »Aber tu, was du für richtig hältst.«

Darauf folgte ein Schweigen. Er schnappte die Fetzen eines Gesprächs zwischen zwei Vermittlerinnen auf, die am Abend zuvor durch diverse Bars gezogen waren. Als er Hildreds Stimme wieder hörte, war darin ein seltsames Zittern.

»Ich komme«, sagte sie hastig. »Ich komme gleich nach Hause...«

»Hildred!« rief er. »Hör zu... hör zu!«

Keine Antwort.

Ein Summen in den Ohren vermischte sich mit der Verwirrung in seinem Kopf.

Gerade als er aufhängen wollte, hörte er ein leises, fragendes »Ja-aa?«

»Hildred, hör zu... Bleib ruhig bei ihr... Mach dir um mich keine Sorgen.«

»Bist du sicher, Schatz? Bist du sicher, daß es dir nichts ausmacht?«

»Aber sicher! Du kennst mich doch... Ich bin ein großer Clown. Mach dir keine Gedanken. Es ist schon in Ordnung.« Bevor er auflegte, sagte er noch: »Viel Spaß!«

Als er wieder ins Zimmer trat, fühlte er sich, als hätte er ein Loch im Bauch. »Ich wußte es!« murmelte er. »Ich wußte, daß so etwas passieren würde!«

Die Nacht schien kein Ende zu nehmen. Alle paar Minuten wachte er auf und starrte auf das leere Kopfkissen neben sich. Gegen Morgen fiel er in einen unruhigen Schlaf. Träume tauchten auf wie in einem Kaleidoskop; sie kamen und gingen und dauerten nicht länger als ein Pulsschlag. Einige träumte er immer wieder, besonders einen, in dem er sie zusammengerollt auf einem Roßhaar-Sofa liegen sah. Ihr Gesicht löste sich auf. Wie konnte ein Mensch so ruhig schlafen, wenn sich sein Gesicht auflöste? Doch dann merkte er, daß ihr Schlaf nur eine Art tiefer Betäubung war, und damit war alles wieder in Ordnung... In einem anderen Traum lebte er zusammen mit einem alten Juden, der den ganzen Tag in Pantoffeln umherschlurfte. Er hatte einen Patriarchenbart, der in majestätischen Wellen über seine eingefallene Brust fiel; unter dem Bart waren Juwelen, ganz viele, angeordnet wie die auf der Brustplatte des Hohepriesters. Als das Licht auf die Juwelen fiel, fing der Bart Feuer, und das Gesicht des Alten verbrannte bis auf die Knochen... Schließlich träumte er, daß er in Paris war. Die Straße, auf der er stand, war verlassen, bis auf zwei Prostituierte und einen Polizisten, der ihnen wie ein Zuhälter folgte. Am Ende der Straße war ein Flimmern von Lichtern; er konnte ein Karussell unter einer gestreiften Markise und eine kleine Grünfläche mit Marmorstatuen erkennen, die Faune darstellten. Die Löwen und Tiger unter der

Markise standen steif da – ihre Rücken waren mit Gold und Elfenbein verziert. Reglos standen sie da, während die Musik ertönte und der Springbrunnen Regenbogenfarben verspritzte.

Er stand auf und ging direkt zum »Caravan«. Hildred war noch nicht da – es war noch viel zu früh zum Frühstücken. Er kaufte sich eine Zeitung und machte sich auf den Weg zum Washington Square. Ein paar verspätete Arbeiter hasteten vorbei. Er setzte sich auf eine Bank. Idiotisch, um diese Tageszeit hier zu sitzen und die Füße auf dem leeren Platz von sich zu strecken. Er sah sich lustlos um. Alle, die arbeiteten, waren an ihrem Arbeitsplatz. Die Faulpelze lagen leise schnarchend in ihren Betten. Viel zu früh zum Frühstücken!

Die Luft war kühl und erfrischend. Sie war umsonst... man brauchte keinen Penny dafür zu bezahlen... nichts. Und Vanya war also krank. Die Vorstellung, daß dieses Trampel krank war, erschien ihm lächerlich. Sicher, Frauen hatten ihre Probleme, besonders wenn der Mond und die Gezeiten eine mystische Verbindung eingingen. Aber dennoch... In der *Encyclopaedia Britannica* stand, es gebe keine menschlichen Hermaphroditen. Ein Hermaphrodit war ein Wesen, das sowohl Hoden als auch Eierstöcke besaß. So weit, so gut. Aber Hildred kannte eine Frau im »Caravan«, die einen kleinen Schwanz hatte. Das wußte sie, weil jemand die junge Dame ohne Slip gesehen hatte. Höchstwahrscheinlich eine andere junge Dame...

Als er zum »Caravan« zurückkehrte, saßen an einem der Tische drei Leute: ein kleiner Junge, eine Frau von unbestimmtem Alter, die anscheinend die Mutter des

Jungen war, und ein älterer Mann mit einem habgierigen Gesichtsausdruck, der damit beschäftigt war, in seinen Zähnen zu stochern. Er bemerkte, daß der Junge unglücklich war. Es erschien ihm absurd, daß Leid sich bereits in einem so jungen Alter bemerkbar machte. Es ging ihm einfach nicht in den Kopf.

Die Kellnerin kam und nahm seine Bestellung auf. Ihr Gesicht sah frisch und ausgeruht aus. Rote Apfelbäckchen und breite, samtige Striche über den Augen. Wunderbar, einmal Augenbrauen zu sehen, die tatsächlich aus Haaren bestanden.

Er fragte, ob Hildred schon dagewesen sei. Nein, bisher habe sich keine der Frauen sehen lassen. »Ich bin die einzige«, sagte sie lächelnd. »Morgenstund hat Gold im Mund.«

Gold? Dieser Ausdruck erschien ihm bemerkenswert gedankenlos. Er wandte den Blick ab und sah die Mutter des Jungen, die den alten Mann anlächelte, als hätte sie in seinen Augen die Auferstehung gesehen. Hin und wieder ermahnte sie den Jungen, er möge bitte essen, aber der verdrehte bloß pathetisch die Augen und schüttelte seinen kleinen Pudelkopf.

Tony Bring sah wieder die Mutter an. Seltsam, dachte er, daß Frauen sich so gern wie Huren benehmen. Letzten Endes waren sie alle Huren, jede einzelne, selbst die Engel.

Nach und nach erschienen die Zehn-Uhr-Frühstücker: nervöse, verdrießliche kleine Männer, die geistesabwesend wirkten und ihre Teller mit Brotstückchen abwischten; grobe, dicke Frauen, die im Lauf der Jahre morsch geworden waren wie primitive Götzenbilder, die man ausgegraben hatte; blumengeschmückte Dandies mit abstoßenden Gesichtern, die ihn unangenehm an Illustrationen in medizinischen Merkblättern erinnerten. Er betrachtete alles mit scharfer Wachsamkeit, mit einem grausamen, unbarmherzigen Blick. Ein alter Lebemann hinter ihm beschwor die rotwangige Kellnerin, ihm zu sagen, was sie von Hühnerbrüstchen halte. Wenn Hildred hier wäre, dachte er, würde sie diesem geilen alten Kerl schon Bescheid geben. *Hühnerbrüstchen!*

Langsam trudelten die anderen Kellnerinnen ein. Sie gähnten und niesten, bevor sie auch nur einen Teller anrührten. Eine von ihnen setzte sich ans Klavier und begann, auf den vergilbten Tasten zu klimpern. Die Töne tropften von ihren Fingern wie Kondenswasser von einer Wand. Mit sonderbarer, quäkender Stimme sang sie: »O there's Egypt in your dreamy eyes«. Der hingerissene Ausdruck, den die Melodie auf ihr Kuhgesicht zauberte, erinnerte an gefälschte Münzen.

Es wurde elf, dann Viertel nach elf. Keine Spur von Hildred oder Vanya. Er fragte nochmals nach ihr. »Ach, Hildred kommt heute nicht«, sagte die kränklich wirkende Kuh am Klavier. »Nein, sie kommt heute bestimmt nicht«, wiederholte sie. Dabei lächelte sie schwach, wie eine Gasflamme, deren Düse mit Staub verstopft ist.

Er stolperte hinaus ins gelbliche Licht der Straße und verfluchte die Bruga-Frau als eine verdammte Hure, als warzige Teufelin. Er betete, daß alle Strafen des aztekischen Kalenders ihren rabenschwarzen Kopf treffen sollten. Er betete, daß ihr sämtliche Zähne ausfallen und die Haare an ihrem Körper lang und länger werden sollten... Im Gehen hörte er das Klimpern der vergilbten Tasten. Ägyptens verträumte, versäumte, verschäumte

Augen. Er sah in Gedanken noch die kleinen, dürren Finger, von denen die modrigen Töne tropften, und das weiche Rückgrat der Frau, das sich unter dem Gewicht ihres konfusen Hirns krümmte, während ihre Zähne klapperten wie Würfel in einem Würfelbecher.

Eine halbe Stunde später drückte er auf Willie Hyslops Klingel. Es öffnete niemand. Er blieb eine Weile vor dem Haus stehen und unterhielt sich mit den Kindern, die auf der Treppe spielten. Dann beschloß er verzweifelt, einen systematischen Gang durch das Village zu machen. Keller, Mansarden, Flüsterkneipen, Studios, Cafeterias – er suchte überall nach ihnen. Entmutigt machte er sich schließlich wieder auf den Rückweg zum »Caravan«. Es war, als kehrte er zum Schauplatz eines Verbrechens zurück.

Er erfuhr, daß sie gerade eben dagewesen seien. Rein und gleich wieder raus. Er rannte zu Willie Hyslops Unterschlupf über der Bank in der Hudson Street. Wieder klingelte er. Keine Reaktion. Er ging auf die andere Straßenseite und starrte hinauf zu den Fenstern. Schließlich setzte er sich auf eine Treppe und richtete seinen Blick unverwandt auf die Fassade des Hauses. Die ganze Straße stank nach Kanalisation. Fabrikgebäude aus Beton, baufällige Baracken, nächtliche Szenen in schmutziger Wäsche. Eine heruntergekommene, schäbige, verwahrloste Boheme. Seine Glieder schmerzten, und seine Gedanken waren mit einem dünnen Film aus ekelerregendem Schleim bedeckt. Die Kanalisation stank. Seine Gedanken stanken. Die ganze Welt stank.

Er wollte gerade gehen, als eine alte Frau auf ihn zukam. Sie hatte Flugblätter unter dem Arm.

»Sind Sie katholisch, guter Mann?« fragte sie.

»Nein, bin ich nicht!« antwortete er.

»Bitte entschuldigen Sie«, sagte sie, »aber Sie sehen so traurig aus. Vielleicht tröstet es Sie zu wissen, daß Jesus Sie liebt.«

»Jesus kann mich mal!« sagte er und stapfte davon.

In der U-Bahn hob er ein Heft auf, das jemand hatte liegenlassen. Es war auf deutsch, und auf dem Umschlag waren lauter nackte Frauen. Sie hatten allesamt dicke Hintern, wie die Frauen, die in München in den Biergärten saßen. Er blätterte in dem Heft. *»Guten Tag! Hat meine Kohlrübe heute nacht gut geschlafen?«*

An der Haustür erwartete ihn die Hausmeisterin.

»Hat jemand für mich angerufen?« fragte er sie.

Die Hausmeisterin war so knickrig, daß sie nicht einmal den Mund aufmachte. Außerdem hatte sie eine wäßrig-blaue Nase. Sie stammte aus Neuschottland. Als er, mit dem vagen Verdacht, daß er Hildred im Bett finden würde, die Treppe hinaufsprang, räusperte sie sich. »Ja?« rief er. »Was gibt es?« Er sprach nicht laut, weil sie schwerhörig war, sondern um unverschämt zu sein.

Sie erinnerte ihn daran, daß die Miete überfällig sei.

»Sind Sie sicher, daß niemand für mich angerufen hat?« fragte er.

»Ja«, antwortete sie. »Erwarten Sie denn einen Anruf?«

3

Vanya stand nachts oft auf und lief durch die Straßen. Sie fürchtete sich vor Schatten und schweren Schritten. Sie beklagte sich, daß sich die Wände ihres Zimmers nachts zusammenschoben wie ein Akkordeon. Sie duldete keine Blumen in ihrer Nähe, aus Angst, sie könnten sie vergiften. Farben hatten eine ungeheure Wirkung auf sie, ebenso wie Gesichter. Es gab Zeiten, da sie nichts anderes sah als Nasen. Der Geruch von Lysol brachte sie zur Verzweiflung. Weichgekochte Eier machten sie wütend...

Sie schloß sich oft in ihrem Zimmer ein, setzte sich vor den Spiegel und schminkte sich wie John Barrymore in *Das Untier der Meere* oder in *Dr. Jekyll und Mr. Hyde.* Wenn sie diese schrecklichen Gesichter im Spiegel sah, begann sie zu phantasieren. »Wer bin ich?« sagte sie dann. »*Was* bin ich?«

Der Gedanke, sie könnte eine Vielzahl von Persönlichkeiten besitzen, faszinierte sie. Wie eine Schauspielerin wurde sie es müde, nur eine einzige Rolle zu spielen – die Rolle, die das Schicksal ihr zugewiesen hatte. Sie war wie jene Menschen, die glauben, durch eine neue Anschrift oder einen neuen Namen den Verlauf ihres Lebens ändern zu können. Trotz ihres Alters und der natürlichen Grenzen, die ihr gesetzt waren, hatte sie schon fast alles ausprobiert. Sie hatte sogar versucht, ein Mann zu sein.

Angesichts ihrer zahlreichen fluchtartigen Ortswechsel war es nicht leicht, ihr auf der Spur zu bleiben. Tony Bring zum Beispiel hatte sich einige Nächte zuvor der Illusion hingegeben, daß er vor ihrer Tür saß. Und es stimmte, daß sie einmal hier gewohnt hatte, doch war es zweifelhaft, daß Vanya sich noch daran erinnert hätte, hätte nicht ein unangenehmer Umstand diese Wohnung in ihrem Gedächtnis verankert. Bei diesem schmerzhaften Zwischenfall handelte es sich um ein Feuer, das sie aus einem Traum riß, in dem sie in einem Bett aus ungelöschtem Kalk gelegen hatte. Bevor sie sich davon überzeugen konnte, daß sie nicht träumte, hatte das Feuer schon ihre Kehrseite angesengt. Während der nächsten Wochen aß sie im Stehen und schlief auf dem Bauch.

Brandwunden verheilen mit der Zeit, doch die Polizei wird man nicht so leicht wieder los. Als die Matratze verbrannte, flohen sechs Mitbewohner aus Vanyas Zimmer. Leider stellte sich heraus, daß drei davon Zwitter waren; die anderen drei waren Scheinzwitter. Man rief die Polizei, und Inspektoren vom Sittendezernat machten sich mit schlüpfrigen Gummihandschuhen an die Arbeit. Keiner glaubte Vanya auch nur ein Wort. Schließlich schaffte Hildred einen Politiker herbei, und die ganze Sache wurde begraben. Vanyas Name blieb jedoch in den Akten. Nach einiger Zeit begann sie, mit dieser Geschichte zu prahlen, und bedauerte, daß neben ihrem Namen lediglich »Erregung öffentlichen Ärgernisses« stand.

Seit diesem Zwischenfall war sie einige Male umgezogen, und auch ihren Namen hatte sie mehrmals geändert. Tony Bring ahnte nichts davon, doch im Augenblick wohnte sie zwei Blocks von ihm entfernt in einem altmodischen Haus aus braunem Sandstein. Diese Nähe machte es Hildred leicht, ihre Freundin auf dem Weg zur Arbeit zu besuchen. Dann frühstückten sie in einem nahe gelegenen Restaurant anstatt im »Caravan«, wo Hildred zwar nicht zu bezahlen brauchte, wo sie sich aber einer mehr oder weniger diskreten Überwachung ausgesetzt sahen.

Dennoch: Sie waren zwar intim befreundet, doch Hildred hatte ein paar kleine Geheimnisse vor Vanya. So hatte diese zum Beispiel keine Ahnung, daß ihre angebetete Hildred verheiratet war. Als ihr diese Tatsache enthüllt wurde, tat sie, als glaubte sie es nicht. Hildred war geschmeichelt. Sie gab sich der Illusion hin, unerreichbar zu sein.

Diese Farce spielten die beiden sich über einen absurd langen Zeitraum vor. Schließlich platzte Tony Bring der Kragen. »Wenn du ihr nicht die Wahrheit sagst, tu ich es«, drohte er eines Tages.

Doch Hildred gelang es, ihm das auszureden. »Weißt du«, sagte sie später, »ich dachte, es wäre sicherer zu sagen, daß wir einfach bloß so zusammenleben. Sie weiß, daß ich keine Jungfrau mehr bin. Außerdem kann ich einen Liebhaber haben, wann immer ich will. Wenn ich ihr die Wahrheit gesagt hätte, dann hätte bald jeder im Village gewußt, daß wir verheiratet sind.«

Was daran so schlimm wäre, wollte Tony Bring wissen.

»Wir können es uns nicht leisten, daß alle Bescheid wissen – das weißt du so gut wie ich«, antwortete sie gereizt. Und damit war das Thema erledigt – fürs erste jedenfalls.

Etwa eine Stunde später fragte sich Tony Bring: *Woher wußte Vanya, daß Hildred keine Jungfrau mehr war?*

4

Gegen zwei Uhr morgens, kurz nach dieser Szene, kamen die beiden in sein Zimmer. Er lag im Bett. Er erwachte vom Quietschen der Tür, schlug die Augen auf und sah sie kichernd im Türrahmen stehen. Sie hatten Sandwiches und Kaffee mitgebracht.

Während sie aßen, brachte Hildred eine Schüssel mit warmem Wasser für Vanyas Füße. Später trocknete sie die Füße liebevoll ab und rieb sie mit einer Hautcreme ein. Er sah ihr befremdet zu. Vanya nahm es ganz selbstverständlich hin.

»Sieh dir das an«, sagte Hildred. »Was für schreckliche Blasen!«

Vanya hob nonchalant die Füße und gähnte.

»Nicht so schlimm«, sagte sie. »Bloß ein bißchen wundgescheuert.«

Hildred war jedoch entrüstet. Mit Kamm und Bürste machte sie sich daran, Vanyas volles Haar zu entwirren. Vanya schmiegte sich in den Lehnsessel und wirkte so zufrieden wie eine Hündin, die man nach Flöhen absucht. Tony Bring beobachtete Hildred und die blaßgelben Zinken des Kamms in ihrer Hand, der so liebevoll durch das blauschwarze, volle Haar fuhr. Seine Gedanken waren nicht weniger finster...

Man hatte beschlossen – Hildred hatte beschlossen –, daß Vanya über Nacht bleiben würde. Das Licht wurde gelöscht. Vanya lag in dem einen Bett, er im anderen. Sie hätten nur die Arme auszustrecken brauchen, um sich die Hände zu reichen. Hildred ging nervös auf und ab.

Es war ein Kampf im Gange. Sie alle kämpften – sie kämpften miteinander, sie kämpften mit sich selbst, sie kämpften verzweifelt darum, nicht zu kämpfen. Plötzlich warf sich Hildred wie eine Welle, die vom Rand des Horizonts herangerast ist, zwischen sie. Als sie sich – ganz Blumen und Mondlicht – über ihn beugte, um ihm einen Gutenachtkuß zu geben, verspürte er das gräßliche Verlangen, sie zu erwürgen.

Hin und wieder öffnete er die Augen und starrte auf die hingestreckten Gestalten, die sich unter der wolkig gebauschten Bettdecke aneinanderschmiegten. Vanyas Kopf schwamm in einem Tintensee auf Hildreds Brust. Ihr nackter Arm lag in einem trägen Bogen auf Hildreds kurvigem Körper. Es war ein starker, massiver Arm, dessen Gewicht wie ein Amboß auf Tony Brings Frau lastete.

Am Morgen luden sie ihn ein, mit ihnen zu frühstükken. Wie ein Krüppel, der sich den Anweisungen der Krankenschwester fügt, gehorchte er ihnen. Das Frühstück war eine einzige Qual. Er hatte das Gefühl, ihnen im Weg zu sein. Die Welt war nicht groß genug für sie drei. Auf dem Weg zur U-Bahn sprachen sie aufgeregt über eine Menge Dinge, die gar nichts miteinander zu tun hatten. Sie taten, als wären sie ruhig und gelassen; sie redeten, ohne etwas zu sagen, sie hörten einander zu, ohne etwas zu verstehen.

In der U-Bahn gewann Hildred ihre Selbstsicherheit zurück. Sie sah sich mit offener Überheblichkeit um, erhob verächtlich die Stimme und sprach laut Dinge aus, die man gewöhnlich nur flüstert, vorausgesetzt, man besitzt die Kühnheit, sie überhaupt in der Öffentlichkeit zu erwähnen. Mit vernichtendem Blick pickte sie ein Gesicht heraus und analysierte die Verderbtheit oder Heuchelei, die sie darin entdeckte; vor allem ältere Frauen, auf deren Gesichtern sich Mitleid und Entsetzen mischten, bedachte sie mit einem frechen Lachen und einem bösartigen Blick, der die Opfer zurückzucken ließ. Vanya umgab sich mit der Würde einer lächerlichen Statue.

Als sie aus dem U-Bahnhof auf die Straße traten, trafen sie auf Willie Hyslop und seine Freundinnen. Tony Bring versuchte, ihnen auszuweichen, aber Vanya packte ihn am Arm und stellte ihn umständlich vor. Er fühlte sich wie ein Agnostiker, der die Letzte Ölung erhält.

Er hörte aufmerksam zu, als die beiden Frauen namens Toots und Ebba von ihren Abenteuern erzählten. Sie hatten etwas Waches, Borstiges, wie zwei witternde Airedale-Terrier. Ihre Brustwarzen zeichneten sich wie Fisteln unter den Baumwoll-Pullovern ab.

Am Eingang des »Caravan« nahm er Hildred beiseite und sprach leise mit ihr. Sie wirkte etwas verstört.

»Warum hast du das getan?« fragte er sie. »Mehr will ich gar nicht wissen. Kannst du mir das vielleicht mal sagen?«

Hildred sah Vanya aus dem Augenwinkel an. Sie erklärte ihm halbherzig, daß es peinlich gewesen wäre, wenn sie im Beisein einer anderen Frau zu ihm ins Bett gekommen wäre. Da platzte ihm der Kragen. »Diese Schnepfe nennst du eine Frau?« sagte er heiser. Ihr Gesicht wurde dunkel. Sie wurde laut. Schließlich begann sie ihn zu beschimpfen. Ein schmerzlicher Ausdruck trat in seine Augen. Er hatte Mitleid mit ihr, mit sich selbst, mit allen Menschen auf der Welt, die leiden mußten, wo es doch so unnötig war zu leiden.

Plötzlich nahm sie verstohlen seine Hand. »Können wir nicht später darüber sprechen?« bat sie. Sie sagte es so sanft, als kniete sie vor ihm auf dem Boden.

Er dachte einen Augenblick lang nach. Er wollte in dieser Sache anständig und fair sein. Vielleicht war es ja wirklich so, wie sie gesagt hatte: Vielleicht machte er wirklich aus einer Mücke einen Elefanten. Zum Teufel, er wußte tatsächlich nicht mehr so genau, was er eigentlich tat.

Die anderen sahen jetzt zu ihnen her. Hildred machte ihre Hand frei.

»Na gut«, sagte er, »sprechen wir später darüber. Aber« – er zog sie ein Stück weiter weg – »soviel sage ich dir jetzt schon: Ganz gleich, was du sagst – so etwas wird nie mehr vorkommen. *Nie*, hast du mich verstanden?« Er drehte sich um und ging eilig davon.

Sie sah ihm nach, während er sich mit schnellen, wütenden Schritten entfernte. Ein tiefes Rot färbte ihre Wangen. Das helle Licht tat ihren Augen weh. Sie haßte das Sonnenlicht..., sie haßte es... sie haßte es.

Im Weggehen war Tony Bring von Bitterkeit und Ekel erfüllt. Ihm fiel ein, wie die Frau namens Toots auf Hildred zugegangen war und sie auf den Mund geküßt hatte. Und am Abend zuvor, hatte sie erzählt, hatten sie und Ebba ein Spielchen für einen alten Bock abgezogen, einen reichen, abgestumpften Idioten mit einem eigenartigen Interesse an eigenartigen Dingen. Und dann waren da Willie Hyslops gelbe Zähne gewesen und sein geschmeidiges Schnurrbärtchen, das noch im Wachsen begriffen war und sein weibisches Wesen nur unterstrich. Sie hatten allesamt schmutzige Münder – Münder, bei denen man, zu recht oder zu unrecht, an Degeneration denkt. Er fragte sich, warum er sie nicht gleich hatte stehen lassen, und wischte sich die verschwitzten Hände an seinem Mantel ab, als könnte er sich dadurch vor Ansteckung schützen.

5

Als er eines Nachmittags unerwartet nach Hause kam, entdeckte er zu seinem Erstaunen zwei schlafende Schönheiten in seinem Bett. Sie lagen da wie Engel, die von anstrengenden, endlos langen Flügen erschöpft sind. Er musterte Vanya; sie gab sich Mühe, die Augen geschlossen zu halten. Hildred schnarchte angestrengt und laut genug für ein ganzes Regiment.

Fünf Minuten später rollte er über die Brooklyn Bridge. Weiße Jockeys mit Sporen aus Malachit jagten auf den tiefhängenden Wolken dahin, die sich wie Fettgewebe um die schmalen Rippen der Wolkenkratzer legten. Die knarzenden Piere standen wie stumpfe Kämme in der hereinkommenden Flut. Von der Battery bis zur Brücke war die Stadt wie eine gewaltige, steingewordene Phantasie – sie zitterte und bebte, sie erschauerte und zuckte, sie vibrierte vor Ekstase. Tief, tief unten in den schwarzen Spalten schwärmten die Millionen Einwohner umher wie betrunkene Ameisen.

Am Sheridan Square bezahlte er das Taxi. Er wurde zu einem Teil der Menge, deren Gewimmel um diese Tageszeit wie sahniger, rosiger Schaum an die Oberfläche trat. In diesem Augenblick träumten oder sprachen Menschen in allen Teilen der Welt von New York. New York! Warum waren die Leute so verdammt verrückt nach New York? Waren es die Hektik und das Durcheinander auf den Bürgersteigen, die großartigen Gefängnisse, die den Himmel aussperrten, die ranzigen Gerüche, das ohrenbetäubende Getöse? Oder was? Was denn nur? Hier war er nun, mitten in dieser Stadt, und in seinem Herzen verspürte er nicht das kleinste bißchen Freude oder Stolz. Die wunderschönen Frauen von New York – wo waren sie denn? Er sah nur Gesichter, die so gleichförmig waren wie Gräber, die unter Kränzen erstickten, welche ihren Duft verloren hatten; sie gingen vorbei wie mit Sägemehl ausgestopfte Puppen, die ein Schluck Gin zum Leben erweckt hatte – Wachsjungfrauen, die ihre Jungfräulichkeit längst verloren hatten, ständig auf der Suche nach Sonderangeboten, getrieben von dem Verlangen zu besitzen, und auf ihren kühlen, berechnenden Gesichtern lag immerfort ein Ausdruck, der sagte: ZU VERKAUFEN.

Vor den Treffpunkten der Halbwelt standen lächerliche Gestalten in lächerlichen Verkleidungen. Wie hätte man vermuten sollen, daß der Schurke, an dem man sich in einem Hauseingang vorbeischob, für fünf Dollar nur zu bereitwillig die Beseitigung einer Leiche übernehmen würde, daß die erstbeste Frau, der man begegnete, in ihrem Körper die Erreger sämtlicher Geschlechtskrankheiten beherbergte oder daß der servile Herr mit dem Blumenkohlohr, der einen zum Tisch begleitete, ein Schuft war, gegen den sich ein Borgia wie ein Waisenknabe ausnahm? Hinter dem Samt lauerten vielleicht genug Schießeisen, um ein ganzes Armeekorps auszuradieren.

Nicht weit vom Jefferson Market stand ein bescheidenes, dreistöckiges Gebäude; es lag völlig im Dunkeln, nur aus einem messerbreiten Schlitz in den Oberlichtern der

Kellerfenster drang ein Lichtschimmer. Tony Bring stand vor einer schweren Eisentür und läutete. Der Besitzer kam selbst an die Tür, spähte durch das Gitter, schaltete nach einem Nicken des Erkennens das rosa Licht im Vorraum ein und schob den Riegel zurück.

Drinnen war es voll. Es war immer voll. Im hinteren Teil des Kellers befand sich die Küche, im vorderen eine Bar, so groß wie ein Sarg. Ein Summen gutgelaunter Stimmen drang an sein Ohr; die Gesichter waren fröhlich, und die Getränke sahen bunt und einladend aus. Einen Augenblick lang blieb er in der Tür stehen und nahm das warme, flüssige Leuchten des Raums in sich auf. Man stand in Dreierreihen an der Theke, und es waren mehr Frauen als Männer unter den Gästen. Alle schienen ausgelassen und beschwipst zu sein. Eine Frau kratzte sich am Hinterteil; sie sah, daß er es bemerkte, aber das war ihr gleichgültig. Es war ihr Hintern, und sie hatte das Recht, sich dort zu kratzen, wenn es sie juckte. Es war eine Art Emanzipationserklärung...

Als er die Stufen zum Speisesaal hinaufgehen wollte, kam ihm eine große, wohlproportionierte, ziemlich angetrunkene Frau entgegengewankt. Sie lächelte schwerfällig und winkte ihm, aus dem Weg zu gehen. Ihr Kleid war unten kurz und oben weit ausgeschnitten, und sie raffte es, als fürchtete sie, darauf zu treten. Langsam und vorsichtig, als wäre sie ein Konzertflügel, kam sie die Treppe hinunter, und die ganze Zeit lächelte sie, wie Leute lächeln, die gelähmt sind. Er sah ihr gerade in die Augen und senkte dann den Blick auf den Teil ihres Körpers, der zwischen den Knien und der Taille lag. Sie hatte festes, dunkles Fleisch, auf dem hier und da glühende Schatten glänzten. Er ließ seinen Blick zwischen ihren Oberschenkeln und ihrem Gesicht hin und her wandern. Sie zog das Kleid noch etwas höher, und ihr Grinsen wurde breiter. Es dauerte endlos lange, bis sie den Fuß der Treppe erreicht hatte. Sie war nicht angetrunken – sie war blau wie ein Veilchen. »Wie wär's mit einem Drink?« sagte sie, als sie merkte, daß sie die Treppe hinter sich hatte. Er versuchte höflich abzulehnen. »Ach, nun komm schon... Laß uns was trinken!« sagte sie, und er spürte, daß sie ihren Oberschenkel an ihn drückte.

»Na gut«, sagte er. »Aber nur einen.«

»Ach, was – einer bringt doch überhaupt nichts. Laß uns ein ganzes Rudel bestellen. Ich sitze da oben mit lauter alten Hennen herum. Wir feiern eine regelrechte Alte-Hennen-Party – ist das nicht schrecklich?«

»Ja, schrecklich«, sagte er.

»Sag mal, findest du, daß ich wie eine alte Henne aussehe?« Sie kniff ihn auf ihre schmerzhaft spielerische Weise in den Arm. »Na sag schon«, wiederholte sie, »findest du, daß ich wie eine alte Henne aussehe?«

»Würde ich nicht sagen... bis auf die Federn.«

»Federn? Was für Federn? Ach, du hast ja selbst lauter Federn.« Sie schwankte so sehr, daß sie ihn fast umgestoßen hätte.

Sie bestellten Martinis. Sie bestand darauf zu bezahlen. Die Frau bezahlt. Er sah sie benommen an und fragte sich, wo sie all den Alkohol ließ. Der Raum drehte sich um ihn; er mußte auf ihren Mund sehen, um zu verstehen, was sie sagte. Die Stimmen der anderen Gäste hörte er nur als ein verschwommenes Summen, durch das wie ein Splitter gelegentlich die Staccato-Rufe der Ober drangen. Die Leute an der Theke schütteten die Drinks in sich hinein. Man brauchte sich nicht zu bemühen, aufrecht zu stehen; man lehnte sich einfach aneinander. Allerdings war er nicht so betrunken, daß er nicht gewußt hätte, wessen Hand sich gegen seinen Oberschenkel drückte. Es war eine heiße, schwere Hand, und hin und wieder durchzuckte sie ein Krampf oder so. Als er sein Gewicht ein wenig verlagerte, spürte er, wie sie ihr Bein zwischen seine Beine schob und die Muskeln anspannte.

»Alles in Ordnung?« fragte er.

Sie grinste, und ihr Bein zuckte noch einmal ein bißchen. »Laß uns hier verschwinden«, sagte sie, nahm seine Hand und zog ihn zur Treppe. »Du liebe Zeit, ist deine Hand kalt«, sagte sie. »Fühl mal meine... ganz heiß.«

Die Vorstellung, nach oben zu gehen, um sich an einen Tisch mit lauter alten Hennen zu setzen, gefiel ihm gar nicht. Er versuchte, sich aus ihrem Griff zu befreien. »Na, komm schon«, flüsterte sie. »Ich weiß, was ich tue.« Als sie auf dem zweiten Treppenabsatz angelangt waren, blieb sie unvermittelt stehen. Über einer Tür am Ende des Gangs sah er ein rosa Licht. Sie hatte die Hand auf seinen Mund gelegt und lehnte sich mit ihrem ganzen Gewicht auf ihn. Er hob fragend die Augenbrauen und sah zu dem rosa Licht über der Tür, während sie den Kopf hin und her drehte wie ein Automat. Sie biß sich auf die Unterlippe und drückte ihn plötzlich an sich. Was soll's! dachte er und fühlte sich mehr und mehr wie ein Haufen nasser Sand. Im nächsten Augenblick preßte sie die Lippen an sein Ohr, und er spürte ihren heißen Atem. »Laß es uns hier machen«, murmelte sie, drückte ihn gegen das Treppengeländer und zog mit einer zuckenden, erschauernden Bewegung ihr Kleid hoch.

Er wußte nicht, wo er war, nur daß es irgendwo im Norden von Manhattan war. Er hatte großen Hunger, und sein Kopf war noch ganz benebelt. Die Kälte wirkte jedoch wie ein Eisbeutel. Er sah eine Million Lichter – sie blendeten ihn und machten ihn schwindlig. Sie waren erst klein und wurden dann größer und stürzten auf ihn zu. Die Farben waren wild und gefährlich. Sie schossen auf ihn zu wie ein Schwarm Signalflaggen.

Eine Eisschicht, nicht dicker als ein Fingerring, bedeckte den Asphalt. Es war ein Spiegel, gebrochen zu einem Meer aus Lichtwellen, ein Spiegel, in dem alle Farben des Regenbogens leuchteten und tanzten. Ein Theater ragte auf; die Eingangshalle hatte einen Schwindelanfall. Es war keine Eingangshalle, sondern ein riesiger erleuchteter Trichter, der sich mit hoher Geschwindigkeit drehte; in dieses wirre Glaslabyrinth schoben sich wogend lange Schlangen von Menschen, wie gewaltige Wellen, die ihre schaumigen Kämme auf den Strand eines Sunds werfen. Nach jedem krachenden Ansturm zogen sie sich rasch strudelnd zurück, sammelten sich wieder und wurden zu einer neuen Säule, die wieder ihre bebende, zischende Masse emporschleuderte und sich in wirbelnden Lichtwürfeln brach... Im Fenster eines Drugstores sah er eine Reihe von Telephonzellen. Sie standen dort, damit die Leute telephonierten. »Ich möchte Hildred sprechen«, sagte er, als sich im »Caravan« jemand meldete. »Sie ist nicht da«, sagte eine barsche Stimme. Klack! Der Hörer klickte wie eine Pistole. Er hämmerte auf die Gabel. »Hallo! Hallo!« Er hörte ein Summen wie das, welches ferne Planeten auf ihrer Bahn durch das mit Äther ausgepolsterte Weltall von sich gaben. Hat keinen Zweck, sagte er sich, wir sind auf verschiedenen Umlaufbahnen. Die Welt war nichts weiter als ein blindes Energiefeld, in dem Mikrokosmos und Makrokosmos den Launen eines irren Königs unterworfen waren.

Als er den Times Square erreichte, war er trunken von Wohlbefinden. Er spürte das Fluten des hellen, flüssigen Blutes in seinen Adern. Im Rhythmus eines Aufwerfhammers kam und ging es, weitete sein Herz, beflügelte seine Vorstellungskraft, schoß durch seine pulsierenden Glieder. Helles, rotes, flüssiges Blut – im Stadium der Euphorie machte es die Menschen weise, hellsichtig, gesund; verdünnt führte es zu Schlaffheit, Neurosen, Verzweiflung und Melancholie; verdickt erzeugte es die sternartigen Phänomene des Solipsismus, die Schrecken von Epilepsie und Chorea, die Hierarchien des Kastenwesens, die bodenlosen Abgründe des Wahnsinns. Ein einziges rotes Blutkörperchen enthielt genug Wunder, um sämtliche Wissenschaftler der Welt sprachlos zu machen. Mit Blut wurde man geboren, und mit Blut starb man. Blut war stark, fruchtbar, magisch. Blut war eine Ekstase von Schmerz und Schönheit, ein Wunder an kreativer Zerstörung, vielleicht sogar die Essenz der Zerstörung. Wo Blut floß, war das Leben stark. Wo gesungen wurde, war Blut, wo angebetet wurde, war Blut. Blut war im Sonnenuntergang, in den Blumen des Feldes, in den Augen von Verrückten und Propheten, im Feuer kostbarer Edelsteine. Überall, wo es Leben und Gesang und Trunkenheit und Gottesdienst und Triumph gab, gab es Blut.

In diesem blutigen Überschwang baute er sich gegenüber dem »Caravan« auf. Es war gegen Mitternacht. Gruppen von Müßiggängern standen am Geländer vor dem Lokal, angezogen durch die Ausbrüche von Ausgelassenheit, die durch die offenen Fenster nach draußen drangen. Kurz darauf stand er selbst ebenfalls dort. Das Vorrecht, dieses Spektakel von außen betrachten zu dürfen, gab ihm ein eigenartiges Hochgefühl.

Immer wenn Hildred einen interessanten Menschen entdeckt hatte, führte sie ihn zu einer kleinen Nische in der Ecke, nahe am Fenster. Dort saß sie dann, mit weit vorgeschobenen Ellbogen, und starrte voller Bewunderung in die Augen desjenigen, der für eine gewisse Zeit Gegenstand ihrer Faszination war. Sobald sie, wie es schon einige Male vorgekommen war, den Blick für einen Augenblick abwendete und ihn mit einem hingerissenen, abwesenden Gesichtsausdruck über die Gestalten schweifen ließ, die sich an dem Geländer drängten, beugte Tony Bring sich unwillkürlich vor und suchte mit brennendem Herzen so etwas wie ein Erkennen in ihren leuchtenden Augen zu entdecken.

Doch heute nacht war die Nische, in der Hildred wie eine Schutzpatronin zu thronen pflegte, leer. Er ging hinein und bestellte etwas zu essen. Im Essen lag eine tote Kakerlake, doch er war zu hungrig, um zu reklamieren. Plötzlich trat Earl Biggers ein und schob seinen massigen Körper zwischen den Tischen hindurch wie ein Granitblock, der einen Abhang hinunterrutscht. In seiner Begleitung war eine herb wirkende Frau, die wie ein französischer Kavallerist aufgemacht war. Er erkannte sie nach der Beschreibung, die Hildred ihm einmal gegeben hatte. Es war, wie sie gesagt hatte: Die Frau hatte einen Zug um Augen und Mund, der ihr, trotz ihrer Herbheit, etwas Attraktives gab. Es war allgemein bekannt, daß sie eine Schwäche für kräftige, athletische Männer hatte. Außerdem gab es auf keiner amerikanischen Bühne eine Frau, die ihr an Unflätigkeit gleichkam – und angesichts der Konkurrenz war das ein Kompliment der ersten Sorte.

Er sah gespannt zu, während sie ihre großen, verderbten Augen in die Runde schweifen ließ. Man konnte sie kaum als Augen bezeichnen, da sie nicht so sehr Instrumente der Wahrnehmung als vielmehr riesige, bewegliche Trommeln voll Licht waren, die mit großer Zielsicherheit eine silberne Flut über die Reihe der Gesichter ergossen. Wenn eine der schlüpfrigen Bemerkungen, die sie ständig von sich gab, eine Reaktion hervorrief, weiteten sich ihre Nüstern und bebten wie die einer rossigen Stute.

Jemand zeigte ihr ein Buch. »Das hab ich gelesen«, sagte sie, und das emailleartige Weiß ihrer Zähne schimmerte lasziv.

»Hat es Ihnen gefallen?« wurde sie gefragt.

»Ob es mir gefallen hat? Als ich damit fertig war, mußte ich einfach an mir herumspielen.«

Earl Biggers errötete. »Du bist ein Schatz«, sagte sie. »Du bist so groß und stark, daß du den Bach runtergehen wirst, wenn du nicht aufpaßt«, und griff ihm unter dem Tisch ans Bein.

In diesem Augenblick trat eine ziemlich bekannte Frau mit einem Monokel ein.

Biggers sagte, sie sei die Geliebte einer prominenten Broadway-Schauspielerin.

»Tatsächlich?« rief sie, laut genug, daß alle es hören konnten. »Die Frau würde ich gerne kennenlernen. Das ist das einzige, das ich noch nicht ausprobiert habe.«

Diejenige, die mit dieser Bemerkung gemeint war,

fühlte sich keineswegs beleidigt, sondern begann sich zu spreizen. Tony Bring betrachtete die Kakerlake, die er neben den Teller gelegt hatte. Ihm war der Appetit vergangen.

Hildred war bereits ausgezogen, als er eintrat. Sie hatte sich das Gesicht eingecremt, und in ihrem Mundwinkel hing eine Zigarette.

»Wo bist du gewesen?« fragte sie. Sie schien ungehalten.

Bevor er antworten konnte, fügte sie hinzu: »Herrgott, ich weiß nicht, was ich tun soll... Vanya ist verschwunden!«

»Wie schön«, sagte er. »Hoffentlich hat sie sich ersäuft... Und *du*«, fuhr er fort, »weißt du, was ich von *dir* halte? Ich glaube, du bist verrückt. Ich glaube, wenn ich halbwegs normal wäre, würde ich dich fesseln und verprügeln, daß dir Hören und Sehen vergeht. Ich glaube, ich bin genauso verrückt wie du, mir das alles ruhig anzusehen. Bei Gott, ich schwöre, wenn dieses Weibsstück noch mal hier auftaucht, dann mach ich sie fertig. Und dich ebenfalls, daß du's nur weißt. Du hast mich wahnsinnig gemacht mit deinem Vanya hier und Vanya da. Scheiß auf Vanya! Sie ist verschwunden? Gut. Ich hoffe, sie hat den Löffel abgegeben. Ich hoffe, sie finden nicht mal mehr einen Zehennagel von ihr. Ich hoffe, sie liegt in irgendeiner Kloake, und in ihrem Bauch bauen sich die Ratten ein Nest. Von mir aus kann ganz New York vergiftet werden, wenn sie nur weg ist und weg bleibt...«

6

Ja, sie war verschwunden. So spurlos, als hätte sich die Erde aufgetan und sie verschluckt. Kaum hatte sich die Neuigkeit herumgesprochen, da hieß es schon, sie sei in Taos, doch sogleich tauchte ein Gerücht auf, sie sei in einer Opiumhöhle in der Pell Street gesehen worden. Dann kam eines Tages ein Brief: »Liebe Hildred, ich bin hier auf der Psychiatrie-Station. Eine der Schwestern war so freundlich, diesen Brief hinauszuschmuggeln. Bitte komm sofort – wenn ich noch einen einzigen Tag hier bleiben muß, werde ich wirklich verrückt. Die Schwester sagt, daß sie mich gehen lassen, wenn jemand dafür bürgt, daß ich mich ordentlich benehme. Bring ein paar Sachen zum Anziehen mit – *irgendwas Feminines.*«

Der Brief erreichte Hildred im »Caravan«. Sofort nahm sie eine der Frauen beiseite und lieh sich von ihr ein Kostüm und einen Hut. In der Garderobe entfernte sie die Vaseline von den Lidern, die dicken schwarzen Striche von den Augenbrauen, das Rot von den Lippen und die grünen Puderschichten von den Wangen. Dann eilte sie hinaus und kaufte Seidenstrümpfe und einen Schlüpfer mit langen Beinen.

Etwas konventioneller als sonst gekleidet, traf sie im Krankenhaus ein. Dr. Titsworth, an den sie sich wenden sollte, war, wie die meisten Beamten, beschäftigt. Eine ältere Frau, offenbar seine Sekretärin, eilte mit der

Ernsthaftigkeit eines Leichnams hin und her. Sie hatte einen Spitzbauch, über den sie mit einer Brille, die ihre Augen vergrößerte, hinwegspähte. Hildred musterte sie einmal von Kopf bis Fuß und beachtete sie dann nicht mehr.

Der Verwaltungsassistent der Verrückten erschien.

»Sie wollten zu Dr. Titsworth?«

Hildred nickte.

»Um was geht es, bitte?«

»Das werde ich ihm selbst sagen.«

»Aber er ist beschäftigt.«

»Dann werde ich eben warten.«

Sie saß auf einer harten, glänzend polierten Bank. Der Raum war eine riesige, unmöblierte Halle mit Fenstern wie in einer Besserungsanstalt. Der Anblick der kahlen Wände ließ sie fast hysterisch werden; sie dachte daran, was Vanya daraus machen würde, wenn man ihr freie Hand ließe. Sie verabscheute die bunten Fenster: Sie erinnerten sie an Kirchen und Toiletten.

Plötzlich öffnete sich die Tür für den Großmogul persönlich. Er hatte den Schädel eines Cäsar und die Visage eines Zaren. Er reichte ihr die Hand – sie fühlte sich an wie ein kaltes Steak. Sie nahmen Platz, und Hildred erklärte ihm ganz ruhig und mit wenigen Worten, warum sie gekommen war. Während sie sprach, trommelte er mit seinen langen, spitzen Fingern auf die Armlehne seines Sessels.

»Mit welchem Recht fordern Sie ihre Entlassung?« fragte er.

Hildred antwortete, sie sei Vanyas Vormund.

»Aha, ich verstehe. Darf ich fragen, wie alt Sie sind?« Seine winzigen, stechenden Augen durchbohrten sie.

Diesen Blick wendete er auch bei seinen Patienten an; er sollte einschüchtern.

Hildred fingerte an den geborgten Wildlederhandschuhen herum und zog immer wieder mit der typischen weiblichen Geste den Rock über die Knie. Dr. Titsworth hüstelte. Er erinnerte Hildred sehr dezent daran, daß es ganz bei ihm liege, die Freiheit der Patientin nach Gutdünken einzuschränken – wenn er den Eindruck habe, daß das notwendig sei. Hildred hörte ihm sehr ernst und respektvoll zu; sie legte ihre Hand ganz zufällig auf seine und entschuldigte sich gleich darauf übertrieben. O ja, es war deutlich zu sehen, daß sie ganz außer sich war, daß sie sich noch nie zuvor in einer solch peinlichen Lage befunden hatte.

»Herr Doktor«, sagte sie, und ihre Augen waren wie die eines weinenden Engels, »diese ganze Sache verwirrt mich zutiefst. Ich kann das nicht verstehen. Ich weiß nicht, was ich tun soll, ich bin völlig ratlos. Haben Sie nicht gesagt, daß Sie mir einige Fragen stellen wollten?«

Titsworth ließ sogleich seine Sekretärin kommen und eine vorbereitete, mit Schreibmaschine geschriebene Liste bringen. Gedankenverloren legte er das Papier kurz auf seinen Schoß, gerade lang genug, daß Hildred es überfliegen konnte. Es waren die üblichen idiotischen Fragen, die nicht so sehr Antworten als vielmehr Stempel, Siegel und die unleserlichen Unterschriften übel beleumundeter Zeugen zu erfordern schienen.

Plötzlich bekamen seine glänzenden Augen einen verschlagenen, unsteten Ausdruck. »Sagen Sie«, fragte er kalt, »wie lange nimmt sie schon Drogen?«

»Aber Herr Doktor!« Hildred sah ihn befremdet, ja verletzt an.

»Ach, nun kommen Sie schon!« sagte er. »Warum hat sie von Nietzsche phantasiert, als sie eingeliefert wurde? Warum bleibt sie dabei, daß Nietzsche sie in den Wahnsinn getrieben hat?«

»Aber Herr Doktor...«

»Ich nehme an, Sie wissen«, fuhr Titsworth rasch fort, »daß Ihr Mündel neulich vergewaltigt worden ist.«

Hildred schnappte nach Luft.

»Sie wissen es nicht, was?« sagte Titsworth. »Warum haben Sie sie damals allein gelassen? Warum haben Sie nicht die Polizei benachrichtigt? Warum?« Seine Fragen schienen kein Ende zu nehmen. Dann hörte er, als hätte er nun genug Spaß gehabt, abrupt auf, rief eine Schwester und gab ihr eine kurze Anweisung. Es schien Hildred, als wäre nur ein Augenblick vergangen: Vanya stand in der Tür, unschlüssig zunächst, dann innerlich jubelnd. Ihr Haar war länger geworden; in ihrem Gesicht war ein beinah blutdürstiger Ausdruck.

»Hildred!« rief sie. »Du bist also doch gekommen!« Fast riß sie ihre Freundin um, als sie sich in ihre Arme stürzte.

»Ruhig, Vanya, ruhig!« flüsterte Hildred, als sie sich umarmten.

»Herrgott, Hildred, ich dachte, du würdest nie mehr kommen. Jeden Tag hab ich von morgens bis abends auf die Uhr gestarrt... Du mußt mitkommen auf die Station – alle wollen dich kennenlernen. Warte nur, bis ich dich George Washington vorstelle, sie ist absolut umwerfend.«

»Vorsicht, Vanya!« sagte Hildred und gab ihr einen kleinen Rippenstoß. Dann fuhr sie mit erhobener Stimme fort: »Du bist sehr angespannt, meine Liebe. Es muß schrecklich für dich gewesen sein.«

Vanya drückte ihre Hand.

»Mach dir keine Gedanken, Vanya«, sagte Hildred, »es ist alles in Ordnung. Ich nehme dich mit nach Hause.«

Titsworth beobachtete sie wortlos. Als sie zurück zur Station gingen, kam ihnen auf dem Korridor eine Gruppe Krankenschwestern entgegen. »Hallo, ihr Lieben! Ich gehe nach Hause, ich gehe nach Hause!« rief Vanya. Dann drückte sie Hildreds Arm an sich und flüsterte: »Siehst du die kleine Blonde da drüben? Sie ist in mich verliebt. Deswegen hat sie den Brief für mich rausgeschmuggelt.«

Tony Bring erfuhr die Neuigkeiten bald darauf. Hildred erzählte ihm sogleich von ihrer Absicht, ihr Mündel in ihrer gemeinsamen Wohnung aufzunehmen. Es gab eine Szene. Eine Stunde oder länger schrien und tobten sie. Schließlich schlug er mit der Faust auf den Tisch. »Nein!« sagte er. »Kommt nicht in Frage!«

Dann kam Vanya bei ihnen vorbei. Sie sprach mit ihm, sanft und nachdenklich. In ihren Augen war immer noch eine Spur von Wahnsinn – sie waren groß und blickten unstet, große schwarze Punkte, die in grüner Tinte schwammen. In ihren Worten ließen sich noch stets Reste jenes eigenartigen Akzents ausmachen, von dem Titsworth Hildred gegenüber gesprochen hatte. Sie war verändert. Es war um sie etwas Verängstigtes, Gedämpftes.

Es gab Tage, da tat Hildred nichts, außer ihr Mündel ins Theater oder zu einem Konzert mitzunehmen. Es gab die unvermeidlichen Kosten für Taxis und kleinere Ausgaben für Gardenien und Orchideen. Wenn Vanya auch nur seufzte, war Hildred schon beunruhigt. Vanyas flüchtigste Wünsche mußten sogleich befriedigt werden. Als Vanya also das Verlangen überkam, wieder zu malen, machte sich Hildred eilends auf den Weg und besorgte eine verwirrende Vielfalt von Materialien. Alles nur vom Feinsten. Eine gewöhnliche Staffelei kam nicht in Frage – nicht für ein krankes Genie. Es mußte eine sein, die sich von anderen Staffeleien grundsätzlich unterschied. Was sie dann nach Hause brachte, war ein verziertes Gerät javanischer Herkunft, das sie, wie sie sagte, geradezu spottbillig bekommen hatte. Alles, was teuer gewesen war, hatte sie geradezu spottbillig bekommen.

Wenn er die Situation mit offenem, unverstelltem Blick betrachtete, fragte sich Tony Bring, was für einen Unterschied es wohl machen würde, wenn sie sich tatsächlich zu einer *ménage à trois* entschließen würden. Zwar hatte er sich geweigert zu erlauben, daß Vanyas Schrankkoffer in seine und Hildreds Wohnung gebracht wurde, aber was hieß das schon? Hielt sie das davon ab, in ihrem Bett zu schlafen, in ihrer Badewanne zu baden, gelegentlich seine Krawatten zu tragen oder Kritik an der Höhe der Ausgaben für den Haushalt zu äußern?

7

»*Sie* waren verrückt, nicht ich! Sie haben mich festgebunden, ich weiß gar nicht mehr wie lange. Ich bekam keine Luft mehr. Ich hab sie angebettelt, sie sollten mich losmachen – nur für fünf Minuten –, aber sie haben mich bloß ausgelacht. Im Bett neben mir war George Washington. ›Laß mich dich Herzchen nennen – ich liebe dich...‹ Tag und Nacht hat sie mir damit in den Ohren gelegen. Die Frau hat mich verrückt gemacht. Von morgens bis abends, und dann die ganze Nacht hindurch – *Schätzchen... Schätzchen...* Ich hab's nicht mehr ausgehalten. Ich bin geplatzt. Herrgott, wißt ihr eigentlich, wie das ist, wenn man festgebunden ist? Nein, das wißt ihr nicht! Ihr könnt euch das nicht vorstellen. Man tritt, man schreit, man flucht. Sie kommen und schütteln die Köpfe über einen, sie lachen. Sie bringen einen dazu zu glauben, daß man verrückt ist, auch wenn man es nicht ist. Nach einer Weile ist man erschöpft, man beruhigt sich. Und dann fängt man an zu beten. Man weiß gar nicht mehr, was man sagt, aber man bettelt, man winselt, man kriecht wie ein Wurm. Und dann kommen sie wieder mit ihren kalten Eidechsenaugen und sehen einen blöde an und schreien: ›Sei still! Halt den Mund!‹ Man flucht und verwünscht sie, man bittet und bettelt, man winselt, man verspricht ihnen alles mögliche, aber sie sagen bloß: ›Sei still! Halt den Mund!‹

Hier! Seht euch die Striemen an! Das haben mir diese verdammten Blutsauger angetan. Wartet, ich zeige euch noch mehr. Hildred, du hast meine Brüste gesehen, du hast gesehen, was sie mir angetan haben. Eines Tages bring ich sie um, diese verdammten Schweine!

Sie werden mich nicht vergessen. Zweimal hab ich mich losgerissen. Beim zweiten Mal hab ich George Washington losgemacht. Die ganze Station ist übergeschnappt. Wir haben die Fenster zerbrochen, wir haben gesungen, wir haben getanzt... Wir haben ihnen eine Heidenangst eingejagt, das kann ich euch sagen...«

Vanyas fiebriges Hirn zuckte wie ein Frosch unter dem Skalpell. Obwohl sie die Geschichte schon vier- oder fünfmal erzählt hatte, mußte sie unbedingt immer wieder davon anfangen... Sie wollte, daß sie über alles genau Bescheid wußten... Sie fürchtete, sie könnte irgendein Detail übersehen haben.

Was war in jener Nacht geschehen, als Hildred ihre Freundin Vanya allein gelassen hatte? Warum hatte Hildred zugelassen, daß sie mit einem Fremden ging, besonders da Vanya doch betrunken und nicht imstande gewesen war, auf sich achtzugeben? War sie eifersüchtig auf ihre gute Freundin gewesen, oder hatte sie selbst eine Verabredung mit einem anderen gehabt? Und warum war sie so sicher gewesen, daß Vanya verschwunden war? Dies waren einige der Fragen, auf die Tony Bring keine Antwort finden konnte. Er war es, der Vanya ermunterte, von ihren Erlebnissen zu berichten. Geschickt und verschlagen trieb er sie an, trotz aller Einwände, die Hildred machte. Er gab vor, berührt zu sein, er spendete ihr Applaus, wenn sie dramatisierte, er tröstete sie, wenn sie kurz davor war zusammenzubrechen.

Er ging zwischendurch aufs Klo, um sich Notizen zu machen, und wenn er zurückkam, trieb er sie weiter an, erinnerte sie an Dinge, die sie vergessen hatte, hakte nach, wenn sie sich widersprach, nickte zustimmend, wenn er wußte, daß sie log...

Nach und nach stückelte er sich zusammen, was geschehen war: Vanya, Hildred und der Mann, der ein völlig Fremder gewesen war, hatten im »Caravan« etwas getrunken. Hildred war nach einem kindischen Wortwechsel mit Vanya gegangen. Der Mann bot Vanya an, sie nach Hause zu bringen. Als sie ins Taxi stiegen, sagte er dem Fahrer, er solle sie Richtung Norden fahren. Sie bat ihn, sie nach Hause zu bringen, aber der Mann ging nicht darauf ein und versuchte immer wieder, sie auf seinen Schoß zu ziehen. Sie wehrte sich dagegen. Bevor sie wußte, wie ihr geschah, fand sie sich auf dem Boden des Wagens wieder. Der Mann lag auf ihr, schlug sie und verdrehte ihr die Arme. Als sie zu sich kam, lag sie neben einer Zapfsäule auf dem Bürgersteig. Benommen blieb sie eine Weile sitzen und suchte in ihren Taschen nach dem Schlüsselbund. Schließlich rappelte sie sich auf und schleppte sich davon. An ihrer Schläfe klebte geronnenes Blut; geistesabwesend kratzte sie es im Gehen ab.

Sie wußte nicht, wo sie war – die Straßen lagen verlassen, und ihre Namen sagten ihr nichts. Nach einer Weile ragten Schiffsrümpfe und Schuppen und Schornsteine und Masten im Nebel und Dunst auf. Hilflosigkeit und Angst überkamen sie. Vielleicht war sie gar nicht mehr in New York. Vielleicht war sie verschleppt worden. Plötzlich hörte sie hinter sich einen Lastwagen. Sie winkte dem Fahrer. Der Lastwagen hielt an, und sie stieg auf den Beifahrersitz. Es war ein Speditionswagen, und neben dem Fahrer saßen noch zwei Männer – Polacken, wie sie glaubte. Sie bat die Männer, sie zur Brooklyn Bridge zu fahren, und diese erklärten sich dazu bereit. Danach wurde kein einziges Wort mehr gesprochen. Die Männer fragten sie nicht, was mit ihr geschehen war oder was sie sonst machte oder so. Sie sagten keinen Ton. Sie hatte große Angst. Sie fragte sich, ob sie sie wirklich zur Brooklyn Bridge fahren würden – und was sie machen sollte, wenn sie es nicht taten. Sie fragte sich nicht, wie sie ihnen entkommen könnte. Sie dachte einfach nichts mehr. Sie hielt den Mund und zitterte. In ihrem Kopf war nichts außer einer vagen, lähmenden Angst. Ihr Gehirn fühlte sich an, als wäre es dabei zu versteinern.

Schließlich hielt der Wagen an, und sofort sprangen vier oder fünf kräftige Männer von der Ladefläche. Einer von ihnen packte sie und zog sie aus dem Fahrerhaus. Er trug sie in ein Gebäude. Drinnen war es stockdunkel. Ein Streichholz flammte auf, und dann machte sich einer in einer Ecke zu schaffen, in der eine Flasche mit einer Kerze darin stand. Die Männer begannen zu sprechen – schnell, mit leise hervorgestoßenen Lauten. Sie konnte nichts verstehen. Es klang, als sprächen sie mehrere Sprachen.

Sie hatte währenddessen den Mund nicht aufgemacht, hatte sich mit keiner Bewegung gewehrt. Plötzlich dachte sie: Ich muß schreien – und sie versuchte es, aber aus ihrer Kehle kam nur ein leiser, kratzender Laut. Sofort legte sich eine große, behaarte Hand voll Schweiß und Schmutz auf ihren Mund. Beinah gleichzeitig wurden ihr die Kleider vom Leib gerissen. Einen Augenblick lang ließen sie sie in Strümpfen dastehen, während sie die Köpfe zusammensteckten und sich berieten. Sie konnte nicht verstehen, was sie sagten. Ihre Strümpfe rutschten hinunter; sie bückte sich und zog sie herauf. Es verging vielleicht eine Minute, in der sie nackt, mit ordentlich glatten Strümpfen, dastand. Plötzlich schob sich ein Arm in ihre Kniekehle, und sie bekam einen Stoß. Ihr Rückgrat schlug schmerzhaft auf der Tischplatte auf, und eine Hand drückte auf ihren Mund und erstickte ihren Schrei. Sie spürte die Kälte eines Gurtes auf ihrem Bauch und dann den kurzen, heftigen Ruck, mit dem der Gurt angezogen wurde. Sie packten ihre Hände und fesselten sie ebenfalls. Ihre Beine waren frei, und da sie nicht wußte, was sie sonst hätte tun sollen, trat sie wild in alle Richtungen. Das tat sie immer noch, als ein gewaltiges Gewicht sich auf sie legte. Der Raum wurde dunkel...

Als sie die Augen aufschlug, hatte sie den Geschmack von Brandy im Mund. Wieder trat sie, und wieder legte sich das Gewicht auf sie... noch einmal, und noch einmal, und noch einmal... Es war, als wäre ein ganzes Regiment im Raum.

Als sie zu sich kam, lag sie im Hafen in einem Rinnstein. Sie schrie aus Leibeskräften, aber niemand kam. Sie schrie lauter und lauter. Schließlich hörte sie Schritte, und ein Knüppel traf ihren Kopf und machte ein dumpfes, dröhnendes Geräusch. Wieder umhüllte sie Dunkelheit, und dann sah sie blitzende Knöpfe und einen Mann, der sich über sie beugte. Er roch aus dem Mund, und in seinen Augen tanzten grüne Flaschen, und dann setzten sich die Räder knirschend wieder in Bewegung und rüttelten sie durch, und ihr Rückgrat knackte, und sie bat sie, sie nicht in Stücke zu reißen. Sie trugen sie in einen dunklen Raum. Es war kalt, und sie spürte, daß ihre Strümpfe rutschten. Schatten stürzten sich aus den sich vorwölbenden Wänden auf sie, und eine weiche, schwammige Hand, die nach Desinfektionsmittel roch, legte sich auf ihren Mund. Sie wehrte sich, aber ihre Glieder waren in einen Schraubstock gespannt, und der Schraubstock war aus Eis, und Tonnen von Eis legten sich auf sie und verbrannten ihre Haut. Nach einer Weile verschwanden die Schatten, und sie versuchte, stumm und verzweifelt diesmal, sich loszumachen. Schmerzen schossen durch ihre Lenden, ihre Muskeln waren hart und verkrampft, und ihr Rückgrat, ihr Rückgrat fühlte sich an, als hätte man es mit einer Axt gebrochen. Sie wartete darauf, daß jemand kam und ihr Brandy einflößte, sie hochhob und wieder zu Boden warf. Aber es kam niemand.

Sie war in einem Traum. Sie träumte, daß sie sich alles nur eingebildet hatte. Doch als sie erwachte, war sie immer noch gefesselt, und um ihr Bett standen Leute, Männer und Frauen mit bösen Gesichtern und tauben Ohren. Sie drängten sich zusammen, bewegten sich von einer Seite zur anderen, kamen auf sie zu, als wollten sie über sie herfallen, und verblaßten; sie kreisten über ihrem Kopf wie Engel, setzten sich mit ihren fetten Hintern auf ihre Brust und verblaßten wieder und klumpten sich wieder zusammen wie die Ziffern einer langen Zahl. »Sei still!« sagten sie. »Halt den Mund!« Sie versuchte, sie wegzustoßen, aber sie konnte sich nicht bewegen. Sie war gelähmt.

Stundenlang kam niemand, die Wände blieben weiß und massiv, und nichts änderte sich. Die Monotonie machte sie verrückt; sie wußte, daß sie verrückt war, denn wenn man nicht verrückt ist, geschieht etwas: In den Wänden sind Türen, und sie öffnen sich, es gibt Sonnenlicht und Gerüche und Menschen, die vorbeigehen, und Stimmen, und man kann seine Hände bewegen... Später, viel später – es erschien ihr, als seien Wochen vergangen – kamen die Gesichter wieder. Sie waren jetzt verändert: freundlicher, nicht mehr so taub. Sie lösten die Fesseln, und ihre Berührung war sanft. Sie waren Engel, aber verrückte, vollkommen verrückte Engel. Sie bat um Wasser, und sie rezitierten aus *Also sprach Zarathustra*. Und während sie die Worte rezitierten, erhob sich plötzlich eine seltsame, brüchige Stimme, die falsch sang, wie ein Bauchredner, der ein Glas Wasser trank. Auch die Engel begannen zu singen. Sie sangen im Chor und verdrehten lüstern die Augen. Selbst als sie gegangen waren, hörte der Gesang nicht auf – erst kam er von oben, von der Decke des Raums, dann ertönte er direkt unter ihrem Bett. Es klang, als sängen sie in ihrem Nachttopf, und der Nachttopf zersprang. Immer dieselbe brüchige Melodie, immer dieselben schmierigen Worte... Immer und immer wieder, als würde eine Spieluhr im Bauch eines Automaten langsam ablaufen.

DRITTER TEIL

1

Die Nacht senkte sich herab, und er floh vor seinen Gedanken. Hildred und Vanya waren dagewesen und dann gegangen oder vielmehr: sie hatten das Weite gesucht – nach einer peinlichen Szene, die mit Flüchen und Androhungen von Gewalt geendet hatte.

Düster ging er von einer schmutzigen Erinnerung zur anderen. Die Zeit verstrich, aber er saß still; seine Brust war leer, seine Glieder reglos, als hätten sie bereits ihre letzte Bewegung ausgeführt und wären in Schlaf, in ewigen Schlaf gesunken. War es so, das Ende, wenn die Augen groß und glasig starren und alle Geräusche der Welt verschwinden?

Die Schatten der Nacht reckten sich und legten sich mit feierlicher Groteskheit auf die Wand. Er heftete den Blick seiner großen, schmerzerfüllten Augen auf sie, und siehe da, sie bebten, und der ganze Raum begann, sich leicht und rhythmisch zu bewegen. Mit einemmal drängten sich vertraute Worte auf seine Lippen: *Ein guter Ruf ist besser als gute Salbe und der Tag des Todes besser als der Tag der Geburt… Die Toten aber wissen nichts, sie haben auch keinen Lohn mehr, denn ihr Andenken ist vergessen.* Er dachte an Bob Ingersoll, der an Napoleons Gruft gestanden und gar nicht mehr aufgehört hatte zu reden; er dachte an all die Ungläubigen, die auf dem Sterbebett Zuflucht bei Gott gesucht hatten, und in seinen

Ohren erklang eine Stimme, die sagte: »*Wie stirbt doch der Weise samt dem Toren.*«

Die Sätze sprangen in einer verknäulten Wolke in seine Gedanken, als wären all die Sonntage, die er in der Kirche verbracht hatte, in einem wirren Traum vereint und als bliebe nichts als eine laute presbyterianische Stimme, die die schmutzigen Brocken eines altersschwachen Segens ausspuckte. Ein Geruch nach Pimentöl stieg ihm in die Nase, und wieder einmal spürte er einen borstigen Schnurrbart, der sich auf seine Lippen preßte. Eine süßliche, einschmeichelnde Stimme flüsterte ihm etwas zu, aber er wollte nicht hinsehen, denn der Anblick der Kehle des alten Mannes war wie ein offenes Grab.

Er stellte sich an das offene Fenster und setzte sich den eiskalten Windstößen aus. Es war Winter, und alles war tot. Ein tiefer, schmerzloser Schlaf. Im Hof stand ein hagerer, kahler Baum. Es würde lustig sein, dachte er, wenn Hildred am Morgen ans Fenster treten und seinen gefrorenen Körper sehen würde, der wie ein Fluch am Himmel klebte. Aber was würde es schon machen, ob und wo sie am Morgen seinen Leichnam fanden? Am Morgen würde er sich mit allen Morgen, die es je gegeben hatte, vereint haben.

Er legte sich ins Bett und zog die Decke über sich. Eine Taubheit breitete sich in seinen Gliedern aus; er begann zu glühen, zu brennen. Blieben ihm noch Minuten oder nur Sekunden? Wenigstens sollte er einen Brief hinterlassen – man hinterließ doch immer einen Brief. Er sprang aus dem Bett und suchte fieberhaft nach Papier und Bleistift.

Die Worte rasten dahin wie mit der Peitsche angetrieben und färbten die glatte weiße Fläche in einer fortlaufenden unregelmäßigen Linie. Als er fertig war, strich ein kalter, dumpfer Hauch, der schon nach Grab roch, über ihn. Der Bleistift entglitt seiner Hand, und als ihm die schweren Lider zufielen, wurde er fortgerissen in eine andere Zeit, in eine endlose Welt, eine gefrorene Leere, die von den wehmütigen Tönen einer eisernen Harfe vibrierte.

Über den gefrorenen Rand der Leere erhob sich ein feuriger Ball, aus dem scharlachrote Flüsse niederregneten. Er wußte nun, daß das Ende gekommen war, daß es vor diesem bleichen, glühenden Kreis des Verderbens kein Entkommen mehr gab. Er lag auf den Knien, den Kopf im schwarzen Auswurf vergraben. Plötzlich packte ihn eine Hand im Genick und warf ihn rücklings in den Schmutz. Seine Arme waren wie festgenagelt. Über ihm kniete eine nackte Hexe und drückte ihre knochigen Knie in seine Brust. Sie küßte ihn mit schmutzigen Lippen, und ihr Atem war heiß wie der einer jungen Braut. Er fühlte, wie sie ihre sehnigen Arme um ihn schloß und ihre Lenden an ihn preßte. Ihr Unterleib wurde weit und weich, ihr Bauch wurde weiß und groß; sie lag auf ihm wie eine schwere Blüte, und die Blätter ihres Mundes öffneten sich lüstern. Plötzlich schimmerte in ihrer klauenartigen Hand ein Messer; es fuhr nieder, und Blut spritzte über seinen Hals und in die Augen. Seine Trommelfelle platzten, und aus seinem Mund ergoß sich ein Blutstrom. Sie beugte sich zu ihm herab und rieb ihre schuppigen Lippen an seiner Wange. Sie hob ihr blutbesudeltes Gesicht, und wieder senkte sich das Messer herab, fuhr seitlich an seinem Gesicht entlang, grub sich in die Kehle und legte die Gurgel frei. Rasch und geschickt schnitt sie ihm die Ohrläppchen ab. Der Himmel war ein einziger großer scharlachroter Fluß, in dem es von Schwänen und silbrigen Walen wimmelte; ein hohles, höhnisches Schnarren erfüllte die Leere, und die Schwäne flogen herab, und ihre langen Hälse vibrierten wie gespannte Saiten...

Es gab einen Knall, und die Tür flog auf. Er hörte seinen Namen. Er drehte sich um und seufzte tief.

Hildred warf sich auf das Bett. »Tony, was hast du getan?« Sie nahm ihn in die Arme und wiegte ihn, wiegte ihn vor und zurück. Sie waren wieder vereint, wie sie es immer gewesen waren, wie sie es immer sein würden. Nichts, nichts würde sie je wieder trennen können.

Und dann klopfte es laut an der Tür. Hildred zitterte, zuckte in seiner Umarmung. »Lieg still!« flüsterte er und drückte sie fester an sich. Wieder klopfte es, lauter diesmal, gebieterisch, drohend.

Vanya tritt ein... wie die Modjeska. Überschaut die Szene mit einem kühlen, alles einbeziehenden Blick. Steht neben dem Bett und betrachtet die hingestreckte Gestalt, als wäre sie ein Bild des heiligen Immanuel. Sie spricht mit Hildred, ihre Stimme ist leise und vertraulich, und während sie spricht, hebt sie den Blick langsam vom Bett und richtet ihn auf einen unsichtbaren Gegenstand, der weit entfernt, jenseits der Wand ist.

Hildred beugt sich fürsorglich über ihn. »Vanya fragt, ob sie irgend etwas für dich tun kann«, sagt sie.

Er zieht sie zu sich hinab. »Sag ihr, sie soll gehen«, flüstert er.

Hildred richtet sich auf und sieht Vanya verwirrt an. »Er möchte sich ausruhen«, sagt sie. »Das ist gut, Tony. Leg dich hin und ruh dich aus. Wir gehen kurz weg. Wir sind bald wieder da.«

Vanya war bereits hinausgegangen. Sie ging die Treppe hinunter.

»Und du kommst allein zurück?« fragte er.

»Ja, ich komme allein zurück«, antwortete Hildred.

»Dann nimm«, sagte er und drückte ihr den zusammengeknüllten Brief in die Hand.

2

Genau zweieinhalb Stunden später kehrte Hildred zurück – mit Vanya. Die beiden waren ausgesprochen guter Laune. Sie summten leise vor sich hin, während sie im Zimmer hin und her eilten. Sie setzten sich auf den Bettrand und umsorgten ihn wie hilfreiche Engel.

»Warum machst du ein so unglückliches Gesicht?« fragte Hildred. »Wir wollten eigentlich gar nicht so lange wegbleiben.«

»Die Zeit ist wie im Flug vergangen«, sagte Vanya und sah mit ihrem abwesenden Gesichtsausdruck und verschleiertem Blick starr geradeaus.

»Ich wollte, ihr würdet einfach still dasitzen«, sagte er, »und nichts sagen.«

»Du bist nervös«, sagte Hildred, und dann fiel ihr plötzlich ein, daß sie ja etwas hatte wieder mitbringen wollen.

Einige Zeit nachdem sie gegangen waren, stand er auf, schloß die Fenster und begann sich ruhig anzuziehen. Auf dem Schreibtisch lag Hildreds Handtasche, die sie bei ihrer Rückkehr achtlos dorthin geworfen hatte. Der Brief, den er ihr gegeben hatte, sah daraus hervor – ein wenig zerknitterter als zuvor. Er nahm ihn heraus und glättete die Seiten, und dabei bemerkte er, daß sie nicht in der richtigen Reihenfolge waren, und auch nicht so ungeordnet wie nach einem flüchtigen Überfliegen. Er breitete sie aus und betrachtete sie genau. Er folgte Hildreds Daumenabdruck – hier und da waren Fettflecken, und an einer Stelle war das Papier von einer Zigarette versengt. Einige Seiten waren gänzlich unberührt.

Nun war ihm klar, auf welche Weise die Zeit wie im Flug vergangen war. Sie waren so hungrig gewesen, daß sie ins Restaurant gegangen waren und sich vollgestopft hatten. Während sie auf das Essen warteten, hatte Vanya zweifellos vorgeschlagen, Hildred solle doch mal einen Blick auf den Brief werfen. Den Brief? Ach, den hatte Hildred schon fast vergessen. Sie lasen ihn gemeinsam, und Vanya kippte ihren Stuhl ein wenig zurück und machte Rauchringe, während Hildred durch seine Gefühlsduseleien watete. Hin und wieder ein Kommentar: »Ich glaube, du liebst ihn!« oder »Was meint er damit – du bist sein Geier?« Und so weiter. Und dann kam der Kellner mit dem Essen, und der Brief wurde beiseite gelegt, und ein bißchen Suppe kleckerte darauf. Und der Kellner lächelte wahrscheinlich, als er über Hildreds Schulter ein paar Zeilen las. Und danach lachten und plauderten sie und machten Pläne für morgen oder vielleicht schon für heute abend, und dann kam der Kaffee. Die Zigarettenkippen türmten sich in den überschwemmten Untertassen. Und dann hatten sie bestimmt die Ellbogen aufgestützt und sich vorgebeugt und brillante Gespräche geführt, denn wenn sie diese Pose einnahmen, richteten sich die Augen aller Gäste im Restaurant auf sie. Sie hatten sich wahrscheinlich gestanden, daß sie einzigartig auf dieser Welt waren und daß die Welt schmutzig und dumm war. Und während sie so redeten, gruben sich die Ellbogen tiefer und tiefer in den Tisch, und die Zeit verging wie im Flug, und sie waren so glücklich, daß sie zusammen dort saßen, und sie waren satt.

Er schloß die Augen, als wollte er die Szene, die er sich vorstellte, deutlicher vor sich sehen. Ab und zu bewegten sich seine Lippen. Er sah alles ganz genau, er gab Anweisungen, wie sie sich bewegen und was sie sagen sollten. So wie ein Schauspiel wirklicher als die Wirklichkeit sein kann, konnte er für sie interpretieren, was sie selbst nicht verstehen konnten.

Alle Einzelheiten erschienen in einem blendenden, sengenden Licht – bis hin zur letzten Bewegung: Hildred ging, ein Lachen auf den Lippen, durch die Drehtür hinaus, als ihr plötzlich einfiel, daß sie ja etwas hatte wieder mitbringen wollen. Und richtig, der Kellner in seiner fleckigen Jacke kam angerannt und schwenkte den zerknitterten Brief...

Sie rannten, vor Eile stolpernd, die Treppe hinauf. Er bemerkte die Verwunderung auf ihren Gesichtern, als sie ihn, vollständig angekleidet, den Brief in der Hand, dastehen sahen. Im nächsten Augenblick hörte er ein schweres Poltern auf der Treppe, und dann erschien ein stämmiger Mann in der Tür und schob einen Schrankkoffer über den Teppich.

Er sah stirnrunzelnd von einer zur anderen.

»Das ist mein Koffer«, sagte Vanya kichernd.

Er ging auf Hildred zu. Seine Stimme bebte vor Wut. »Was hab ich dir über diesen Koffer gesagt?«

Und Hildred: »Das ist jetzt wohl nicht der rechte Moment, um...«

»Schaff dieses verdammte Ding hier raus!«

»Aber Tony...«

»Nichts da ›Aber Tony‹! Schaff das Ding raus, und zwar schnell!«

Und Vanya: »Aber wir haben doch kein Geld mehr, wir können ihn nicht zurückbringen lassen.«

»Ach ja, ihr könnt nicht? Dann seht her.« Er zerrte den Koffer vor die Tür, stellte ihn am Kopf der Treppe hochkant und gab ihm einen Stoß. Es folgte ein splitterndes Krachen. Eine Tür wurde aufgerissen, und eine Frau kam schreiend herausgestürzt.

»Er wird verrückt!« rief Hildred. Sie rannte die Treppe hinunter und zog Vanya hinter sich her.

VIERTER TEIL

1

Die neue Wohnung war groß und dunkel. Früher war dort eine Wäscherei gewesen. Von den unverputzten Leitungen an der Decke hingen Zwirnfäden, die einem über die Stirn strichen. Ein bleiches, mattes Licht sickerte durch die Vorhänge aus Sackleinwand. Hildred haßte das Sonnenlicht.

Im Anbau stand ein riesiges Spülbecken aus Eisen, in dem sich das schmutzige Geschirr stapelte. Die einzige Wärmequelle war ein offener Kamin, der unbenutzbar war. Niemand hatte daran gedacht, nach Anschlußmöglichkeiten für einen Gasherd zu fragen oder sich zu erkundigen, ob es Kleiderschränke usw. gab. Trotz dieser Nachteile erklärten Hildred und Vanya, es sei eine prima Wohnung. Es war die Art von Höhle, die ihrer Neigung zur Boheme entgegenkam.

Sobald sie die Erlaubnis dazu bekommen hatten, begannen sie, die Räume herzurichten. Die grünen Wände wurden schwarz wie Pechblende gestrichen, die Decken reiften zu einem dunkelblauen Schauder, die Glühbirnen bekamen einen Anstrich aus venezianischem Rosa, in den obszöne Muster geritzt wurden. Dann kamen die Wandgemälde. Vanya begann mit ihrem eigenen Zimmer. Es war eine kleine Zelle, die durch ein vergittertes Fenster vom Badezimmer getrennt war. Genau über ihrem schmalen Bett hing der Wasserkasten der

Toilette. Das leise, gurgelnde Plätschern in den Rohren beruhigte ihre Nerven.

Die beiden dänischen Schwestern, denen das Haus gehörte, sahen ihr mit lüsternen Augen bei der Arbeit zu. Sie brachten Leberwurstbrote und Bier mit, und schließlich, als man nähere Bekanntschaft geschlossen hatte, zogen sie lange, schwarze Zigarren hervor, die sie gemächlich und genüßlich rauchten. Es dauerte nicht lange, bis Vanya diese Gewohnheit übernahm. Hildred war die einzige, die die angebotenen Zigarren ablehnte. Sie sagte, sie seien widerwärtig. Wahrscheinlich hatte sie recht.

Eines Tages nahm Vanya ihren Mut zusammen und fragte die Schwestern, ob sie für sie Modell stehen würden. Zunächst waren sie geschmeichelt, doch als ihnen dämmerte, daß sie nackt gemalt werden sollten, weigerten sie sich. Vanya setzte jedoch ihre Überredungskunst ein, und schließlich waren sie einverstanden – sie posierten allerdings nicht völlig nackt, sondern in Unterwäsche, und so standen sie Tag für Tag zitternd, mit Zigarren im Mund, Modell, in einer Körperhaltung, die den Betrachter an ein Bacchanal erinnern sollte. Wie ein chinesischer Künstler selbst einen zerbrochenen Teller ganz naturgetreu wiedergibt, so malte auch Vanya diese gierigen Madonnen mit allen Falten, allen Runzeln, allen Warzen.

Bald begannen die Wände der Wohnung sich zu heben und zu senken, zu schreien und zu tanzen. Vanyas kreative Kraft war unerschöpflich. Am hinteren Ende, an der Wand zum Anbau, eröffnete ein Kreis einstürzender Wolkenkratzer den Reigen; auf den Plätzen zwischen ihnen, auf samtigen Grünflächen, konnte man die müden Bewohner der Megalopolis bei ihrem entarteten Treiben beobachten. Von diesem Sodom war es nur ein Katzensprung zum Gomorrha Paris – Paris mit seinen Kiosken und Pissoirs, seinen Kais und Brücken, seinen brodelnden Boulevards und zinkverkleideten Theken. Wenn man das schmale Brett unter dem Wort »Montparnasse« betrachtete, hatte man das Gefühl, in einem Pissoir zu stehen, dessen Wände über und über mit Anordnungen der Stadtverwaltung beklebt waren. Ein Tableau von Gestalten, eine hinter der anderen, rief einem deutlich die traurigen Folgen verschiedener Geschlechtskrankheiten vor Augen. Ein Rundgang durch die Räume vermittelte dem Betrachter einen schmerzhaften Querschnitt durch unsere Kultur: Da waren die Maschine, das Getto, die prächtigen Vorzimmer der Geldbarone, die Flüsterkneipe, die Comic-Magazine, die Tanzpaläste, die Irrenanstalten – all das verschmolz zu einem Mahlstrom aus Farbe und Rhythmus. Und als wäre das noch nicht genug, war eine Sektion für das Phantastische reserviert. Hier gestattete sich Vanya, ihr Unbewußtes zu malen. Blumen erblühten zu gewaltigen menschlichen Organen; Ungeheuer, aus deren Mäulern Schleim tropfte, stiegen aus den Tiefen auf und begatteten sich schamlos; aus den Fassaden von Kathedralen wölbten sich milchstrotzende Euter hervor; Kinder, in deren Gürteln Korane und Talmude steckten, unterrichteten alte Leute; unaussprechliche Worte schwebten in einem blutdurchtränkten Himmel, durch den kopfstehende Zeppeline fuhren, gesteuert von so eigenartigen Menschen wie Pythagoras und Walther von der Vogelweide; Seekühe lagen neben Amberfischen und malten mit ihren Schwänzen Sonnenuntergänge.

Tony Bring betrachtete das alles mit ungläubigen Augen, spendete Beifall, machte hier und da einen Vorschlag und staunte über die Schaffenskraft dieses Genies mit den schmutzigen Fingernägeln.

War er allein, so verfiel er in sein übliches dumpfes Grübeln oder ging trübsinnig von einem Raum zum anderen und betrachtete geistesabwesend die Wände. Wenn Hildred zurückkam (sie arbeitete noch immer im »Caravan«), dann saß er ihr gegenüber wie eine eingefrorene Muschel. Er war wie eine Ziffer, die sie nach Gutdünken ausradieren oder stehenlassen konnten. Wenn er ihnen im Weg stand, rempelten sie ihn an und setzten ihn in Bewegung wie ein Pendel. Wie ein Pendel! Etwas, das ihr Kommen und Gehen bemaß. Mit jedem Tag wurde die Situation absurder. Besonders, wenn Hildred da war. Wenn sie etwas zu ihm sagte, begann sie mitten im Satz. Wenn er ein Buch zur Hand nahm, bat sie ihn, den Wecker zu stellen. Sie wollte, daß sie sich mit ihr stritten, sie wollte schwärmen, sie wollte sich begeistern. Sie wollte nicht grübeln, sondern glänzen. Worte, Worte, Worte... Sie verschlang sie, spuckte sie wieder aus, faßte sie zusammen, jonglierte mit ihnen, hätschelte sie, brachte sie ins Bett und steckte sie wie schmutzige Pyjamas unter das Kopfkissen, schlief auf ihnen, schnarchte auf ihnen. Worte... Wenn alle anderen Erinnerungen an sie ihn verlassen haben würden, würde immer noch eines bleiben: IHRE WORTE.

Wie eine Uhr, die zu schnell läuft, erinnerte er sie schon weit im voraus daran, daß es Zeit war, ins Bett zu gehen. Gegen fünf Uhr morgens, wenn die ersten Lastwagen vorbeifuhren und das vertraute Hufgetrappel des Pferdes erklang, das den Milchwagen zog, machten sie sich schließlich daran, schlafen zu gehen. Und dann, wenn er neben Hildred lag und sie gerade einschliefen, begann Vanya im Gang auf und ab zu gehen und murmelte dabei vor sich hin. Manchmal klopfte sie an ihre Tür und holte Hildred aus dem Bett, um mit ihr ein geflüstertes Gespräch im Frauengemach zu führen.

Und worüber redeten sie dort? Es war immer dasselbe Theater: Vanya hatte morbide Phantasien, Vanya hatte schlimme Nachrichten von zu Hause erhalten, Vanya hatte wieder an die Irrenanstalt gedacht. Manchmal war es bloß ein Anfall von Depression, ausgelöst dadurch, daß eines ihrer Bilder sich schlecht anließ.

»Sag mal«, flüsterte er eines Nachts, als sie im Bett lagen und einander liebkosten, »kann ich dich nicht mal einen Abend für mich allein haben?«

»Aber jetzt hast du mich doch für dich allein«, sagte Hildred und kuschelte sich zärtlich an ihn.

Auf seinen Vorschlag, sie könnten am nächsten Abend zusammen ausgehen, erwiderte Hildred sofort, das komme überhaupt nicht in Frage. Außerdem könne sie es sich nicht leisten, einen Abend frei zu nehmen.

»Aber wenn du fertig bist...«

»Mal sehen«, sagte Hildred. »Aber auf jeden Fall nicht morgen. Morgen habe ich eine Verabredung.«

Diese Verabredungen bedeuteten Geld. Somit gab es nichts, was er dagegen hätte einwenden können.

Seltsamerweise erwies sich diese Verabredung als nicht wichtig genug, um sie einzuhalten. Etwas anderes, etwas Wichtigeres, war dazwischengekommen. Ganz unvermittelt, ganz unerwartet natürlich. Einer ihrer alten Kunden war am frühen Abend erschienen und hatte ihr Kinokarten angeboten, die sonst verfallen wären.

Es war auch bemerkenswert, daß jeder daran dachte, ihr Veilchen mitzubringen. Im passenden Augenblick schnitt er dieses Thema an. Doch er täuschte sich wieder mal – wie üblich. Der Mann hatte ihr keine Veilchen mitgebracht – er war nicht mal mit ihr ins Kino gegangen. Vanya hatte sie begleitet.

»Aber wer hat dir dann die Veilchen geschenkt?«

»Jemand anderes.«

»Natürlich, aber wer?«

»Wer? Na, der Spanier.« Sie sagte das, als wüßte er alles über den Spanier, während er in Wirklichkeit noch nie von ihm gehört hatte. Doch auch in diesem Punkt täuschte er sich – schließlich hörte er ihr ja meistens nicht richtig zu.

Die Veilchengeschichte klang fast plausibel. Es gab eine Menge Idioten, die ins »Caravan« kamen, um ihr Blumen zu schenken. Eines Tages aber, nach einem ungewöhnlich heftigen Streit über dieses Thema (zu seinen schlechten Angewohnheiten gehörte es, alte Wunden aufzureißen), beschloß er, ein kleines Schwätzchen mit dem Blumenhändler zu halten, der seinen Laden gleich um die Ecke vom »Caravan« hatte.

Es war ein Grieche. Tony Bring betrat den Laden und fragte ganz beiläufig nach den Veilchen, die die beiden jungen Frauen immer bestellten. Der Mann zuckte die Schultern. Was für zwei junge Frauen? Es gab viele junge Frauen, die Veilchen kauften.

Tony Bring beschrieb sie – langes Haar, kurze Röcke, grünlich geschminkte Gesichter.

»Ach, *die* beiden! Natürlich... hier sind die Blumen.«

Ein paar Stunden später kehrte er zu dem Laden zurück und kaufte einen Strauß. Er kam sich idiotisch vor, mit einem Blumenstrauß herumzulaufen. Noch idiotischer kam er sich vor, als er das »Caravan« betrat und den Strauß überreichte. Es war früher Abend, und das Lokal war sehr voll. Hildred hatte ihn sofort gesehen; sie eilte auf ihn zu, nahm seine Hand und drückte sie. Dann zog sie ihn hinaus. Sie standen in dem kleinen Hinterhof, der von einem eisernen Zaun umgeben war.

Er hatte zwei Karten für »Panzerkreuzer Potemkin«. Sie wollte sich bemühen, frei zu bekommen, um den Abend mit ihm verbringen zu können, wie er es sich gewünscht hatte. Auf ihre Bitte ging er ein paarmal um den Block. Als sie wieder herauskam, machte sie ein betrübtes Gesicht. »Ich kann nicht weg«, sagte sie. »Heute abend ist zu wenig Personal da.«

»Kannst du denn nicht plötzlich krank werden?«

Nein. Diesen Trick kannten sie schon.

Niedergeschlagen ging er davon. An der Ecke drehte er sich um. Sie winkte ihm zu. Sie schien ehrlich enttäuscht, und doch lächelte sie.

Er stand vor dem Kino und betrachtete die Menschen, die hineinströmten. Sie sahen aus, als gingen sie zu einem Zionistenkongreß. Niemand schien allein zu sein. Er sah ein junges, schäbig gekleidetes Paar, das auf das Kassenhäuschen zueilte. Er trat zu ihnen und bot ihnen seine Karten an. Während sie noch ihren Dank murmelten, drehte er sich um und ließ sie stehen. Die Menge verschluckte ihn und zog ihn in einem aberwitzigen Tempo davon. Die Leute eilten dahin wie eine Armee von Ameisen, die durch einen Riß im Bürgersteig quillt. Während er sich dem Strom überantwortete und sich willenlos, ruderlos, wie ein Strohhalm in einem Strudel, hierhin und dorthin schieben ließ, beschloß er plötzlich, zurück zum »Caravan« zu gehen – aus keinem bestimmten Grund, nur aus einem blinden Impuls heraus.

Er stützte sich auf das Geländer und sah durch das Fenster hinein. Die Bedienungen schoben sich zwischen den Tischen hindurch, balancierten dabei riesige Tabletts und blieben hier und da stehen, um ein paar Worte mit irgendeinem jungen Burschen zu wechseln, der wußte, wie man seinen Arm um die Taille eines Mädchens legt oder es in den Hintern kneift. Doch von Hildred war nichts zu sehen. Er ging hinein und fragte nach ihr. Man sagte ihm, sie sei gegangen.

Wie sich herausstellte, war es einer von diesen eigenartigen Zufällen gewesen. Hildred sah »Panzerkreuzer Potemkin« doch noch. Und zwar an eben diesem Abend. Der Spanier war – im letzten Moment – gekommen, genau wie eines der Mädchen, das sich zuvor krank gemeldet hatte. Und, so seltsam das auch erscheinen mochte, auch er hatte Karten für »Panzerkreuzer Potemkin«. Das war ungewöhnlich. Äußerst ungewöhnlich. Aber so etwas gab es eben im Leben. Und natürlich wäre es dumm gewesen, die Einladung auszuschlagen. Außerdem hatte sie ja gehofft, ihn im Publikum zu entdecken.

Doch als er ihr gestand, er sei nicht hingegangen, war sie verwundert. »Du bist nicht hingegangen?« wiederholte sie. Das konnte sie nicht verstehen. »Ach, es war ein so wunderbarer Film! Herrlich! Wie die Kosaken die Treppe zum Kai hinuntergerannt sind, wie sie dann stehengeblieben sind, wie Automaten, und in die Menge gefeuert haben. Und wie die Leute zurückgewichen sind!« Es folgte eine äußerst plastische Beschreibung, wie ein Kinderwagen die lange, weiße Treppe hinuntergerollt war, wie die Frauen und Kinder zu Boden gefallen und niedergetrampelt worden waren. Es war großartig. Was für herrliche Ungeheuer diese Kosaken waren!

Sie hielt unvermittelt inne, steckte sich eine Zigarette an, setzte sich auf den Tisch und ließ die Beine baumeln.

»Weißt du, was ein echtes Pogrom ist?« fragte sie plötzlich.

Er wußte, daß die Antwort auf diese Frage nein lauten mußte. Er sagte nein.

Das hatte sie sich gedacht. Er sollte sich mal Vanya anhören. Vanya hatte mehr als ein Pogrom erlebt...

»Wo?« wollte er wissen.

In Rußland natürlich. Wo denn sonst?

»Dann ist sie also Russin?«

Er erfuhr, daß sie nicht nur Russin war, sondern auch eine Prinzessin, eine Romanow, ein illegitimer Sproß. Ach, so war das also! Nicht nur ein Genie, sondern auch noch eine Prinzessin. Er mußte an einen anderen Abkömmling der Familie Romanow denken, der ihm einmal einen ungedeckten Scheck über drei Dollar angedreht hatte. Auch ein Genie, auf seine Art, und ein Scheißkerl obendrein. Er wiegte den Kopf wie ein Jude, der gerade von einer neuen Katastrophe erfahren hat. Kein Wunder, daß er ihnen nicht romantisch genug war: Er war weder ein Genie, noch war er ein Romanow oder ein Scheißkerl.

Die Szene endete im Bett. Es war wunderbar, wie Hildred ihre Liebe fließen lassen konnte. Der Mann, der an einer solchen Liebe zweifeln konnte, mußte ein Idiot sein. Sie schenkte sich mit Körper und Seele. Eine vollkommene Hingabe. Nicht wie diese Halb-Frauen aus dem

Village, mit denen sich Willie Hyslop umgab, sondern wie eine wirkliche Frau: alle Organe intakt, alle Sinne entfesselt, das Herz in Flammen, Leidenschaft lodernd wie ein Feuer aus trockenem Holz, ein regelrechtes Liebes-Pogrom.

Auf dem Höhepunkt mußte Vanya zurückkehren.

»Ah, ihr seid *da*!« rief sie. Sie konnte sie im Dunkeln riechen, wie ein Hund. Kaum hatte Hildred sie gehört, da sprang sie auch schon aus dem Bett. Die Prinzessin war gekommen. Zeit, ein anderes Lied zu singen.

Tony Bring schlüpfte zur Hintertür hinaus in den Anbau. Das schmutzige Geschirr lag im Spülbecken. Er ging ziellos umher und warf hin und wieder einen Blick durchs Fenster, um zu sehen, ob sie seine Abwesenheit überhaupt bemerkten. Nein, sie schienen gar nichts zu bemerken. Hildred cremte ihr Gesicht ein, während die Prinzessin ihr etwas vorsang. Sie sangen auf englisch, auf deutsch, auf französisch, auf russisch. Vanya ging in ihr Zimmer und kehrte mit ihrem Barrymore-Make-up zurück. Sie stolzierte und machte theatralische Gesten. Hildred saß da wie eine Kaiserin der Gefühle und applaudierte huldvoll.

Das Dach des Anbaus wurde von drei eisernen Stützen getragen. Tony Bring rannte um diese Stützen herum wie ein aufgeregtes Kaninchen. Jedesmal, wenn er am Fenster vorbeikam, warf er einen Blick hinein. Sie sangen noch immer, sie trällerten wie zwei betrunkene Huren. »Komm her, mein süßer Liebling, ich liebe dich so-o-o...« Immer und immer wieder. George Washington hätte das sehen sollen – und Abraham Lincoln und Jean Cocteau und Puvis de Chavannes und Moholy-Nagy und Tristan Tzara... Er war da, und er war nicht da. Er war wie ein Geist bei einem Bankett, wie ein Held ohne Orden, wie ein ungeladener Gast bei einer Totenwache, wie ein Seiltänzer ohne Balancestab oder Regenschirm. Er war ein entsprungener Verrückter, der einen Chronometer in seinen Socken versteckt hatte. Er war ein geputztes Fenster, aber sie konnten ihn nicht sehen. Wenn sie ihn schon nicht sehen konnten, so konnten sie ihn doch wohl wie einen Wahnsinnigen wüten hören, oder? Waren sie etwa auch noch taub? Ja, sie waren taub. Sie betäubten ihre Ohren mit Gesang und Gelächter. Für sie gab es auf der Welt nur sie beide. Ihr Gesang erfüllte die Welt, erfüllte den gestirnten Weltraum, ließ die Sterne und Planeten summen, ließ den Himmel singen und machte den Mond betrunken.

»Ihr verdammten Teufelinnen!« stöhnte er. »Wenn ich nur wüßte, wie ich euch beikommen könnte! Wenn ich euch doch nur drankriegen könnte!«

In dieser Nacht wird – das ist so sicher wie die Hölle – ein Gedicht entstehen, ein Gedicht über die Schleier der Nacht, über die Stunden, die mit ihren sandigen Armen den Raum zerhacken und zermahlen. O Erde! du bist ein atmendes Grab, eine Kammer, in der diese lebenden Toten mit ihren weit herausgerissenen Gedärmen, mit ihren flehend gen Himmel gereckten Händen gefoltert werden. Sie werden durch die Verse stolpern und taumeln, und der Raum wird von ihrem Ächzen und Schreien widerhallen. Der Stift wird tanzen, während ihre Musik im Abfluß gurgelt und Spinnen über ihre schwarzen Strümpfe kriechen… Nimm die Kadaver, die in meinem Hirn wachsen, von mir! Gib mir meine Seele und meine Augenhöhlen zurück!

2

Das »Caravan« hatte eine neue Bedienung: ein Mitglied der Familie Romanow! Lieber Himmel, wenn die Leute nur geahnt hätten, daß sie von einer Prinzessin bedient wurden! Wie sie die Suppe auftrug! Wie sie das Tablett balancierte!

Prinzessinnen haben etwas Enttäuschendes an sich, doch diese hier...! Keine reinblütige Prinzessin natürlich. Irgendwo hatte es einen kleinen Fehltritt gegeben. Jemand hatte sein Pferd am falschen Pfosten angebunden – während eines Pogroms oder eines Schneesturms.

Hildred fühlte sich wie ein neuer Mensch. Sie weckte Vanya zärtlicher. Eine Prinzessin war ja ein empfindsames Wesen. Jeden Tag verließen die beiden Arm in Arm das Haus. Sie kehrten zurück, wann es ihnen paßte.

Wenn sie weg sind, zieht Tony Bring sich in die Zelle zurück, die nun, da die Prinzessin gegangen ist, frei ist. Er begutachtet, was ihr Alter ego in der Nacht geschaffen hat, denn zwischen zwei und sechs Uhr morgens wirkt im Allerheiligsten nicht eine Romanow, sondern eine Madame Villon, und diese schreibt ein kindliches Gekritzel, als wäre sie hypnotisiert worden. Da sie keine Tafel besitzt, schreibt sie auf Streichholzschachteln, Speisekarten und Löschblättern; manchmal gibt sie sich nur mit Klopapier zufrieden. Wenn sie ihre Gedichte geschrieben hat, wirft sie sie auf den Boden. Geht in den

Morgen hinaus wie ein Hund, der seinen Kothaufen zurückläßt.

Heute morgen findet Tony Bring eine Hymne an Ammonia, frisch aus dem Ofen. »Deine Haltung war die einer gefallenen Königin…, deine Augen, drei Augen, Geist von Ammonia.« Das stand auf der Rückseite einer Speisekarte eines Lokals in der Lenox Avenue. »Wiegendes Kreideweiß Arme von Leben geschwärzt fuhren vor meinen Augen vorbei… Ich sah dich an, Hildred, im flirrenden grünen Licht, und ich fragte mich… Du warst betrunken gestern nacht, Hildred.«

Gestern nacht! Das war die Nacht gewesen, in der Vanya bei ihrer Rückkehr über den abgeschlagenen Kopf des Spaniers schwadroniert hatte, der in einem Meer aus Nabeln schwamm – glänzenden, braunen, mit Lippenstift verschmierten Nabeln. Das war die Nacht gewesen, in der sie das Geld für die Miete hatten auftreiben wollen, und es hatte wieder Veilchen gegeben, und der Spanier hatte gewitzelt: »Eines Tages lege ich sie flach!« Er las weiter: »Schwere Goldketten klirrten in meinem Kopf, die Musik dröhnte in einer tröpfelnden Flut über mein Ginger Ale. Der Boden wankt, das Eiswasser läßt meine Knöchel frieren.«

Am frühen Abend stürzte er ins »Caravan«. Die Art, wie er dort umsorgt wurde, war ihm peinlich. Sie bestanden darauf, ihn gemeinsam zu bedienen. Wie ehrerbietig sie ihn behandelten! Man hätte meinen können, er sei ein berühmter Mann, der einzig und allein darum beschlossen hatte, in diesem bescheidenen Lokal zu speisen, weil er diese beiden demütigen Wesen ein wenig an der Aura seiner erlauchten Person teilhaben lassen wollte. Sie inszenierten sogar eine kleine Auseinandersetzung und taten, als wären sie eifersüchtig aufeinander, weil er seine Gunst ungleich verteilte.

Er zögerte den Augenblick seines Aufbruchs absichtlich hinaus. Hildred zeigte bereits Anzeichen von Ungeduld, allerdings mit bewundernswerter und ungewohnter Zurückhaltung. Es war offensichtlich, daß sie Pläne für den Abend hatte. Die beiden warteten.

Er ließ sich Zeit mit dem Nachtisch, bestellte noch einen Kaffee, blätterte in seinem Notizbuch, schrieb ein paar bedeutungslose Sätze nieder. Hildred war kurz vor einem Wutausbruch. Sie setzte sich neben ihn und bat ihn, endlich zu gehen. Vanya stand hinter ihr und hörte jedes Wort, doch irgendwie gelang es ihr, einen verträumten, verzückten Gesichtsausdruck zu bewahren, als wäre das alles für sie vollkommen nebensächlich.

»Findest du es nicht auch albern«, sagte Hildred, »daß du herkommst und mir nachspionierst? Meinst du, daß du irgendwas herausfindest, wenn du hier herumsitzt?«

»Ich bin nicht gekommen, um dir nachzuspionieren«, sagte er, »sondern um dich auszuführen.«

Hildred runzelte die Stirn und warf Vanya einen Blick zu, der zu sagen schien: »Um Himmels willen, hilf mir hier raus!«

Doch zu ihrer beider Verwunderung sagte Vanya, ohne zu zögern: »Er hat recht, Hildred... Ich finde, du bist verpflichtet, heute abend mit ihm auszugehen.«

»Aber wir haben eine Verabredung...«

»Ach, darum kümmere ich mich schon«, sagte Vanya. »Mach dir keine Sorgen.«

»Kannst du nicht mitkommen?« fragte Hildred und machte ein schmollendes Gesicht.

Nein, das konnte Vanya nicht. Sie blieb unbeugsam. Außerdem wollte sie auf keinen Fall ihr Vergnügen stören. Das klang so aufrichtig, daß Tony Bring ihr regelrecht dankbar war. Inzwischen war sein Unmut über Hildred so groß geworden, daß es ihm nur unter Aufbringung aller Willenskraft gelang, auf seinem Vorhaben zu bestehen. Er fragte sich, welche Ausreden sie als nächstes vorbringen würde. Gleichzeitig wuchs seine Entschlossenheit, seinen Willen durchzusetzen.

Schließlich, nachdem sie sich eine Zigarette angesteckt hatte, gab Hildred nach. An der Tür nahm sie Vanya beiseite. Die beiden führten im Flüsterton ein langes, erregtes Gespräch, an dessen Ende Vanya strahlte.

Allein die Art, wie sie die Zigarette hielt, wie sie schweigend, rachsüchtig daran zog, ärgerte ihn. Er verspürte das wilde Verlangen, sie ihr aus dem Mund zu nehmen und in die Gosse zu werfen. Im nächsten Augenblick aber suchte er fieberhaft nach einem Wort, das diesen Streit auflösen, nach einer Geste, die zwischen ihm und ihr wieder eine Nähe herstellen würde.

»Also?« In ihrer Stimme war wieder neue Arroganz. »Wohin gehen wir?«

Sie standen vor dem Abgang zum U-Bahnhof Sheridan Square. Gegenüber war das Café, in dem sich die bizarreren Gestalten des Village trafen. Im großen Fenster saß manchmal Willie Hyslop und sah aus wie Johannes der Täufer.

»Du willst mich doch hoffentlich nicht *da* reinschleppen«, sagte sie, als sie seine Blickrichtung bemerkte.

Er packte sie grob am Arm und zerrte sie die Stufen hinunter.

Sie saßen in einem chinesischen Lokal, ein in rosiges Licht getauchtes Orchester spielte leise, Liebespaare drängten sich wollüstig in einem winzigen Rechteck, das mit schimmernden Messingpfosten und schweren Samtkordeln abgetrennt war. Der Ausdruck auf Hildreds Gesicht, der ihn vor kurzem noch so wütend gemacht hatte, war völlig verschwunden. Was sie jetzt zeigte, war fast Dankbarkeit. Sie war sogleich auf die kleine Nische zugesteuert, die zum Broadway lag, wo das gewaltige Neonlicht leuchtete. Dort hatten sie sich kennengelernt, in dieser Nische hatte sie begonnen, jene Fiktion über sich selbst aufzubauen, an die sie sich noch immer klammerte und die sie im Lauf der Zeit sogar noch kunstvoll ausgearbeitet hatte.

Sie erzitterten, als ihre Knie sich berührten. Als die Musik wieder einsetzte und sie die Melodie hörten, die einst wie flüssiges Feuer durch ihre Adern geflossen war, stiegen ihnen die Tränen in die Augen. Arm in Arm gingen sie zur Tanzfläche, wo sich auf dem winzigen, rosig beleuchteten Rechteck die Verliebten und Bezauberten wollüstig aneinander drängten. In liebevoller Umarmung schwebten sie selig mit den anderen dahin – es war nun alles vergessen außer der Erinnerung an die Zeit, da sie sich getroffen und tagelang jede Minute miteinander verbracht hatten. Es war wie das Stück eines Traums, der, mit kaum wahrnehmbarer Anstrengung, im Bruchteil einer Sekunde immer wieder heraufbeschworen wird – unverändert, lebendig, nackt, vollständig. Leise sang sie die Worte in sein Ohr; die Berührung ihrer Wange brannte wie Feuer, ihre Stimme war wie eine Droge, ihre weichen, vollen Brüste hoben und senkten sich im Takt der Musik. Es war ein Lied, das Vanya nie gehört hatte –

dessen war er sich deutlich bewußt. Wenn dieser Tag jemals kam... Er riß sich zusammen. Warum sollte er daran denken? Warum nicht diesen Becher des Glücks bis zur Neige leeren?

Sie setzten sich wieder an den Tisch und sahen sich nachdenklich an. Dachte auch sie an all das, was zwischen sie getreten war? Dachte auch sie an das Glück, das, wie sie sich geschworen hatten, nie zerstört werden sollte? Oder kam dieser verträumte Ausdruck in ihren Augen von einer plötzlichen Erinnerung... an die letzten Worte, die sie mit Vanya gewechselt hatte, an das geflüsterte Gespräch am Eingang des »Caravan«? Sein Blick hing an ihren Lippen und verharrte ängstlich dort. Die kleinste Andeutung über Vanya, und das Glück des Augenblicks wäre zerstört...

Aber, nein, Gott sei Dank waren ihre ersten Worte nicht grausam. Es waren kleine Worte, belanglose Worte, aber voller Erinnerungen an die damalige Verzauberung. Er betrachtete ihre Lippen, ihren weichen, verheißungsvollen Mund, ihre Zunge, die jedes Wort zu liebkosen schien, als wäre es ein duftender, sehnsuchtsvoller Körper. Ihr Lächeln war wie die Sonne, die nach einem Regenschauer auf eine fremde, schöne Stadt scheint. Ein Bild von Paris schoß ihm durch den Kopf: die bunten Mauern, der Himmel, dessen Farbe sich von Milchweiß zu Perlgrau veränderte, das feuchte Grün der Gärten, die Spiegelungen in der Seine... Er sah sie fest, aufmerksam an. Man konnte es kaum ein Lächeln nennen, dieses eigenartige, übernatürliche Leuchten. Die Flamme brannte zu gleichmäßig, die Gesichtszüge blieben erleuchtet, wie eine Statue über einem Altar, die hervortritt, wenn Dunkelheit sich über die Kirche senkt.

Paris! Sein Kopf war voller Gedanken an Paris. Während der letzten Tage hatten sie immer nur gesungen: Paris, Paris, Paris... Was für Erinnerungen dieser Name weckte! Sonntage auf dem Montmartre, Picknicks im Bois de Boulogne, die Karussells in den Tuilerien, der Teich im Jardin du Luxembourg, wo die Jungen ihre Boote fahren ließen. Er dachte an die Liebespaare, die sich in der Metro aneinanderdrückten, an die Liebespaare, die sich in der Öffentlichkeit umarmten, in den Parks, auf den Straßen, überall. Herrgott, wie sie sich liebten in Paris! Und die Abenddämmerung – dieses unheimliche, metallische Glühen des Himmels, als wäre er ein Stück Metall, auf dem ein intensives Licht spielte und auf das eine riesige, unsichtbare Hand ein paar hastige Pinselstriche zeichnete. Ein ganz anderer Himmel, der Himmel über Paris. Ein nördlicher Himmel.

Gefangen vom fanatischen Leuchten ihrer Augen, spürte er wieder einmal die sinnliche, greifbare Schönheit des weichen Schwarz der Dächer, die nach einem warmen Regen in der Sonne glänzten. Die herrlichsten Schwarztöne waren in diesen Dächern – sie waren wie jene warmen, völlig unbeschreiblichen Schattierungen von Holzkohle.

Der Abend rückte vor, und es erschien ihm unmöglich, daß der Becher seines Glücks noch einen einzigen Tropfen würde aufnehmen können.

Und dann geschah etwas Unglückseliges, sehr Unangenehmes. Als sie nach Kleingeld kramte, um es dem Ober als Trinkgeld zu geben, fiel ein Briefumschlag aus ihrer Handtasche. Sie sah ihn erschrocken an und wollte ihn schon aufheben, besann sich aber, als sie merkte, daß Tony Bring keine Anstalten machte, sich zu bücken, und ließ den Umschlag auf dem Boden liegen, wo ihn jeder sehen konnte.

Tony Bring erkannte die kindliche Krakelschrift sofort. »Laß ihn mich lesen«, wollte er gerade sagen, doch Hildred hatte ihn bereits aufgehoben und schob ihn in ihre Handtasche. Die Angst und Panik, die in dieser Geste lagen, widerten ihn an.

»Ich kann ihn dir nicht zeigen«, sagte Hildred, »glaub mir... Ich kann einfach nicht. Ich hab nicht das Recht dazu.«

Sie hatte noch nie so ernst und aufrichtig geklungen.

»Es hat überhaupt nichts mit uns zu tun«, sagte sie. »Überhaupt nichts!« Sie benutzte das Wort *heilig*. In dem Brief stand etwas, das Vanya *heilig* war und das sie niemandem, nicht einmal ihm, enthüllen durfte. In ihm gab es einen Widerstreit; mehr denn je wollte er an sie glauben. Er sagte sich, daß es unerläßlich sei, an sie zu glauben. Sie war eine Lügnerin, soviel wußte er, und das verzieh er ihr, doch hier ging es nicht um eine Lüge. Wieder einmal, wie damals, als er in dem möblierten Zimmer, das auf den Hafen ging, auf sie gewartet hatte, hatte er das Gefühl, daß ihn etwas Böses belauerte, eine wilde, unkontrollierbare Angst, daß ihm alles genommen werden würde. Dennoch ließ er den Augenblick vorübergehen und erwähnte den Brief mit keinem weiteren Wort.

Auf dem Heimweg stand Hildreds Zunge nicht still. Sie schien sich nicht mehr zügeln zu können. Anscheinend war es ihr gleichgültig, was sie sagte; es war, als wollte sie den Zwischenfall in einem Schwall von Worten ertränken, doch je weiter sie die Schleusen öffnete, desto mehr Bedeutung bekam er; er trieb auf dem Ozean ihrer Worte wie ein unsinkbarer Korken.

»Du sagst, du liebst uns beide?« fiel er ihr ins Wort und durchbrach sein langes Schweigen.

»Ja«, sagte Hildred. »Ich liebe euch beide, wenn auch meine Liebe zu dir ganz anders ist als meine Liebe zu Vanya.«

»Überleg dir, was du da sagst, Hildred!« rief er. In seiner Stimme lagen weder Feindseligkeit noch Wut; er hatte vielmehr das Gefühl einer mit tiefer Neugier vermischten Ruhe, wie sie uns in Augenblicken großer Gefahr überkommt. »Denk nach, Hildred. Ist es Liebe, was du für sie empfindest? Man gebraucht das Wort *Liebe* doch nicht so wahllos ...«

Aber Hildred ließ sich nicht im mindesten beirren. Auch wenn sie nicht recht wußte, wie sie es ausdrücken sollte, ging es doch um folgendes, und das sollte er wissen: Männer waren anders. Es war unmöglich, die Zuneigung zwischen zwei Männern mit der Zuneigung zu vergleichen, die zwei Frauen füreinander empfinden konnten. Zwischen Frauen war sie etwas Normales, Spontanes und befand sich im Einklang mit ihren Instinkten. Wenn jedoch ein Mann einem anderen Mann seine Liebe erklärte, war das unnatürlich. Sie fügte allerdings hinzu, daß es sicherlich Fälle gebe, in denen Männer einander rein platonisch liebten.

Platonisch! Das war eines jener Worte, die während ihrer nächtlichen Diskussionen ständig gefallen waren, eines jener Worte, die rot unterstrichen waren.

»Sieh mal«, sagte sie, »glaubst du denn, ich könnte in deinen Armen liegen und mich dir so hingeben, wie ich es tue, wenn ...«

»Wenn was?«

»Ach, das ist alles so idiotisch! Du machst alles so kompliziert, du machst alles so häßlich. Wirklich! Du siehst die Dinge nur aus deiner engen, männlichen Sicht. Du machst aus allem etwas, das mit Sex zu tun hat, und darum geht es in diesem Fall überhaupt nicht... Es ist etwas Seltenes und Schönes.«

Diesem Gedanken hing sie einen Augenblick lang nach. »Und dann die Vorstellung«, fügte sie hinzu, »daß du all diese schmutzigen Gedanken über mich denkst, wo ich doch nichts als Liebe für dich in mir habe... Liebe und Dankbarkeit... weil ich dir doch alles verdanke. Ich war nichts, bloß ein dummes Kind, und du hast etwas aus mir gemacht. Du bist für mich beinah ein Gott – weißt du das? Glaubst du mir das?«

Es war sehr spät, als sie nach Hause kamen, und Vanya war offenbar bereits schlafen gegangen. Als sie das Licht anschalteten, waren sie überrascht über die Veränderung, die in ihrer Abwesenheit stattgefunden hatte. Der Staub war verschwunden, die Böden waren gewischt, die Möbel ordentlich hingestellt worden. Auf dem Tisch im mittleren Zimmer lag ein Stück Stoff, und mitten darauf stand eine Vase mit Gardenien. Sie bemerkten auch, daß die Glühbirne über dem Tisch einen Schirm bekommen hatte, eines von diesen Pergament-Dingern, die mit einer alten Weltkarte bedruckt sind.

»Siehst du?« rief Hildred. »Siehst du, wie rücksichtsvoll sie sein kann?« Sie ging durch die Zimmer, sah sich aufmerksam um und murmelte dabei ausgiebig und hingerissen vor sich hin.

Was Tony Bring betraf, so hielt sich seine Begeisterung in Grenzen. Zum einen war dies so offensichtlich bloß eine Geste, um Vanyas eigenen Ausdruck zu gebrauchen;

zum anderen hatte er, sooft er selbst geputzt und Ordnung geschaffen hatte (wenn auch zugegebenermaßen nicht mit derselben Finesse), nie auch nur das leiseste Lob oder einen Dank gehört. Vanya war noch nie auf den Gedanken gekommen, sich um den Haushalt zu kümmern; was sie betraf, konnte das schmutzige Geschirr eine Woche lang in der Spüle stehen. Sie machte sich nicht einmal die Mühe, ihre Kleider aufzuheben, wenn sie zu Boden fielen. Es war ja viel einfacher, über die Sachen hinwegzusteigen.

Hildred war nicht imstande, bis morgen zu warten, um sich bei Vanya zu bedanken. »Ich muß nachsehen, ob sie noch wach ist«, sagte sie.

Er versuchte sie sanft zurückzuhalten. »Bitte, Hildred, nicht heute nacht... Heute nacht mußt du...« Er sprach nicht weiter, sondern schloß sie leidenschaftlich in die Arme.

»Laß mich nur nachsehen, ob sie noch wach ist. Ich bin gleich wieder da.«

Als er seine Umarmung lockerte, machte sie sich los. Anstatt direkt in Vanyas Zimmer zu gehen, eilte sie ins Badezimmer.

Seine Gedanken rasten. Er ging auf und ab, blieb vor Vanyas Seekühen stocksteif stehen und sah durch sie hindurch, ohne den Sonnenuntergang wahrzunehmen, den sie mit ihren Schwänzen malten. Mechanisch zog er einen Stuhl heran, setzte sich rittlings darauf, legte die Arme auf die Lehne und ließ den Kopf hängen, als wollte er sich fallen lassen. Der Boden war makellos sauber und glänzte wie Lackleder. Vanya hatte ihn geputzt. Sie hatte auf den Knien gelegen. Vanya...

Im Badezimmer war ein Fenster, und das Fenster war

vergittert. Sie sprachen wahrscheinlich durch das Gitter miteinander, sprachen in großer Eile, denn gleich würde der Wärter kommen, und dann würde die Besucherin wieder gehen müssen. Dann würde sie wieder allein sein in ihrer kleinen Zelle, der Zelle mit dem Kasten aus Holz, aus dem die Musik gurgelte. Und der Stift würde wieder zischen und kratzen – Fliegen, die mit dem Kopf nach unten liefen, sandige Arme, die den Raum zerhackten, gib mir meine Augenhöhlen zurück... Er hob einen Augenblick lang den Kopf und sah ein Pissoir, das mit Warnungen vor Geschlechtskrankheiten tapeziert war. Er dachte an das chinesische Lokal und das Lied, das sie ihm ins Ohr gesungen hatte, und an das Gespräch, das sie gehabt hatten, als der dickflüssige schwarze Kaffee vor ihnen gestanden hatte. Die Löffel hatten einen stumpfen Glanz gehabt – sie waren zu oft gespült worden. Und als er an den stumpfen Glanz der Löffel dachte und an das, was sie über die Liebe zwischen zwei Männern gesagt hatte, sah er, daß ihre Tasche auf dem Tisch lag. Sie hatte die ganze Zeit dort gelegen, fast in Reichweite. Hildred mußte sie dorthin gelegt haben, als sie hereingekommen war; sie hatte sie, ohne nachzudenken, auf den Tisch geworfen, damit sie durch die Wohnung tänzeln und das Ergebnis von Vanyas liebevoller Arbeit bewundern konnte.

Er klappte die Tasche auf und durchwühlte sie rasch. Er leerte sie auf den Tisch. Der Brief war verschwunden. Er sah unter den Tisch. Auch dort kein Brief. Er ging zum Bett und suchte in den Taschen ihres Capes, sah unter den Kissen nach. Der Brief war verschwunden.

Auf seinem Gesicht zeichneten sich nicht bloß Verwunderung oder Enttäuschung ab – er war entsetzt, zutiefst entsetzt. Er sprach leise mit sich selbst, als spräche er im Schlaf. Nach all den wunderbaren Dingen, die sie zu mir gesagt hat... Beinah ein Gott... Ich bete dich an... Und doch hatte sie daran gedacht, ihn aus ihrer Tasche zu nehmen und irgendwo zu verstecken. Ihm fiel ein, wie sie ihn an sich genommen hatte – geradezu ängstlich verzweifelt. Er sah es noch deutlich vor sich. Und danach hatten sie den Brief mit keinem Wort mehr erwähnt...

Kurz darauf kam Hildred wieder ins Zimmer. Sie lächelte ihn zärtlich an. Ihr Gesicht war so schön und unschuldig wie das eines Kindes.

»Und jetzt«, sagte sie, trat auf ihn zu und bot sich wie ein kostbares Opfer dar, »will mein großer, starker Geliebter mich...« Sie bot ihm ihre warmen Lippen, ihre schweren, üppigen Brüste; sie ließ die Hände sinken und hing reglos und warm in seinen Armen.

Als er sie zum Bett trug, dachte er: Was nun? Was nun?

»Weißt du noch«, sagte sie, »was du damals, in unserer ersten Nacht, mit mir gemacht hast? Weißt du noch, wie...?« Ihre Stimme erstarb wie eine laue Brise. Sie sahen sich schweigend an. Ihr Blut wogte und war voller Wale und Schwäne, das Zimmer war ein leerer Raum, der vom Klang ihrer zerbrochenen Harfen widerhallte. Er biß sie in ihre warmen Lippen, grub seine Zähne in ihren Hals, hinterließ ein blaßrotes Mal auf ihrer Schulter. »Ah!« keuchte sie, und als sie sich einen Augenblick lang trennten, um die Glut erneut anzufachen, schienen die Wände des Zimmers zu wanken, und ihr Atem, der jetzt kurz und stoßweise ging, erfüllte den Raum mit einem trockenen, verdorrenden Ausatmen.

Sie sprach zu ihm mit ihrer leisen, bebenden Stimme, die jetzt dunkler, exotischer war als je zuvor. Im gedämpften Licht schimmerte ihre Haut weiß und milchig, ihr Körper hob und senkte sich wie ein Meer, und ihr Atem umhüllte ihn mit einem süßen Duft, der seine Sinne betäubte wie eine Droge. Ihre Worte waren seltsam verändert: Es waren keine Worte mehr, die sich an seinen Verstand richteten, sondern sie waren die fleischliche, kraftvolle Essenz, die vorwärtsdrängende, elementare Kraft, die hinter den Worten steht und an den Grenzen jener Gedanken lodert, die unser Blut und unsere Instinkte färben. Er hörte sie und dachte an die Unterscheidungen, die sie bei ihren Bemerkungen über die Liebe gemacht hatte. Ihr ganzes Wesen schien nichts weiter als ein Vehikel zu sein, mit dem die Allgegenwart der Liebe aufgezeigt werden sollte – Körper und Seele waren vereint, um das auszudrücken. Wie lächerlich, dachte er, daß sie das Wort *platonisch* überhaupt in den Mund genommen hat. Das war so, als hätte jemand behauptet, man müsse ein Stromkabel immer in der ungeschützten Hand halten. Langsam beugte er sich über sie und küßte sie auf den feuchten, duftenden Mund. Ihre Zunge glitt zwischen seine Zähne, und sie lagen bebend und keuchend da. Sie gab sich seinen Liebkosungen hin, ermunterte ihn mit leisem Stöhnen und nahm seine Hand. Ihre Hand brannte wie Feuer, und sie führte ihn auf die fliehende Jagd. So lagen sie da, und er fragte sie nach anderen Männern, nach den Funktionen ihres Körpers, nach den intimsten Details ihres Gefühlslebens. Sie machte keinen Versuch, etwas zurückzuhalten oder ihre Empfindungen zu beschönigen. Die Antworten, die sie ihm gab, waren so nackt wie ihr Körper. Er wollte auch nicht wissen, ob sie die anderen geliebt hatte. Er wollte nur, daß sie ihre Gefühle beschrieb, daß sie Vergleiche zog, daß sie ihm ein ganz und gar umfassendes Bild ihrer Sehnsüchte, ihrer Gedanken, ihrer Impulse und Reaktionen gab.

Als sie dann ihn befragte, stellte er fest, daß die Antworten ihm Schwierigkeiten bereiteten: Er wurde von ihnen so in Anspruch genommen, daß sie ihm nicht glauben konnte. Außerdem waren die Gefühle, die sie dabei empfand, weniger lustvoll, als sie gedacht hatte. Es war leichter, sich durch die eigenen Geständnisse erregen zu lassen.

Sie verstummten wieder. Es war nichts zu hören außer ihrem Herzschlag und ihrem Atem, der stoßweise und unregelmäßig ging. Und schließlich verstummte auch er, und sie lagen hingestreckt, reglos, betäubt, und nur die Muskeln zuckten unter der feuchten Hülle der Haut.

3

Jeden Morgen fuhr eine Dampforgel auf einem mit einer Plane zugedeckten Wagen vorbei und erfüllte das Haus mit sinnlichen Lauten. Und jeden Morgen sprang Vanya, wutentbrannt über die Monotonie dieser langgezogenen Klage, fluchend aus dem Bett und lief durch die Zimmer wie ein Wasserbüffel, der einem Regenbogen nachjagt. Hildred warf sich im Schlaf hin und her und stöhnte oder murmelte unvollständige Sätze, weil sie von purpurroten Hippogryphen träumte, die durch das Dach fielen. Jeden Morgen beugte Tony Bring sich über sie und küßte sie, während sie zuckte und sich wälzte, und jedesmal, wenn er die ernste, morbide Schönheit ihres Gesichtes betrachtete, schöpfte er neue Hoffnung. Wie sollte es möglich sein, daß ihn diese Zauberin, die ihn gestern nacht noch einen Gott genannt hatte, nach dem Erwachen erneut quälte?

Beim Frühstück käute Vanya gewöhnlich halbverdaute Stücke ihrer Gedichte wieder. Diese Mahlzeiten waren in mehr als einer Hinsicht extravagant. Im »Caravan« hätten sie umsonst frühstücken können, doch sie saßen lieber bei Kerzenlicht zu Hause und begannen den Tag mit einer munteren intellektuellen Diskussion. Während Tony Bring Orangen auspreßte und ein Auge auf den mit Öl betriebenen Herd hatte, damit Hildreds Speck nicht zu knusprig wurde, flogen Gedichte hin und her. *Gib mir etwas Einfaches wie den Mond, er ist nicht kompliziert... Sie lag im wogenden Sand und sprach flüsternd mit ihrem Bruder vom Tod...* Zwischendurch kamen, als Einschübe, kleine Bemerkungen über den Kaffee oder die Erdbeerpreise.

Gewöhnlich verließen sie das Haus in ausgelassener Stimmung, als hätten sie vor, einen Wochenendausflug zu machen. Doch heute morgen schien Vanya aus irgendeinem Grund keine Lust zu haben, sich auf den Weg zu machen. Sie sprach davon, daß sie zur Abwechslung mal *etwas Richtiges* arbeiten wolle, und meinte damit das Porträt von Tony Bring, mit dem sie vor ein paar Tagen begonnen hatte. Hildred, die sonst so bereitwillig auf jede Idee einging, die Vanya durch den Kopf schoß, reagierte auf diese Bemerkung mit einer seltsamen Gleichgültigkeit, ja fast schon Feindseligkeit. Und als Vanya hinzufügte: »Herrgott, wie idiotisch ich das finde, den ganzen Tag lang andere Leute zu bedienen... Ich bin doch kein Pferd«, stand Hildred abrupt auf, legte sich ihr Cape um und sagte: »Na gut, dann viel Spaß – ich werde jetzt die Dreckarbeit machen.« An der Tür fuhr sie herum und rief: »Was für ein Glück, daß ich keinen Schaffensdrang habe, der mich von meinen Pflichten ablenkt – sonst wüßte ich wirklich nicht, was aus euch beiden werden sollte.«

»Ich hätte nicht gedacht, daß sie sich darüber so aufregen würde«, sagte Vanya, als die Tür mit einem Knall hinter Hildred ins Schloß gefallen war. Und dann unvermittelt: »Hast du Kleingeld, Tony? Ich muß ein Taxi nehmen.«

Doch als sie einen Augenblick später aus dem Haus trat, sah sie Hildred, die in gemächlichem Tempo zur

U-Bahn ging. »Ich bin ja so froh, daß du auf mich gewartet hast«, rief sie atemlos, als sie sie eingeholt hatte.

»Ich hab nicht auf dich gewartet«, sagte Hildred. »Ich hab Seitenstechen, ich kann nicht schneller gehen.«

»Nehmen wir uns doch ein Taxi«, schlug Vanya vor. Es war eine andere Art zu sagen: »Verzeih mir.«

Sie hatten beschlossen, daß Hildred sich an bestimmten Abenden Vanya, an den anderen aber ihrem Mann widmen sollte. Und noch eine andere Kleinigkeit war geklärt worden, und das erfüllte Tony Bring mit noch größerer Dankbarkeit seiner Frau gegenüber. Es ging um den Brief, der ihn in so tiefe Verwirrung gestürzt hatte. Er hatte das Thema nie mehr angeschnitten, doch Hildred hatte – als habe sie ihm vor Augen führen wollen, wie idiotisch er sich benommen hatte – Schnipsel des Umschlags in der Nähe der Kloschüssel auf dem Boden liegen lassen. Das war die Art, wie sie in wichtigen Angelegenheiten miteinander kommunizierten. Ach, alle möglichen Dinge wurden auf diese Weise mitgeteilt; es war wie ein geheimer Code und tausendmal besser als alle billigen Erklärungen.

Das ging Tony Bring durch den Kopf, als er die Wohnung aufräumte. Vor ein paar Stunden noch war alles wunderbar gewesen – ja, wunderbar. Man spürte das Walten einer weiblichen Hand; es brachte einen Zauber, einen Charme in ihr kleines Heim. Doch nun hatte sich alles wieder verändert.

Er ging in Vanyas Zimmer. Ihre Kleider lagen in einem Haufen auf dem Boden, und unter ihrem Bett waren zahllose Zigarettenstummel. Als er sie mit dem Besen hervorkehrte, kam ein Zehn-Dollar-Schein zum Vorschein. Wenn das nicht schon öfter vorgekommen wäre, hätte ihn das sicherlich verwundert, doch derlei Dinge geschahen immer wieder. Seltsam daran war nur, daß Geld herumflog und sich niemand darum kümmerte. Anstatt ihm dankbar zu sein, weil er es gefunden hatte, benahmen die beiden Frauen sich äußerst eigenartig – nicht ganz, aber *fast* so, als hätten sie den Verdacht, er könnte es ihnen gestohlen haben. Wenn sie nur einmal darüber nachdenken würden, müßten sie doch merken, wie albern dieser Gedanke war. Warum sollte er ihnen Geld zurückgeben, das er ihnen gestohlen hatte? Und andererseits: Wieso erwähnte keine der beiden jemals, daß ihr zehn Dollar fehlten, wo sie doch meist knapp bei Kasse waren? Immerhin waren zehn Dollar doch ein ganz hübscher Betrag...

Das gehörte zu den Geheimnissen, die ständig in der Luft lagen. Er blieb in Vanyas Zimmer und grübelte über ein paar neue Briefe, die zum Vorschein gekommen waren, als er die Papiere auf ihrem Tisch durchgesehen hatte. Sie stammten von der Westküste, und ihre Absender waren ausnahmslos Frauen, die Vanya mit »David«, »mein schöner Jo«, »Michael, mein Liebling« und so weiter anredeten. Einer der Briefe kam aus einem Kloster und war von einer einsamen Nonne geschrieben, deren Brüste, wie es darin hieß, traurig unter einer schwarzen Kutte hingen. In einem anderen schrieb ein Mädchen, das, dem Stil nach zu schließen, kaum älter als sechzehn sein konnte, sein Kopfkissen sei jede Nacht naß von Tränen. »Michael, mein Liebling«, stand da, »liebst du mich denn gar nicht mehr? Gibt es in diesem schrecklichen New York eine andere, die meinen Platz eingenommen hat?« Und dann war da ein starker, vernünftiger Brief von einer Frau, deren Mann entsetzlich eifersüchtig war.

»Er wird meinem David nie verzeihen«, verriet sie in einem Einschub. Diese Frau besaß gesunden Menschenverstand. Sie war klug, füllte Seite um Seite mit liebevollen Ratschlägen und drängte ihren »David«, sich voll und ganz auf die Arbeit zu konzentrieren. »Ich mache mir um Dich keine Sorgen«, schloß sie. »Ich weiß, daß Du andere Frauen kennenlernen wirst, jüngere Frauen vielleicht, mit denen Du Freundschaft schließen wirst und die Dein Leben bereichern werden. Aber Deine Nächte gehören mir. Ich weiß, daß Du immer an mich denkst und daß Du zu mir zurückkommen wirst, wenn dieser Wahnsinn vorüber ist.«

Unter den Briefen lag eine Notiz, die Vanya geschrieben hatte. Es war offenbar eine Antwort an diese geistig unabhängige Frau, deren Ehemann so schrecklich eifersüchtig war. »Irma, meine süße kleine Lesbe«, stand da, »Dein Brief... so erregend, so exotisch, so berauschend. Deine Stimme [hier fragte Tony Bring sich, ob Hildred von diesen Ferngesprächen oder diesen allerliebsten Geständnissen wußte]... Bitte, Irma, schreib mir, schreib mir oft... Erzähl mir von Dir. Weißt Du, was ich die ganze Zeit gedacht habe? Ich dachte, ich wäre vielleicht ein ganz herzloser Mensch. Dabei habe ich Dir seitenlange Briefe geschrieben und sie dann (Du kennst ja meine Temperamentsausbrüche) wieder zerrissen. Ich will Dir so viel sagen, aber zittere am ganzen Körper. Warte, ich werde es Dir mit zurückhaltenderen Worten schreiben. Nachdem ich verschwunden war...« Die nächsten Zeilen waren radiert worden und nicht zu entziffern. Auf der nächsten Seite ging es weiter: »Irma, es ist so schön, Deinen Namen zu schreiben. Ich habe es nicht geschafft, Selbstmord zu begehen. Ich werde nie Selbstmord begehen. [Sie hatte »wieder« geschrieben, das Wort jedoch durchgestrichen.] Ich liebe Dich, Irma, ich liebe Dich so sehr. Hast Du noch ein paar meiner Gedichte? Als ich Deine Stimme hörte, bin ich ganz blaß geworden. Ich konnte Dich nicht sehen, Liebling, aber Deine Stimme ist noch dieselbe. Ich höre sie nachts, wenn ich in diesem verrückten Zimmer liege und die Wände anfangen zu wanken. Gestern nacht...«

Hier brach der Brief ab. In der Untertasse daneben lagen zwei Zigarrenstummel; auf der Tischplatte war ein klebriger Ring, als habe dort ein Schnapsglas gestanden. Zweifellos war eine der beiden dänischen Schwestern auf ein kleines Schwätzchen vorbeigekommen. Die ältere der beiden hatte in letzter Zeit Gefallen an Vanya gefunden. Sie benahm sich wie eine Witwe, die auf den Friedhof ging, um über dem Grab ihres Mannes zu flirten.

Das Herzklopfen, das er sonst hatte, wenn er Vanyas Papiere durchwühlte, blieb aus. Er vergaß sogar, den Kopf zu schütteln, mit jener Betrübtheit, die so seltsam charakteristisch für ihn war. Er las, bis seine Neugier befriedigt war – das hieß, er las *alles* –, und legte die Briefe wieder an Ort und Stelle. Ein beinah freudiges Grunzen entfuhr ihm.

An diesem Abend kehrten die beiden ziemlich früh zurück. Vanya brannte noch immer darauf, an dem Porträt zu arbeiten, mit dem sie begonnen hatte.

Beim Modellsitzen geht es einem oft wie in einem Konzertsaal: Man macht es sich bequem und schläft in einem Zimmer in New York ein, um dann in einer Opiumhöhle in San Francisco oder Shanghai aufzuwachen. Unterwegs begeht man Morde und Vergewaltigungen, läßt

Wolkenkratzer einstürzen, fährt in den Tropen Schlittschuh, füttert Yaks mit Erdnüssen oder führt einen Seiltanz auf den Seilen der Brooklyn Bridge aus. Auch der Künstler ist nicht gefeit. Buschige Augenbrauen verwandeln sich in Farne, das Auge wird ein See, in dem Tempel und Schwäne schwimmen, die Labyrinthe der Ohren träumen mythologische Träume.

Auf Tony Brings Unterlippe ist ein Muttermal. Vanya hat es schon ein dutzendmal gemalt. Sie ist geradezu besessen davon. Für sie ist es kein Muttermal mehr, sondern eine Arena voller Halstücher und leuchtender Schärpen, voller gepanzerter Fäuste und kastrierter wilder Tiere. Sie will nicht das Gesicht malen – hat sie es denn nicht schon tausendmal im Traum gemalt? –, sondern dieses Muttermal, diese Arena ihrer inneren Konflikte, diesen Schaum der Lust, wo Männer und wilde Tiere ihre nackten Leidenschaften aufeinanderprallen lassen. Das Muttermal hängt an seiner Unterlippe wie eine fruchtbare Terrasse am Rand eines Abgrunds.

Hildred denkt, wie sinnreich es wäre, wenn Vanya nicht ein Porträt, sondern ein melancholisches braunes Pferd malen würde, das den Raum mit Sehnsucht erfüllen würde. Das ist nur einer von mehreren Gedanken, die sie ausspricht, während sie aus Whitmans *Songs of Adam* vorliest. Im Eagle Building, nur ein paar Blocks entfernt, hängt der große Pan-Demokrat, der seine Ziegen-Lieder so wunderschön sang, unter Glas an einem Nagel; ein gewaltiger Sombrero erdrückt seine buschigen Augenbrauen, der weiße Bart hat Tabaksaftflecken. Mit jedem Tag, den er dort hängt, werden seine Lieder apokalyptischer. Der große alte Patriarch der amerikanischen Literatur, Freund von Horace Traubel und von

Eisenbahnschaffnern, Seher und Homosexueller, Bruder aller Menschen, der sich die Lenden gürtet...

Vanya wirft entnervt den Pinsel auf den Boden. »Bei diesem Durcheinander kann ich nicht nachdenken!« ruft sie.

»Ich dachte, es würde dich anregen«, sagt Hildred und klappt das Buch mit einem Knall zu.

Anstelle einer Antwort nahm Vanya die Leinwand von der Staffelei, betrachtete das Bild mit wildem Gesichtsausdruck und trat mit ihrem großen Stiefel aus Rindleder ein Loch hinein. »Ich habe Hunger!« sagte sie, und im nächsten Atemzug, an Tony Bring gewandt: »War Walt wirklich schwul?«

Betrübt, weil sie bei einem so wichtigen Thema einfach ignoriert wurde, stand Hildred auf und warf einen Blick in die Speisekammer. Sie kehrte mit einer Büchse Sardinen, einem riesigen Stück Sauerteigbrot, ein paar Trauben und einem Eckchen Käse zurück. Tony Bring redete gerade über Baudelaire, von dem es hieß, sein krankhafter Trieb habe ihn dazu gebracht, sich die abstoßendsten Frauen auszusuchen: Zwerginnen, Negerinnen, Verrückte, Kranke.

»Wollt ihr Kaffee oder Tee?« fragte Hildred kalt.

»Irgendwas«, sagte Vanya, ohne aufzusehen.

Sie hatten den Tisch, an dem sie saßen, den »Kotztisch« getauft. Kein sehr schöner Name, aber die Ausdrucksweise, derer sie sich bedienten, wenn sie hier saßen, war ja ebenfalls nicht sehr schön. Sie waren auf diesen Namen gekommen, weil sie sich hier immer wieder, manchmal abwechselnd, manchmal alle zusammen, auskotzten. Das Wort war ihnen lieb geworden. Es war direkt und kraftvoll – wie einer von Dempseys kurzen

Körperschlägen. Am Kotztisch gab es keine Verbeugungen und Handküsse, keine Umgangsformen und Benimmregeln.

»Bist du nun pervers oder nicht?« So beginnt an diesem Abend das Gespräch am Kotztisch.

Die dunkle Frau, an die diese Frage gerichtet ist, findet diese direkte Art nicht immer angenehm, besonders dann nicht, wenn der Schlag mit solcher Wucht geführt wird. Sie versucht es mit – bildlich gesprochen – etwas Beinarbeit: ein kleiner Ausweichschritt, ein bißchen dukken. Aber heute abend hat sie kein Glück damit, denn ihr Gegner geht in den Clinch und gibt ihr ein paar kurze Schläge auf die Nieren. Und als Hildred sich dazwischenwirft und den Ringrichter spielen will, kriegt auch sie noch eins ab.

»An *dich*«, sagt er zu ihr, »hab ich auch eine Frage. Mal angenommen«, fährt er schnell und unverblümt fort, »mal angenommen, ich gehe über den Washington Square, und ein Mann spricht mich an, macht mir ein eindeutiges Angebot. Was sollte ich deiner Meinung nach tun – ihn zu einem Kaffee einladen oder ihm eine reinhauen?«

Der Blick, mit dem Hildred ihn ansieht, ist kalt wie ein Gletscher.

»Laß es mich anders ausdrücken«, sagt Tony Bring schnell. »Wir wollen ja nicht alles durcheinanderbringen. Also frage ich dich lieber, was du tun würdest, wenn eine Frau – eine Frau wie *sie*, zum Beispiel – dich ansprechen und dir ein eindeutiges Angebot machen würde...«

Vanya lehnte sich zurück und grinste.

»Kannst du mir das direkt und mit wenigen Worten sagen?« rief er.

Natürlich konnte Hildred das nicht. Sie hatte nie etwas mit wenigen Worten gesagt. Ihre Kiefer mahlten sich emsig durch die Abfallberge; sie zählte Namen und Definitionen auf, und während sie kaute und kaute, begann der Speichel zu fließen, und die Konservendosen und zerbrochenen Flaschen lagen ihr nicht mehr so schwer in ihrem großen Magen. Sie hatte bereits tausend Worte gesagt, ohne einer Antwort auch nur nahe gekommen zu sein.

»Zur Sache jetzt!«

»Aber du benimmst dich einfach lächerlich! Du greifst mich an wie ein pedantischer Idiot!«

»Ich habe dir bloß eine einfache Frage gestellt.«

»Aber ich hab dir doch schon zigmal gesagt: Ich habe keine fertige Einstellung dazu. Es käme ganz auf die Umstände an, auf die Frau, die mich anspricht, auf meine Stimmung, auf...«

»Soll das heißen, daß du nicht weißt, ob du erfreut oder angewidert wärst?«

»Angewidert?« Hildred wich aus. »Aber sie sind doch Menschen wie wir.«

»Klar! Aber sie sind auch...«

Es war ein häßliches Wort. Hildred wurde blaß, und einen Augenblick lang brachte sie keinen Ton heraus. Doch dann ergriff Vanya das Wort. »Nicht alle Perversen sprechen Leute auf der Straße an«, sagte sie, als wäre dies ein wichtiges Detail.

»Gut«, sagte er, immer erregter. »Gut – mit *dir* kommt man immerhin ein Stück weiter. Du kannst dich wenigstens klar ausdrücken.«

Er ging ein paarmal auf und ab, baute sich schließlich vor Vanya auf und sagte: »Kannst du mir auf eine offene Frage eine offene Antwort geben?«

Die Worte schienen in Vanyas Ohren zu explodieren. Sicher wollte sie mit ihrem Kopfnicken ihre Zustimmung signalisieren, aber Tony Bring stand vor ihr wie ein Folterer, der auf das *Ja* wartete, das sie nicht über die Lippen brachte.

»Kannst du? Kannst du?« wollte er wissen und beugte sich hinunter, bis sich ihre Nasen beinah berührten.

Vanyas Kopf zuckte hin und her, als hätte sie plötzlich einen Anfall von Veitstanz. Ihre Augen waren groß und blickten ins Leere.

Wieder ging Hildred dazwischen. »Ich werde nicht zulassen, daß sie darauf eine Antwort gibt«, sagte sie. »Du bist ein Dummkopf, wenn du glaubst, auf diese Weise etwas herauszukriegen. Wenn du ein bißchen Intelligenz hättest, würdest du gar keine Fragen zu stellen brauchen. Lies lieber deine Bücher – das ist die einzige Methode, wie du etwas lernen kannst.«

»Ach, tatsächlich?« sagte er. Sie standen dicht voreinander, die Zähne gefletscht wie zwei räudige Straßenköter, die um einen Knochen kämpfen. »Ich weiß vielleicht nicht alles, aber ich weiß genug, um sie hinter Gitter zu bringen. Na? Jetzt lachst du nicht mehr.«

»Du Idiot!« rief Hildred und warf trotzig den Kopf zurück. »Was willst du damit sagen?«

»Was ich damit sagen will? Ich will damit folgendes sagen: daß es eine Sache ist, von platonischer Liebe zu reden, aber eine ganz andere, eine Frau *meine süße kleine Lesbe* zu nennen. Vielleicht kapieren du und deine gute Freundin hier jetzt, was ich meine.« Er hielt inne. »Na, Vanya, was sagst du dazu? Du weißt, was ich meine. Warum sagst du nichts?«

Vanya lehnte, die Hände tief in den Taschen ihrer

Jeans vergraben, an der Wand. Sie sah ihn durchdringend an und erwiderte mit größter Gelassenheit und Überlegtheit: »Du bist also überzeugt, daß ich eine Lesbe bin. Und deine Frau – was ist sie?«

Sie hielt gerade lange genug inne, um ihre Worte in sein Bewußtsein sinken zu lassen. Als sie fortfahren wollte, fiel ihr Hildred ins Wort. »Genau! Wenn sie eine Lesbe ist, bin ich auch eine.« Sie tauschten ein paar kurze Blicke. »Jetzt hast du eine Nuß zu knacken, du armseliger Wicht«, schienen sie zu sagen.

Mit vollkommener Ruhe sagte Vanya: »Was stellst du dir eigentlich unter einer Lesbe vor? Du behauptest, ich wäre eine Lesbe. Wieso eigentlich? Weil du wieder mal meine Briefe gelesen hast? Ich weiß, daß du bei mir herumschnüffelst. Ich hab die Briefe absichtlich offen auf meinem Tisch liegenlassen, ja, absichtlich. Ich will, daß dieser Blödsinn aufhört. Ich bin diese Andeutungen leid. Entscheide dich – so oder so...«

Hildred unterbrach sie. »Ich werde selbst für Klarheit sorgen«, sagte sie und wandte sich mit hochrotem Gesicht an Tony Bring. »Ich lasse diese Beschimpfungen nicht länger zu, hast du mich verstanden? Wenn in diesem Haushalt irgend etwas nicht in Ordnung ist, dann bin ich diejenige, die dafür verantwortlich ist. Warum läßt du sie nicht in Ruhe? Warum fällst du nicht über mich her, du Feigling? Ich kann dir alles sagen, was du wissen willst.«

»Na gut, dann *tu's* endlich!« sagte er.

Einen Augenblick lang herrschte Schweigen. Ein Lastwagen fuhr vorbei und ließ das Haus bis in die Grundmauern erbeben. »Also – was willst du wissen?« Hildreds Fuß wippte ungeduldig auf und ab.

»*Alles*«, antwortete er schlicht.

»Ein bißchen genauer. Eben hast du noch alle möglichen Anschuldigungen vorgebracht. Also raus damit, der Reihe nach... Ich warte.«

Eine bedrückende Müdigkeit überkam ihn. Plötzlich war alles zu dumm, um es mit Worten auszudrücken. Wie die drei Kugeln auf dem Billardtisch. Mit der Stoßkugel zielte man, und wenn das Handgelenk im Einklang mit den Gesetzen der Mechanik, der Ballistik, der Trigonometrie und allem möglichen anderen stand, küßte die rote Kugel die weiße, und alle drei Kugeln klickten. Und wenn alle drei Kugeln klickten, durfte man noch einmal stoßen. Und wenn es einem gelang, die drei Kugeln dicht beieinander zu halten, wenn man sie, wie man sagte, zusammenhielt, konnte man soundsovielmal stoßen. Er machte einen langen Stoß und schloß die Augen. Vorbei. Jetzt war ein anderer dran. Ein paar Augenblicke lang stand er da und starrte dumpf vor sich hin. Seine Aufmerksamkeit war geteilt zwischen ihrem albernen, verlogenen Gerede und seinen eigenen rastlosen Ängsten.

Plötzlich drang eine Bemerkung von Hildred mit vernichtender Wirkung zu ihm durch. »Was sagst du da?« schrie er. »Kein Wort mehr! Noch ein Wort, und ich hau dir eine runter: Herrgott, ihr seid doch wirklich zu allem fähig... *zu allem.* Willst du damit sagen, daß du gedacht hast, ich sei ein... Wenn du dieses Wort noch ein einziges Mal im Zusammenhang mit mir gebrauchst, schlage ich dir den Schädel ein! Du sagst, du wärst eifersüchtig gewesen, eifersüchtig auf einen Freund von mir. Wenn ich glauben würde, daß du die Wahrheit sagst, würde ich dich windelweich schlagen. Aber ich glaube dir nicht, ich glaube dir nicht! Du bist eine ausgemachte Lügnerin. Du würdest noch lügen, wenn du eine Schlinge um den Hals hättest. Und jetzt lügst du, weil du nicht weißt, wie du dich da wieder rauswinden sollst. Du würdest behaupten, ich bin verrückt, wenn du damit dein Gesicht bewahren könntest. Du würdest alles sagen! Du bist verdorben, vergiftet, krank! Du hast also gedacht, ich wäre mal pervers gewesen – oder es fast gewesen. Wirklich, ein dicker Hund! Genau – ich werde mir ein rotes Tuch umbinden und mich anbieten. Vielleicht, wenn ich mich etwas anstrenge, bringe ich sogar ein bißchen Geld nach Hause. Perverser zu vermieten – wöchentlich oder monatlich – günstige Preise. Ein *anständiger* Perverser mit Frau und Familie...«

Während dieser ganzen Szene, die immer ungezügelter und heftiger geworden war, hatte Vanya steif, mit versiegelten Lippen und einem steinern-undurchdringlichen Gesichtsausdruck dagesessen. Hin und wieder, wenn eine besonders üble Beschimpfung in ihre Richtung geschleudert wurde, überlief sie ein Schauer. Was Tony Bring betraf, so schien er nicht mehr Herr seiner selbst zu sein. Er ging auf und ab und drohte abwechselnd Hildred und Vanya mit der Faust. Er stieß die schrecklichsten, beleidigendsten Obszönitäten hervor. Er verfluchte sie, er belegte sie mit den widerwärtigsten Ausdrücken. Vanya gelang es, ihre sphinxartige Unerschütterlichkeit zu bewahren. Aber als er in einem letzten leidenschaftlichen Ausbruch auf Zehenspitzen vor ihr tanzte, sie bedrohte, sie beleidigte, ihr vor die Füße spuckte und schrie: »Du Laus!«, hielt sie es nicht mehr aus. Sie sprang auf, mit Augen, die zuckten wie die einer Verrückten, und gab ihm jede Beleidigung, jeden Fluch zurück. Es endete mit hysterischen Zuckungen von Kummer und

Wut. Hildred warf sich auf das Bett und versuchte, ihr Schluchzen in den Kissen zu ersticken. Daß sie weinte, ließ Tony Bring kalt. Endlich hat sie es kapiert, dachte er. Gut! Soll sie da liegen und den Schmerz des Lebens kosten.

Nach einer Pause wandte er sich an Vanya, die sich etwas beruhigt hatte, und sagte im versöhnlichsten Ton, zu dem er fähig war: »Jetzt, wo der Krach vorbei ist, können wir vielleicht vernünftig reden. Mal sehen, ob wir uns verständigen können.«

Vanya ging auf und ab. Ihre Augen blickten noch immer wild, und ihre Finger waren in ständiger Bewegung. Dünne Rauchwölkchen kamen aus ihrer Nase, und auf ihrer Brust lag Asche. Sie war gefährlich wie ein Messer, tödlich, kampfbereit; sie glühte von Kopf bis Fuß. Die Szene, die sich gerade abgespielt hatte, war für sie nicht mehr als eine Aufwärmübung gewesen. Sie war wütend, daß Hildred so jämmerlich nachgegeben hatte. Das war Feigheit, reine weibliche Feigheit, und einfach widerwärtig. Sie selbst war bereit, nicht nur mit ihrer Zunge, sondern auch mit den Händen. Sollte er doch versuchen, sie auch nur mit dem kleinen Finger anzurühren! Sie würde ihn in der Luft zerreißen, in kleine Stücke zerlegen, zu Hackfleisch machen.

Als sie gefragt wurde, ob sie sich an dem Gespräch beteiligen wollte, reagierte Hildred nicht; ihre Schultern zuckten krampfhaft, und ihr Kopf sank noch tiefer in die Kissen. Offensichtlich würden die beiden es also allein ausfechten. Und ebenso offensichtlich war, daß Vanya damit einverstanden war, als sie ihm, mit grimmig zusammengepreßten Lippen und großen, ins Leere blikkenden Augen, zunickte, er möge fortfahren.

Doch als er den Mund öffnete, begann, wie als Begleitung seiner Worte, in ihrem Kopf eine seltsame Prozession: groteske Gestalten aus Holz und Elfenbein, mit straffen, verlängerten Brüsten und eigenartigen Gliedmaßen, die durch rote und blaue Farben hervorgehoben wurden. Eine von ihnen, eine Figur aus dem Sudan, saß auf einem Hocker, der von einem Gewimmel kleinerer Gestalten gestützt wurde. Ein dünner, zierlicher Stab reichte von den Genitalien bis zur Halsgrube. Doch das Phantastische an dieser Figur war eher etwas, das sich aus der Fläche erhob, welche der Schoß dieses Ungeheuers bildete. In dem Museum, wo sie die Figur kürzlich gesehen hatte, hatten die Leute dieses Etwas eingehend betrachtet, den Kopf geschüttelt und sich erregt und im Flüsterton darüber unterhalten, ohne den Blick abzuwenden. Ihre Augen waren auf das Ding geheftet gewesen, das von den starren, bemalten Fingern umklammert wurde. Es war bisexuell – Phallus und Lingam zugleich, auch wenn diese Aussage ihm nichts von seinem exotischen Charakter nahm. Um seine Bedeutung zu ergründen, müßte man die gesamte Entwicklung der menschlichen Rasse zurückverfolgen und nicht nur in die mystischen Zeremonien der Primitiven eintauchen, sondern noch weiter zurückgehen, bis zu den wilden Begattungsorgien der Insektenwelt, der Welt der sexuellen Anomalien, der Welt der Lust und der Schrecken, die jenseits des menschlichen Wahrnehmungsvermögens liegt.

Das waren die Gedanken, die ihr durch den Kopf gingen, während sie seinen Worten lauschte. Und seine Gedanken waren weiß Gott auch nicht gerade alltäglich. Sie schienen seinen Worten zu folgen wie ein Fluß, der in einer Schlucht eingezwängt ist. Die festen unnachgiebigen Wände engten den ungestümen Strom ein, der irgendwo weit entfernt in den unzähligen Wurzelverästelungen seiner Seele entsprungen war. Gewiß war es ihre Aufgabe, unerbittlich zu sein und die blinde, zerstörerische Energie zu begrenzen, die sonst die Welt verwüstet hätte und fruchtlos geblieben wäre. Seine Gedanken strömten voran und aufwärts, bildeten gewaltige Strudel, schäumten hoch zu verwirrender Gischt, sanken wieder in sich zusammen und wurden von der glatten Strömung weitergetragen. Das Äußerste, auf das man in diesem unablässigen Kampf hoffen durfte, war ein Sieg der Erosion. So nahm der Konflikt auf verworrene Weise in seinen Gedanken Gestalt an. Seine Sprache war weit weniger kompliziert. Es war wie der Unterschied zwischen Noten und Musik. Was die Zunge von sich gab, war nur die leise Melodie, die das außergewöhnliche Gewebe von Gedanken und Gefühlen zusammenhielt.

Während er weitersprach, wurde seine Stimme sanfter und schmeichelnder; ab und zu hielt er inne und erwartete, daß sie die Gelegenheit zu einem Einwurf ergreifen würde, doch sie schwieg, und ihre Feindseligkeit wich immer weiter von ihr. Er erinnerte sie kurz an eine Szene vor einigen Tagen, als Hildred sich mit ihr in dem kleinen Zimmer eingeschlossen hatte. Was war dort vor sich gegangen? Ach, was für eine Frage! Als erwartete er, daß sie sie beantworten würden. Immerhin gaben sie zu – nach einem schrecklichen Kampf, bei dem er ihnen dieses Geheimnis buchstäblich entrissen hatte –, *daß sie sich da drinnen geküßt hatten!* Aber es hatte keinen Zweck, dieses Thema weiter zu verfolgen. Vielleicht war es am besten, wenn man diesen Fall einer Jury übergab – einem unparteiischen Gremium von Experten. Sollte sich jeder selbst seinen Richter suchen. Sollte jeder seine eigene Version der Geschichte erzählen.

An diesem Punkt erwachte Hildred plötzlich wieder zum Leben.

»Du hältst deinen verdammten Mund!« brüllte er.

»Nein, laß sie!« sagte Vanya. »Das geht sie genausoviel an wie uns.«

»Sie ist vorhin weggelaufen und soll jetzt den Mund halten, sage ich. Bist du bereit, auf meinen Vorschlag einzugehen?« sagte er und kehrte Hildred den Rücken.

Es war wie bei jenem kritischen Augenblick in einem Kampf, in dem einer der beiden Gegner plötzlich unter einem vernichtenden Schlag des anderen nachgibt. Er wollte sie auf den Knien sehen, aber wieder fuhr Hildred dazwischen. »Sie wird nichts dergleichen tun«, sagte sie und erhob sich mit einer Würde, nicht unähnlich der einer sterbenden Kaiserin, vom Bett. Es war ein durch und durch lächerlicher Vorschlag. Es *gab* keine Experten, die einen Richtspruch fällen konnten. Und außerdem...

»Du willst sagen...?«

»Ich will sagen, daß nichts, was irgendein anderer sagt, mich beeinflussen könnte.«

»Selbst wenn...«

»Selbst wenn die ganze Welt der Meinung wäre...«

»Welcher Meinung?«

»Daß sie abartig ist, pervers, invers – nenn es, wie du willst. Ganz egal, was andere sagen – ich würde sie nie verlassen... Hast du verstanden?«

Es war genug. Es gibt einen Punkt, wo die Berührung durch die Realität so schmerzhaft wird, daß man kein Mensch mehr ist, der unter den Umständen leidet, sondern ein lebendes Wesen, das in Streifen geschnitten wird... Das, was eben noch wie ein lebendiger Planet war, eine pulsierende Herrlichkeit in einem Universum der Finsternis, ist plötzlich ein totes Ding wie der Mond, der mit eisigem Feuer brennt. In solchen Augenblicken bekommt alles eine Klarheit – die Bedeutung von Träumen, die Weisheit, die der Geburt vorausgeht, die Beständigkeit des Glaubens, die Idiotie einer Existenz als Gott, usw., usw.

FÜNFTER TEIL

1

Tony Bring saß im Dunkeln, die Hände in den Manteltaschen vergraben, den Kragen hochgeschlagen, den Hut tief ins Gesicht gezogen. Es war kalt in der Wohnung; er hatte das Gefühl, als säße er in einer Gruft, in der nicht einmal eine dünne Kerze brannte. Von den Wänden ging ein schlechter Geruch aus – ein süßlicher, Übelkeit erregender Gestank, der an Lepra denken ließ. Durch Tony Brings Kopf gurgelten Gedanken wie die Abflußröhrenmusik in Vanyas Zimmer. Er dachte an seine Gedanken, als wären sie Abstriche unter einem Mikroskop.

Es klingelte. Laß es klingeln, dachte er, ich bin nicht zu Hause. Es klopfte am Fenster, und dann noch einmal, eindringlicher. Er stand auf und zog den Vorhang beiseite. Draußen stand sein Freund Dredge und grinste. Tony Bring ging durch die Eingangshalle und öffnete die große Haustür. Dredge grinste immer noch.

»Was machst du da allein im Dunkeln?« fragte Dredge.

»Ich hab bloß nachgedacht.«

»Nachgedacht?«

»Ja. Tust du das nicht auch manchmal?«

»Mußt du denn dazu im Dunkeln sitzen?«

Er zündete eine Kerze an, während Dredge sich in den Sessel fallen ließ, der am bequemsten aussah, und sein übliches schwaches, freundliches Lächeln aufsetzte. Es war sein achtundzwanzigster Geburtstag, und er hatte, bevor er sich auf den Weg zu seinem Freund gemacht hatte, zu Hause schon ein oder zwei Drinks genommen. »Man wird verrückt«, sagte er, »wenn man wie du im Dunkeln herumhockt. Ich mach dir einen Vorschlag: Wir gehen zu mir und hauen uns einen Kleinen hinter die Binde. Und dann gehen wir aus und feiern.«

Kurz darauf saßen sie im Village bei »Paulino's«. Hier ging es drunter und drüber. Alle waren betrunken. Es war ein fabelhaftes Publikum: Spieler, Kriminalbeamte, Ganoven, FBI-Leute, Starreporter der großen Zeitungen, Varieté-Künstler, Juden, die schlaue Bemerkungen machten, Schwule mit unflätiger Ausdrucksweise, Revuegirls, Studenten, die sich Sternzeichen auf die Regenmäntel gemalt hatten... Auf jedem Tisch stand eine Gratisflasche Wein. Während sie aßen, standen am Eingang Leute, die auf einen freien Platz warteten.

Als sie auf die Straße stolperten, hatten sie einen herrlichen Schwips. Sie gingen die Sixth Avenue hinunter und wurden von einem kleinwüchsigen Zuhälter verfolgt, der ihnen seine Karte aufdrängte, während er mehr oder weniger bildhaft die verschiedenen Frauen beschrieb, die er anzubieten hatte. Neben einem Zigarrengeschäft war ein Tanzpalast. Er war brechend voll. Auch hier wieder Fusel – widerwärtiger, stinkender Fusel. Wo kam all das Zeug eigentlich her? New York war ein einziger großer Fluß voll Fusel.

Sie lehnten, Limonadenflaschen in der Hand, an der Wand, als plötzlich ein Schrei ertönte und eine hysterische junge Frau aus der Toilette gestürzt kam und behauptete, sie sei angegriffen worden. Ein Schuß knallte, Tische fielen um. Im Nu – es war fast wie in einer

Filmkomödie – war die Polizei da. Die Polizisten stürmten herein und verteilten wahllos Schläge mit ihren Knüppeln. Sie packten die junge Frau und schafften sie hinaus. Und dann spielte die Musik wieder, und die Kellner wischten den Boden auf. Niemand wußte, wer geschossen hatte. Niemand schien es wissen zu wollen. Zeit zu tanzen. Zeit noch einen Drink zu nehmen. Dredge sah sich nach einer Partnerin um. Es waren alle vergeben. Es war wie im Schlußverkauf. Sie warteten auf den nächsten Tanz. Alle vergebens...

Draußen wartete der Bursche mit den Visitenkarten auf sie. Er schüttelte mißbilligend den Kopf. »Kommen Sie mit«, drängte er sie. »Fünfzig heiße Mädchen... Und wenn ich sage heiß, dann meine ich heiß.«

»Morgen«, sagte Dredge.

Sie schlenderten gemächlich durch die altmodischen Straßen. Die Namen der Spelunken klangen vielversprechend, aber das war auch schon alles, was man zu ihren Gunsten sagen konnte. Es war eine Boheme ohne Bohemiens. Die Schurkerei, das Laster, die Lust, das Elend – das alles war fiktiv.

»Ich hab das Village satt«, sagte Dredge. Das sagte er schon seit Jahren.

In diesem Augenblick ging eine Tür auf, und sie sahen eine Bar. Ohne lange Umstände gingen sie hinein. Es war eine von jenen Kneipen, in die jeder eingelassen wird, jeder vom Präsidenten abwärts. Eine Theke aus Mahagoni, Fußstützen aus Messing, verschmierte Spiegel, Kalender, Photos von Boxern und Soubretten, die aus der *Police Gazette* ausgeschnitten worden waren. Die einzige Neuerung war die Anwesenheit des anderen Geschlechts. Früher hatten sich die Frauen im Hinterzimmer aufhalten müssen. Sie hatten nicht an der Theke stehen, schmutzige Geschichten erzählen und damit prahlen dürfen, mit wie vielen Männern sie geschlafen hatten. Und man hatte sie zur Sperrstunde auch nicht mit dem Bootshaken herausschleppen müssen. Nein, früher hatten sich die Frauen der Straße manchmal benommen wie Damen – zumindest hatten sie es versucht; die neue Zeit dagegen verlangte von den Damen, daß sie sich benahmen wie Huren.

Jedenfalls war das der Schluß, zu dem die beiden kamen, während sie sich still ein paar Drinks genehmigten. Sie diskutierten die Situation eingehend. Es störte sie, daß sie sich zwischen diese ehrbaren achtzehnjährigen Huren drängen mußten.

Sie gingen zur Fifth Avenue, und ihr Weg führte über den Washington Square, der jetzt still und verlassen dalag. Beim Triumphbogen blieben sie stehen und gaben sich ein paar sentimentalen Betrachtungen hin. Früher hatte New York Charme gehabt: da waren der Haymarket, Huber's Museum, »Tom Sharkey's«, das German Village, Barnums »American Museum«, Thomas Paine und O. Henry... Alles vorbei. Jetzt gab es nur noch Wolkenkratzer, Juden, Mädchen, die sich unmöglich kleideten und benahmen, Automatenrestaurants... Dredge schwärmte von der Luneta in Manila. Da war es tausendmal besser als hier. Und in Nagasaki gab es gewisse Häuser, wo ein rotes Licht über der Tür brannte, und drinnen fand man wunderschöne Püppchen mit kirschroten Lippen und Mandelaugen...

Ein Taxi hielt am Straßenrand. Der Fahrer lehnte sich aus dem Fenster und winkte ihnen. Ob sie nicht Lust hätten, sich zu einem netten, ruhigen, stilvollen, usw. Etablissement fahren zu lassen? Wenn man seinen Lobgesang hörte, hätte man meinen können, er wisse den Weg zu einem Paradies voller Huris und Moschusduft.

Dredge war skeptisch. Das alles klang einfach zu gut, erinnerte zu sehr an die Zeiten, als das »Guadalquivir« noch geleuchtet hatte, usw.

«Herrje, wollen Sie vielleicht in irgendeinen Puff gehen und eins über die Rübe kriegen?« sagte der Fahrer, um keine lange Diskussion aufkommen zu lassen. »Steigen Sie ein«, schnurrte er, »und wenn's Ihnen da nicht gefällt, können Sie ja wieder gehen. Ich fahr Sie schon nicht zu irgendeinem zwielichtigen Laden.«

Kaum saßen sie im Wagen, da fuhr er auch schon los wie von tausend Teufeln gehetzt. »Wird Ihnen gefallen«, rief er durch die Trennscheibe.

Dredge ärgerte sich über den Ton, in dem er dies sagte. »Es muß uns nicht gefallen«, gab er zurück.

»Sei still!« sagte Tony Bring. »Fang keinen Streit mit ihm an. Laß uns erst mal sehen, wohin er uns bringt.«

Sie hielten irgendwo im Theaterviertel vor einem imposant wirkenden Bürogebäude an. Der Eingang war mit einem Scherengitter verschlossen. In der Eingangshalle stand ein Polizist und unterhielt sich mit dem Liftboy. Zu fünft stiegen sie in den Aufzug. Als sie nach oben fuhren, begann der Liftboy zu pfeifen. Er hatte ein blasses, narbiges Gesicht, die Art von Gesicht, wie man es in kalten, regnerischen Nächten vor dem Balkonaufgang eines Striptease-Theaters sieht.

Ein Aufblitzen funkelnder Lichter, samtweiche Teppiche, Mädchen in paillettenbesetzten Kleidern, mit alabasterkühlen Rücken und roten Lippen, die wie winzige Wellen bebten. Aus einer verborgenen Nische drangen gedämpfte Töne, die ihre Knie weich werden ließen. Ein Duft nach süßen Körpern, der schwere Geruch von Rosen, ein Wirbeln gepuderter Glieder, Goldfische, die träge in Becken mit abgestandenem Wasser schwammen. Die Tür schloß sich wieder, und der Fahrstuhl verschwand. Sie sahen sich hilflos an. Gefangen. Verzaubert. Eingesperrt mit der mystischen Braut.

Ein Mann tauchte auf und sprach lockend und einschmeichelnd auf sie ein. Neben ihm stand der Taxifahrer und streckte die Hand aus. Tony Bring gab seinem Freund einen kleinen Stoß. »Er will, daß du ihm was gibst.«

»Aber ich hab ihm doch schon was gegeben«, sagte Dredge.

»Dann gib ihm noch was.«

»Warum?«

»Weil er uns zu einem so netten, ruhigen, stilvollen Etablissement gefahren hat.«

Der Grieche, der ihnen voranging, erwies sich als höflicher Mensch mit einem glatten Mördergesicht. Er sagte zu allem ja. Seine Hände waren blaß und samtweich, und er hatte tiefliegende Augen, die ständig in Bewegung waren und glänzten wie bunte Glasmurmeln. In der Garderobe sahen sie sich schüchtern um. Herrliche Schmetterlinge, die ihre Kokons nachzogen und von ihrer eigenen erotischen Ausstrahlung ganz betäubt waren, glitten vorbei oder setzten sich, um ihre Flügel auszuruhen. Im Vorbeigehen verstreuten sie einen Regen von Blütenblättern und Geplauder, so zart wie Gaze.

Der Tisch, zu dem sie geführt wurden, ragte auf wie ein betrunkenes Schiff in einem Nebel aus rauchendem

Wein. Silbriges Glitzern und Kristallsplitter lösten sich in Feuern von Staub auf. Buchstaben aus Pech standen zentimeterdick auf der Getränkekarte... Diese Raffinesse ließ sie erschauern.

Sie hatten sich kaum gesetzt, als zwei Täubchen an ihren Tisch geflattert kamen. Dredge machte den vergeblichen Versuch aufzustehen, während Tony Bring sich gedankenvoll über den Bart strich und im Spiegel neben dem Tisch sein fadenscheiniges Hemd betrachtete. Die Begrüßung war kurz und freundlich. Der Grieche rieb sich die glatten, samtweichen Hände. Seine Zunge bewegte sich glatt und gewandt zwischen den glatten weißen Zähnen. Alles war so glatt wie eine schimmernde neue Säbelscheide.

Miss Lopez, die spanischer Herkunft und ein bißchen sexbesessen war, erkundigte sich sogleich, ob sie nicht durstig seien. Sie sagte das mit staubtrockener Stimme, als wäre ihre Vergangenheit ein Monsun und ihr gegenwärtiges Leben eine Wüste. Die andere, Miss St. Clair, verkündete, sie vergehe geradezu danach zu tanzen. Sie packte Dredge und zerrte ihn auf ihre stilvolle Art auf die Tanzfläche. Miss Lopez hatte eine andere Strategie. Sie verstand es, den Eindruck zu erwecken, als sänke sie in den Armen eines Mannes in Ohnmacht.

Als alle wieder am Tisch saßen, spielte das Orchester erneut auf, worauf Miss Lopez wie elektrisiert aufsprang. Das Stück war eine von jenen Spezialnummern, die es der Sängerin erlauben, von Tisch zu Tisch zu gehen und, während die Musik die Fenster zu ihrer Seele aufstößt, ihr Herz auszuschütten. Miss Lopez verharrte bei jedem Tisch gerade lange genug, um die Brieftasche desjenigen, den sie mit flehendem Blick fixierte, zu befingern. Dann steckte sie das Geld in den Ausschnitt, wackelte ein-, zweimal dankbar mit dem Hintern und ging weiter – und das alles, ohne ihren Gesang zu unterbrechen, während die Musiker den Refrain des Liedes immer und immer wieder spielten. Es war ein Lied über die Liebe… »Ich liebe dich… ich liebe dich…« Es schienen kaum andere Worte darin vorzukommen. Die Darbietung endete vor den vier Cocktails, die Dredge bestellt hatte. Nachdem sie einen letzten Rest von Zärtlichkeit in die abgedroschenen Worte gelegt hatte, sank sie wie ein sterbender Engel auf ihren Platz.

Inzwischen waren die Mädchen außerordentlich durstig geworden. Sie wollten Sauternes, und nachdem sie ein paar Schlucke davon getrunken hatten, entschuldigten sie sich und flatterten davon.

»Zähl lieber mal deine Kröten«, sagte Tony Bring.

Dredge zog ein Bündel Geldscheine hervor. Es waren siebenunddreißig Dollar.

»Mehr hast du nicht?« fragte Tony Bring.

»Mehr?« Dredge gab sich alle Mühe, erstaunt auszusehen.

»Hör zu, Dredge, nimm dich zusammen. Das hier ist ein netter, stilvoller Laden…«

Dredge verschanzte sich hinter seinem üblichen schwachen, freundlichen Lächeln. »Ich weiß nicht, was passieren wird«, sagte er, »und es ist mir auch egal. Ich bin schon aus edleren Etablissements rausgeschmissen worden. Keine Sorge!«

Aber Tony Bring war besorgt – wenigstens noch eine Zeitlang. Er dachte an das, was der Taxifahrer gesagt hatte, und an den Mörder mit dem glatten Gesicht und den samtweichen Pranken.

Als die Frauen zurückkehrten, bemängelten sie sofort, daß die beiden so ernst aussähen. Miss Lopez lehnte sich an Tony Brings Schulter und flüsterte ihm etwas ins Ohr. Ihre Hand brannte ihm geradezu ein Loch in die Hose. »Nur einen kleinen Kuß«, flüsterte sie, legte sich in seinen Armen zurück, zog seinen Kopf hinunter, drückte ihre warmen Lippen auf seinen Mund und hielt ihn umschlungen. Das Licht wurde gedämpft, und die ersten Takte von »The Kashimiri Song« erklangen, während sie sich hingerissen an ihn klammerte. Rings um sie her sanken keuchende Nymphchen in die Arme ihrer Partner. Es war wie eine laue Frühlingsnacht am Fuß des Himalaya, wenn die Tauben miteinander zu turteln beginnen, wenn in den feuchten Blättern des Waldes ein Rascheln und Murmeln zu hören ist, ein Aufbrechen duftender Blüten, eine kaum wahrnehmbare Bewegung und Regung, die das Blut dicker macht.

»Was für ein wunderschönes Hemd du anhast«, flüsterte Anita und kuschelte sich an ihn. Auf die Anrede »Miss Lopez« hatte sie nach dem zweiten Tanz verzichtet.

Tony Bring betrachtete sich abermals im Spiegel. »Es ist das einzige Hemd, das ich besitze«, stammelte er.

Miss St. Clair hörte das und brach in Gelächter aus. »Sein einziges Hemd!« Sie wiederholte es ein paarmal, warf den Kopf zurück und hielt sich die Seiten, um nicht vor Lachen zu platzen.

»Aber das ist die Wahrheit«, erklärte er. »Ich hab keinen Penny.«

Anita schenkte ihm einen dunklen Blick und gab ihm einen spielerischen Rippenstoß. »Ich weiß«, sagte sie und verdrehte geziert die Augen. »Den Satz hab ich schon öfters gehört.«

Dredge saß mit einem breiten Grinsen dabei. Ihm war es ziemlich egal, ob sie jetzt oder später hinausgeworfen wurden. Es war ein schöner Scherz, der keinem den Spaß zu verderben schien.

Die jungen Damen schienen Probleme mit ihrer Blase zu haben – jedenfalls mußten sie noch einmal auf die Toilette. Diesmal waren sie kaum gegangen, als auch schon ein Ober erschien. Es war ein neuer Ober, formeller gekleidet als der erste und mit hochmütigerem Gebaren. Ohne einen von ihnen anzusehen, präsentierte er ihnen die Rechnung. Dredge sah die Rechnung und dann den Ober an. »Wir wollten noch nicht gehen«, sagte er und versuchte, ein gleichmütiges Gesicht zu machen.

Jetzt kommt's, dachte Tony Bring.

Der Ober stand steif neben dem Tisch, während Dredge seine Taschen leerte. Er klatschte die abgegriffenen Geldscheine auf den Tisch. Scheinbar ohne es zu berühren, zählte der Ober das Geld. Dann nahm er mit einer heftigen, arroganten Bewegung die Rechnung und hielt sie Dredge unter die Nase. »Fünfundfünfzig Dollar!« sagte er.

»Wofür?« fragte Dredge. »Wofür?«

»Dredge, fang keinen Streit an!«

»Aber wo, zum Teufel, soll ich fünfundfünfzig Dollar hernehmen? Du weißt, wieviel ich habe. Das ist alles, was ich ihm gebe, und alles, was er kriegen wird.« Und dabei nahm er die Geldscheine und schob sie in seine Tasche.

Auf einmal stand der Grieche händereibend neben ihnen. Er hatte die Szene von weitem beobachtet. »Worum geht es, bitte?« fragte er freundlich und verbindlich.

Der Ober murmelte ihm etwas ins Ohr.

»Oh, tatsächlich?« Er schien völlig überrascht. Er wandte sich an Dredge, und seine Stimme klang noch immer herzlich, verbindlich, glatt und freundlich. Er stellte ein paar höfliche Fragen, und dann, als wäre es ihm gerade erst eingefallen, sagte er: »Vielleicht begleiten Sie mich lieber zu unserem Buchhalter. Diese Kleinigkeit sollte sich doch zu aller Zufriedenheit bereinigen lassen. Es geht ja schließlich um lediglich fünfundfünfzig Dollar.«

Tony Bring saß stocksteif da und starrte die Wand an. Er fragte sich, wie Dredge diese »Kleinigkeit« handhaben würde. Die beiden Frauen waren noch nicht wieder zurück. Die Musik spielte noch, aber sie klang jetzt weniger verführerisch. Die Gläser waren abgeräumt, der Tisch war leer.

Die Zeit schleppte sich dahin. Niemand näherte sich ihm. Er rutschte unruhig hin und her und strich sich über den struppigen Bart. Sein Kragenknopf war abgesprungen.

Plötzlich war Miss St. Clair wieder da. Anita sei gebeten worden, für eine Weile an einem anderen Tisch Platz zu nehmen. Ob er ihr nicht noch einen Cocktail bestellen wolle? Nur einen einzigen? Und wohin sein Freund verschwunden sei? All dies sagte sie mit erstaunlicher Naivität. Als sie hörte, daß Dredge versuche, die Rechnung zu bezahlen, legte sie die Hand über den Mund und gähnte.

»Spendier mir einen kleinen Drink«, bat sie.

»Aber das kann ich nicht. Ich habe keinen Penny in der Tasche.«

»Im Ernst?« sagte Miss St. Clair. Diesmal schien sie zu begreifen, daß er die Wahrheit sagte. In ihrer Stimme lag nicht nur Verachtung, sondern auch Angst, als hätte er plötzlich eine Eidechse aus der Tasche gezogen und ihr vor die Füße geworfen.

Es vergingen einige peinliche Augenblicke. Sie saßen da, ohne sich anzusehen. Sie trommelte wütend mit den Fingern, und er starrte auf ein Wandgemälde über ihrem Kopf, das einen bösen Geist darstellte, der sich mit langen, spitzen Fingernägeln auf eine Gruppe von Trunkenbolden stürzte.

Als Dredge schließlich zurückkehrte, lächelte er breit. Wie zuvor wurde er von dem Griechen, seinem Faktotum, und dem zuständigen Ober eskortiert. »Was wollt ihr zu trinken haben?« waren seine ersten Worte. »Für mich einen kleinen Scotch«, sagte er zum Ober. Und dann, mit einem Anflug von Verärgerung: »Wo ist Anita? Sagen Sie ihr, daß wir sie hier bei uns haben wollen.«

Er setzte sich. »Alles in Ordnung«, sagte er. »Nur zu – viel Spaß. Wenn dir Anita nicht gefällt, lassen wir eine andere kommen. Wir zahlen für Gesellschaft, und wir werden sie bekommen.«

»Hör mal, Dredge, das ist ja alles sehr lustig, aber was ist eigentlich los? Ich sitze hier wie auf Kohlen.«

Dredge zog eine Zigarre aus der Brusttasche, biß lässig das Ende ab, paffte und machte sich daran, seinen Freund ins Bild zu setzen. »Ganz einfach«, sagte er. »Sie wollten wissen, ob ich ein Bankkonto habe und wo und wieviel drauf ist. Ich habe ihnen Keiths Kontonummer gegeben. Wie sollen sie das schon merken? Sie haben gesagt, ich soll warten, bis sie Erkundigungen eingezogen haben. *Erkundigungen!* Wie können sie um diese Uhrzeit Erkundigungen einziehen? Schließlich haben sie gesagt, es ist alles in Ordnung und haben mich einen Blankoscheck unterschreiben lassen.«

»Dann ist also alles in Ordnung?«

»Alles in Ordnung. Bestell dir, was du willst.«

Anita kehrte mit Miss St. Clair zurück, setzte sich freundlich lächelnd zu ihnen und badete sie in der Wärme ihres andalusischen Blutes. Die Nacht schritt voran. Champagner floß und Malaga-Wein, denn Anita hatte einen Anfall von Heimweh bekommen. Sie sprachen über Stierkämpfe, obwohl sie noch nie einen gesehen hatten, und Dredge versuchte, von so interessanten Dingen wie der Luneta in Manila und den Kaugummi-Minen in Mexico zu erzählen. Hin und wieder erschien ein Rausschmeißer und schleifte einen armen betrunkenen Teufel ins Hinterzimmer, wo ihm mit Hilfe eines Taxifahrers und eines Polizisten die Daumenschrauben angelegt wurden.

Der Morgen graute, als Tony Bring sich von Dredge verabschiedete. In der Eingangshalle war es noch dunkel. Er stolperte und fiel gegen die Tür. Das Glas klirrte. Danach Stille, eine tiefe, geheimnisvolle Stille. Er stieß die Tür auf und tastete im Dunkeln nach einer Kerze.

»Bist du es?« hörte er Hildred sagen.

Mit der Kerze in der Hand stolperte er zum Bett. Jemand lag neben Hildred auf dem Bauch, jemand, der tief und fest schlief.

»Wer ist das?« wollte er wissen.

»Mein Gott, du bist ja betrunken!« rief Hildred.

»Macht nichts... Wer ist das? Vanya?«

»Pssst!«

»Hier kann ich laut sein, soviel ich will! Los, weck sie auf, aber schnell! Wer hat ihr erlaubt, in meinem Bett zu schlafen? Heh, wach auf! Vanya!«

Vanya drehte sich verschlafen um und blinzelte. Er

stellte die Kerze auf den Boden, schob seine Arme unter sie und begann, sie aus dem Bett zu ziehen.

»Hör auf! Warte!« rief sie. »Was soll das?« Plötzlich roch sie seinen Atem. *»Schon wieder betrunken?«*

»Schon wieder gar nichts. Wie kommst du dazu, in meinem Bett zu schlafen?« Er zog fester an ihr.

»Laß mich los... Du reißt mir ja die Arme aus!« schrie sie.

Hildred versuchte, ihn wegzuzerren. Er schlug blindlings nach ihr und traf sie in die Magengrube. Sie ächzte und sank zu Boden. Sogleich war Vanya bei ihr. »Schnell... hol Wasser!« rief sie. »Du hast ihr weh getan.«

»Hol's doch selber! Ich hab sie nicht angerührt. Schöne Begrüßung – da kommt man nach Hause und muß sich seinen Platz im Bett erst freikämpfen. Das ist *mein* Bett, verstanden? Da hast du nichts zu suchen.«

Vanya eilte ins Badezimmer. Hildred lag noch immer dort, wo sie zusammengebrochen war, preßte die Hände auf den Bauch und stöhnte.

Tony Bring ließ sich auf das Bett fallen. »Warum müßt ihr aus allem gleich so ein Theater machen?« sagte er. »Kann man denn nicht ab und zu mal ein bißchen Spaß haben, ohne daß der Teufel los ist? Na komm schon, nun lieg nicht da herum wie ein lahmer Esel. Beweg dich!«

Er stieß ein gewaltiges, löwenartiges Gebrüll aus und drehte sich um. »Herrje, alles dreht sich. Dieser Champagner... das war einfach zuviel. Zuviel.« Er begann mit zittriger Falsettstimme zu singen: »Let me call you sweetheart, I'm in love with you-ou-ou...«

»Sei still!« rief Vanya und schüttelte ihn. »Du wirst die Nachbarn aufwecken.«

»Wo ist Hildred? Warum kommt sie nicht ins Bett? Ich will, daß dieses Affentheater aufhört, *verstanden*?«

Vanya redete sanft auf ihn ein, zog ihn aus und deckte ihn zu. Dann holte sie ein feuchtes Handtuch und wikkelte es um seinen Kopf. »Das tut gut«, sagte er. »Vanya, du bist ein Mordskumpel.«

Kurz darauf mußte sie ihm ins Bad helfen; sie hielt seinen Kopf, als er sich vorbeugte und sich in die Badewanne erbrach.

»Wie ekelhaft«, sagte er, lehnte sich an sie und lächelte schief. »Geh raus, ich werde das aufwischen.« Doch als er sich bückte, hatte er das Gefühl, als käme ihm die Galle hoch, und ihm wurde furchtbar übel. »Was für ein Schwein ich bin! Was für ein Schwein!« Er bat sie, ihn allein zu lassen, es werde ihm gleich wieder besser gehen. In diesem Augenblick erst wurde ihm bewußt, daß er nur seine Unterwäsche anhatte. Er sah sie an und lächelte schwach, wie Dredge – dieses dümmliche, fade Lächeln. Er sah sich im Spiegel: das grünliche Gesicht, die verquollenen und geröteten Augen, den verschmierten Mund.

»Wo ist Hildred?« fragte er. »Hab ich ihr weh getan? Was habe ich getan? Ich hab sie doch nicht geschlagen, oder?«

Vanya hatte das Handtuch von seinem Kopf gewickelt und wischte damit die Badewanne aus. Es stank.

»Komm«, sagte er schwach, »laß das. Ich mach das morgen früh. Du mußt mich stützen, ich bin so schlapp wie ein nasses Handtuch.«

Vanya brachte ihn ins Bett, legte seine schmutzigen Kleider beiseite und deckte ihn zu. »So«, murmelte sie, während er stöhnte und zitterte. »So, und jetzt schlaf. Es ist alles in Ordnung, Tony. Du brauchst dir keine Sorgen zu machen. So…« Sie steckte die Decke fest.

Er schlief sofort ein. Vanya ging in ihr Zimmer und schlüpfte zu Hildred in ihr schmales Bett. »Alles in Ordnung«, sagte sie und legte ihre Arme um Hildred. »Ihm war schlecht. Er mußte kotzen.«

Bald waren auch sie friedlich eingeschlafen. Es war so still wie in einer Gruft – nur auf der Straße ging hin und wieder jemand vorbei, und man hörte ein nervöses, bedeutungsloses Hüsteln.

2

Über Nacht war eine dünne Schicht Schnee gefallen. Überall, so weit das Christentum reichte, wünschten die Leute sich an diesem schönen, kalten Morgen »Fröhliche Weihnachten!« und gingen dann in die Kirche, um ein paar Tränen zu vergießen. Nicht einmal der hartgesottenste Atheist konnte sich dem alles durchdringenden Geist des Weihnachtsfestes entziehen. Seit Wochen hatte die Heilsarmee ihre Bettler überall in der Stadt an strategischen Punkten postiert; die Männer sahen aus wie heruntergekommene Mönche, standen neben einem gewaltigen Kessel voll Geld und läuteten mit einer Tischglocke, und die Frauen läuteten ebenfalls Glocken und hielten ihre Tamburine in dünnen, kalten Fingern. Der Zweck des Ganzen war, der Welt Frieden zu bringen und die menschlichen Wracks der großen Stadt daran zu hindern, vom rechten Weg abzukommen, sich zu Tode zu trinken oder der Kommunistischen Partei beizutreten. Jedermann wußte, was für ein Glück es war, daß es die Heilsarmee gab, und welch eine segensreiche Arbeit sie in den Elendsvierteln, in Chinatown und an der Bowery, leistete – überall, wo es Armut, Laster und Sünde gab. Und jeder, der an diesen abgezehrten Menschenfreunden, diesen schmerzensreichen Schwestern der Gnade vorbeikam, die so schön sangen, wenn die Baßtrommel geschlagen wurde, warf ein paar Kupfermünzen in den

Kessel und hatte das Gefühl, etwas für eine gute Sache getan zu haben.

Die Warenhäuser sprachen von *guten* und *schlechten* Weihnachten. Auf eine unbestimmte, jenseits aller Arithmetik stehenden Weise sollten die Profite letzten Endes dem Heiland zu höherer Ehre gereichen. In den geschäftigen Wochen, die dem Tag vorausgingen, sprachen die Leute von Hemden, Krawattennadeln, Büchern, Kameras, usw. Erst in der elften Stunde, in einer kurzen Unterbrechung, in welcher der Chor von Angst und Sorge sang, dachte man an den Heiland. Was für ein Schauspiel das für Ihn war, der da oben in den Wolken saß, zur Rechten Gottvaters, und die Glocken läuten hörte und die armen Penner sah, die auf der Bowery in einer langen Schlange um ihr großes Geschenk anstanden. Und wie großartig fühlte Er sich, wenn Er hinabsah auf die dunklen Länder der Erde, wo die Menschen nicht weiß waren, sondern gelb oder schwarz, wo sie krauses Haar und die Männer Ringe in den Nasen und Tätowierungen auf der Brust hatten – wenn er sah, wie sie alle die Augen gen Himmel wandten und Seinen Namen lobten und Halleluja sangen.

An diesem schönen, kalten Morgen erwachte Tony Bring etwas früher als sonst. Ein schrecklicher, unstillbarer Durst weckte ihn. Eigentlich waren sie alle durstig, nur war die Anstrengung, aufzustehen und zum Waschbecken zu gehen, für die anderen zu groß. Er sagte Hildred, daß es Zeit sei aufzustehen und daß es schon spät sei, aber sie lag reglos da und drückte ein nasses Handtuch auf die Augen.

»Verdammt«, sagte er, »heute werden wir sie nicht enttäuschen. Ich jedenfalls nicht!«

Während Hildred sich matt regte, setzte er sich ans Fenster und begann in der Proust-Ausgabe zu blättern, die sie ihm zu Weihnachten geschenkt hatte. Auf dem Kotztisch stand ein riesiger Strauß Gardenien – Hildreds Geschenk an Vanya. Ihr erdiger, sinnlicher Duft rief, in Verbindung mit der verrückten Prozession, die sich in einem Veitstanz über die Wände bewegte, eine außerordentliche Mischung von Gefühlen in ihm hervor, die noch verstärkt wurden durch den Anblick von Hildred, die im Dämmerlicht dalag, ihr Gesicht weiß wie eine Totenmaske, und hin und wieder die Lippen öffnete, um ein fiebriges Stöhnen auszustoßen. Er versank in Nachdenken über den Mann, der der Welt diese unerschöpflichen Bücher geschenkt hatte, diesen kranken, ans Bett gefesselten kleinen Riesen, der mit schwindender Kraft in einem hermetisch verschlossenen Raum diese kostbare Entomologie der Gesellschaft geschrieben hatte, eingepackt in Kleider und Decken, neben sich einen Tisch, der mit Notizbüchern, Medikamenten, Schmerzmitteln und Opiaten bedeckt war. Das Leben dieses Mannes war voller Leiden gewesen, und durch seine überragende Kunst hatte er sie in eine edle, unvergeßliche Musik verwandelt.

Parallel zu diesen Betrachtungen entwickelte sich in ihm ein zweiter Gedankengang: Ihm wurde bewußt, daß er in Kürze seinen betagten Eltern gegenüberstehen, ihre fragenden Blicke sehen und versuchen würde, aus ihren Köpfen durch sinnloses Schwätzen das quälende Wissen zu verbannen, daß er Jahre seines Lebens verschwendet hatte. Dies war es, was jedes Weihnachtsfest zu einer Zeit der Bitterkeit und Reue, der Melancholie und Zerknirschung machte. Jedes Jahr versammelten sie sich um den knarrenden Tisch, und dann begann eine Art stummer Berechnung, ein Versinken in der Vergangenheit und ihren Torheiten und Ziellosigkeiten, ihren Schmerzen und Enttäuschungen. Es war unvermeidlich, daß irgendwann im Verlauf dieses Festtages die Vergangenheit erwähnt wurde – die vielversprechende Zukunft, die er einst gehabt hatte, die Hoffnungen, die sie in ihn gesetzt hatten, und so weiter. Es war, als ob irgendwann – er konnte sich nicht erinnern, wann – eine Linie gezogen worden wäre, eine Grenze, welche die Hoffnung an einen weit entfernten Ort, auf die andere Seite der Alpen verbannt und die Verzweiflung in die Nähe gerückt hatte, in das graue, trübselige Tal der Zukunft. Und doch mischte sich in diese bedrückende Atmosphäre eine zärtliche, unerklärliche, distanzierte Vergebung, eine melancholische Sympathie, wie man sie Verrückten oder Blinden zuteil werden läßt.

Das Buch lag immer schwerer in seiner Hand. Seine Augen kehrten zum Text zurück und lasen diese eigenartigen Worte: »Wir fühlen uns zu jedem Leben hingezogen, das uns etwas Unbekanntes bietet, zu einer letzten Illusion, die zerstört werden muß...« In diesem Augenblick trat Vanya in ihrem Nachthemd und kniehohen Stiefeln aus ihrem Zimmer. »Die zerstört werden muß, die zerstört werden muß...« Die Worte wiederholten sich wie ein Refrain – nein, vielmehr wie ein Ton, den ein unsichtbarer Sänger hält, wenn ein winziger Kratzer in der Platte die Nadel daran hindert, ihren vorgeschriebenen Weg fortzusetzen. Vanya stand vor ihm, eine heruntergekommene Schlampe, und der Plattenspieler in seinem Kopf wiederholte immer wieder: »...die zerstört werden muß... die zerstört werden muß...« Fasziniert von dem Gedanken, was für eine eigenartige Wirkung es haben würde, wenn er diesen schwingenden Ton hier und jetzt zum Explodieren bringen würde, brach er plötzlich in schallendes Gelächter aus – ein lautes, unbezähmbares Gebrüll, das Hildred aufspringen ließ.

»Eine fabelhafte Methode, mich aus dem Bett zu jagen!« schrie sie.

»Fröhliche Weihnachten!« rief er. »Und holt die Kuhglocke raus!«

»Er ist immer noch betrunken«, sagte Vanya mit dick aufgetragenem Ekel.

»Nein, du alte Schreckschraube, ich bin nicht betrunken... Danke übrigens für das Hemd. Es ist prima, nur nicht meine Größe.«

Während sie ins Badezimmer wankten, zündete er eine Kerze an und untersuchte die Matratze. Was für eine Nacht! Gardenien und Chartreuse, Marcel Proust und Schwefelgestank... Und Dredge hatte vorbeigeschaut, um ihnen »Fröhliche Weihnachten« zu wünschen, war aber bis vier Uhr morgens geblieben und hatte über Läuse und die mikrokosmischen Heerscharen in den Untertassen voller Petroleum geredet. Er wandte sich von der Matratze dem Kotztisch zu. Er war übersät mit Zigaretten, leeren Flaschen, zerbrochenen Schachfiguren, belegten Broten, Gardenien, *Sodom und Gomorrha*, Mistelzweigen, Karikaturen der Bruga-Frau, den Splittern der Schallplatte mit einer Aufnahme des *Feuervogel*. Auf dem Sessel lagen die Geschenke, die Hildred von ihren Verehrern bekommen hatte: seidene Strümpfe, Büstenhalter, Parfüm, Halstücher, Zigaretten, Bücher, Süßigkeiten, Schnapsflaschen (allesamt leer), Maniküre-Sets, Tiegel mit Gesichtscreme, schwarze Slips – genug, um ein paar Seiten eines Versandhauskatalogs zu füllen. Er legte einige Sachen beiseite, die er seiner Familie mitbringen wollte. Seine Mutter hatte schon immer Hildreds Strümpfe bewundert; es machte nichts, daß die Größe nicht ganz stimmte – sie waren teuer, und das war es, worauf es ankam. Für seinen Vater suchte er eine Stange »Camel« aus und für seine Schwester ein Maniküre-Set, das sie zwar vermutlich nie benutzen, für das sie ihm aber trotzdem dankbar sein würde. Für diese Kleinigkeiten, die er aus dem Haufen herauszog, würde er den überschwenglichen Dank seiner Eltern ernten. Seine Mutter würde ihm sicher zuflüstern, daß sie sich in zu große Unkosten gestürzt hatten.

Es war Mittag, als die drei, beladen mit Geschenken, auf die Straße traten. Hildred war etwas konventioneller als gewöhnlich gekleidet, Vanya dagegen war aufgemacht wie sonst: nackte Knie, schwarze Bluse, loses, wirres Haar, usw. Als sie sich auf den Weg machten, begannen die Glocken zu läuten. Ein Stück weit die Straße hinunter, vor einer häßlichen lutheranischen Kirche, der man vor den Feiertagen einen neuen, senfgelben Anstrich gegeben hatte, stand eine Gruppe von Gottesdienstbesuchern, die gerade aufbrachen, um ihr schweres lutheranisches Festmahl einzunehmen. Ihre Augen blitzten zornig, als sie das unpassende Trio sahen, das an der Ecke stand und einen hitzigen Streit ausfocht.

Ein Streit am Weihnachtsmorgen? Aber ja. Und zwar nur, weil Hildred nicht wohl dabei war, Vanya allein weggehen zu sehen. »Aber wenn sie sich nun umziehen würde?« sagte Hildred.

»Es ist schon zu spät. Wir werden uns sowieso ein Taxi nehmen müssen.«

»Dann komme ich nicht mit.« Und damit ließ Hildred ihre Geschenke fallen.

»Verdammt nochmal!« rief Tony Bring. »Du kannst mich doch jetzt nicht im Stich lassen! Was soll ich ihnen denn sagen?«

Vanya bat sie, wenigstens ein paar Minuten zu warten – sie wolle zurückgehen und sich rasch umziehen.

Es dauerte fast eine halbe Stunde, bis die beiden wieder erschienen.

»Na, wie sehe ich aus?« fragte Vanya.

»Entsetzlich! Einfach entsetzlich! Wo zum Teufel hast du diesen Hut her?«

»Aber du wolltest doch, daß ich anständig aussehe, oder etwa nicht?«

Sie winkten einem Taxi. Einen Block vor ihrem Ziel stiegen sie aus.

»Bitte bring sie dazu, daß sie halbwegs normal aussieht«, bat er Hildred.

Hildred kicherte. Sie standen vor einem Beerdigungsinstitut.

»Das ist kein Witz. Herrgott, sie sieht einfach unmöglich aus.«

Sie standen vor dem Schaufenster, in dem ein wunderschöner, mit Satin ausgeschlagener Sarg aufgestellt war, und versuchten, aus Vanya eine respektable Erscheinung zu machen. Doch es war zwecklos. »Gib mir den Hut«, sagte er, und als Vanya gehorchte, knüllte er ihn zusammen und warf ihn in den Rinnstein. »So!« sagte er. »Los jetzt! Und macht ein trauriges Gesicht.«

Seine Mutter öffnete ihnen. Das Lächeln, das sie für sie aufgesetzt hatte, verschwand, als sie Vanya sah. Der alte

Herr begrüßte sie herzlich, aber der Blick, den er seinem Sohn zuwarf, sagte: »War es wirklich nötig, uns das ausgerechnet heute zuzumuten?« Auf ihre charakeristische atemlose Art begann Hildred sofort, ihren Schwiegereltern zu erzählen, was für ein Genie ihre Freundin sei, wie reich ihre Eltern seien, wie großartig sie alle miteinander auskämen, und gab noch mehr derlei Geschwätz von sich, das Tony Bring innerlich schaudern ließ. Er versuchte verzweifelt, ihre Aufmerksamkeit auf sich zu lenken, aber sie schwatzte weiter wie ein kleines Kind, und entweder merkte sie nicht, welchen Eindruck das machte, oder es war ihr gleichgültig. Ein peinlicher Augenblick trat ein, als Tony Brings Schwester vorgestellt wurde. Niemand wußte genau, was Babette fehlte. Sie war nur ein paar Jahre jünger als ihr Bruder, stand aber geistig auf dem Niveau eines achtjährigen Kindes. Außerdem hatte sie ein seltsames Nervenleiden: Ihre Glieder bewegten sich unkontrolliert, und ihr Kopf zuckte, wenn sie sprach, zur Seite und fiel ihr dann auf die Brust. Sie hatte die Angewohnheit, pausenlos zu reden und dabei zusammenhangslos von einem Thema zum anderen zu springen, bis man ihr befahl aufzuhören. So hatte man sie kaum Vanya vorgestellt, als sie auch schon mit einem eingehenden Geplapper über kirchliche Themen begann; sie erzählte mit wundersamer Wortgewandtheit und Geschwindigkeit, wie schön der Chor beim Morgengottesdienst gesungen habe und was der Pfarrer über den Geist des Weihnachtsfestes gesagt habe: daß alle Menschen einander lieben sollten, und zwar nicht nur am Weihnachtstag, sondern auch an allen anderen Tagen des Jahres. Plötzlich wandte sie sich an ihren Bruder, sah ihn mit einem halb idiotischen, halb vorwurfsvollen Lächeln an und rief: »Du hättest heute morgen da sein sollen, Tony. Ich hab die ganze Zeit an dich gedacht. Wann bist du gestern abend ins Bett gegangen? Hast du einen Weihnachtsbaum gekauft? Unser Pfarrer ist ein wunderbarer Mann...«

»Das reicht!« sagte der alte Herr, und Babette verstummte sofort. Doch ihr Kopf rollte weiter von einer Seite zur anderen und sank dann plötzlich nach vorn.

Als sie aßen, wurde es draußen dunkel, und sie mußten die Kerzen des Weihnachtsbaums anzünden. Der Tisch war in ein unheimliches, scheinheiliges Licht getaucht. Vanya und Hildred ließen sich das Essen sichtlich schmecken und gaben nur ihrem Bedauern darüber Ausdruck, daß es keinen guten Rheinwein gab, um es hinunterzuspülen. Nach dem dritten Gang machte Hildred den Anfang und zündete sich eine Zigarette an; Vanya zog, zum allgemeinen Erstaunen, eine Packung Feinschnitt hervor und drehte sich eine Zigarette. Babette fühlte sich bemüßigt zu bemerken, daß echte Damen nie rauchten – sie jedenfalls rauche niemals –, worauf alle Anwesenden einschließlich ihrer Mutter lachten. Dieser spontane Ausbruch von Heiterkeit führte zu einem angeregten Gespräch. Sie redeten über die jüngsten Hochzeiten und Geburten in der Familie, beschrieben die schönen Beerdigungen, an denen sie teilgenommen hatten, diskutierten den Sinn und Nutzen der Prohibition, sprachen über den Preis für Truthähne, über die Verantwortung, die auf den Schultern des Präsidenten lastete, und über seine Reden, die sie im Radio gehört hatten, und sagten, daß der Prinz von Wales, ebenso wie General Pershing, ein schlechter Redner sei. Babette gelang es, ein oder zwei Bemerkungen über die segensreiche Arbeit der Kirche zu machen. Der alte Herr ließ sich über den traurigen Zustand der Wirtschaft aus. Schließlich wollten sie wissen, was für Bilder Vanya male und ob es Landschaftsbilder seien – denn Mutter gefielen die Kühe und Schafe, die oben im Salon hingen, nicht. Man erklärte Vanya, der alte Herr habe die Bilder einem Barmann abgekauft, als er einen sitzen gehabt habe, und er habe einen hübschen Preis dafür bezahlt. Mutter dachte, Vanyas Bilder könnten ihr vielleicht besser gefallen.

Hildred begann zu kichern.

»Ich glaube«, sagte Tony Bring und versuchte, seine Verlegenheit zu verbergen, »daß dir ihre Bilder nicht sehr gefallen würden, Mutter.«

»Warum? Sind sie nicht schön?«

»Doch, doch, sie sind schön... Aber es ist nicht die Art von Bildern, die dir gefallen würden.«

Der alte Herr unterbrach ihn. Er verstand sehr gut, was Tony meinte. Wahrscheinlich war Vanya eine *moderne* Künstlerin. Er wandte sich an seine Frau. »Du weißt doch – diese verrückten Sachen, die wir letztes Jahr bei ›Loeser‹ gesehen haben... So etwas malt sie vermutlich. Stimmt's, Tony?«

Der sah zu Vanya, die so freundlich war, bestätigend zu nicken. Der alte Herr war sehr zufrieden mit seinem kritischen Urteil.

»Alles ohne Sinn und Verstand, stimmt's?« fügte er hinzu.

»Genau, Vater«, ließ Hildred sich vernehmen. »Sie haben alle eine Schraube locker. Meine Freundin Vanya auch...« Mehr konnte sie nicht sagen, denn sie fand diesen Gedanken so erheiternd, daß sie hysterisch lachen mußte. Tony Bring verfluchte sie in Gedanken. Es war solch ein guter Witz, daß alle peinlich berührt waren. Er war äußerst erleichtert, als Vanya, die wie durch ein Wunder ein erstaunliches Taktgefühl an den Tag legte, das Gespräch auf ein anderes Thema lenkte. Das Leben im Westen! Ach, wie herrlich es war! Morgens, bei Sonnenaufgang, galoppierte man zu einem See, sprang in das eiskalte Wasser, kochte sich seine Mahlzeit im Freien über einem Holzfeuer... (Gott sei Dank sagte sie nichts über die Freikörperkultur!) Zufrieden mit der Wirkung, die ihre Geschichten hatten, erzählte Vanya weiter. Sie berichtete von ihren Reisen durch Mexiko und Mittelamerika und beschrieb mit leicht verwirrenden Worten die Kunst und die Gebräuche in diesen weit entfernten Ländern.

»Aber hatten Sie nicht Angst, so ganz allein herumzureisen?« Es war Tony Brings Mutter, die diese Frage stellte.

Sogleich ergriff sein Vater das Wort. »Was?« rief er. »*Sie* und Angst? Aber siehst du denn nicht – sie ist doch fast wie ein Mann.« Er sah Vanya mit einem strahlenden Lächeln an, als habe er ihr soeben das allergrößte Kompliment gemacht. Hildred wollte schon wieder in brüllendes Gelächter ausbrechen, aber Vanya hinderte sie daran.

Und dann meldete sich Tony Bring zu Wort. »Ja, Mutter«, sagte er, »sie hat dort ein gutes, gesundes Leben geführt. Du siehst ja, was für eine gute Konstitution sie hat.« Worauf Vanya von allen einer genauen Betrachtung unterzogen wurde – wie ein Bild, das von niemandem beachtet worden ist, bis ein aufmerksamer Mensch auf seinen Wert hingewiesen hat.

Hier stellte Tony Brings Mutter eine peinliche Frage.

Sie wollte wissen, womit sie denn eigentlich ihren Lebensunterhalt verdienten, und insbesondere, ob Tony auch arbeite. Hildred wurde sogleich ernst. Tony müsse doch sein Buch zu Ende schreiben, und danach … nun ja, danach, so meinte sie, würden ihre Sorgen wohl vorüber sein.

»Ich finde, ihr seid nicht ganz bei Trost«, sagte Tony Brings Mutter. »Seit drei Jahren erzählt ihr mir nun von diesem Buch. Woher wollt ihr wissen, ob es auch wirklich Geld einbringen wird? Es gibt schon so viele Schriftsteller, und die meisten müssen hungern. Ich finde, er sollte sich nach Arbeit umsehen. Es ist doch eine Schande, daß du dich dauernd für ihn abrackerst. Bis er sich einen Namen gemacht hat, bist du eine alte Frau.«

»Das reicht«, sagte der alte Herr. »Mutter sieht immer nur schwarz. Laßt uns von etwas Fröhlicherem reden … Wie habt ihr den Heiligabend gefeiert? Seid ihr ins Kino gegangen?«

Vanya und Hildred machten betretene Gesichter, und so mußte Tony Bring erzählen, was für einen schönen Abend sie verbracht hatten.

Babette wollte wissen, ob sie einen Weihnachtsbaum gekauft und wieviel sie dafür bezahlt hätten. »Wir haben für unseren eineinviertel Dollar bezahlt«, sagte sie. Sie beschrieb ihnen, wo sie – sehr billig – den Baumschmuck für nächstes Jahr kaufen könnten.

Hildred erfand eine lange Geschichte über den Baum, den sie nicht gekauft hatten. Die Familie hörte ihr gebannt zu. Diese Geschichte über den Weihnachtsbaum war ja auch weit interessanter als Vanyas Erzählung über Mexiko und Mittelamerika, wo Götzenbilder tief im Urwald versteckt waren und *chicleros* mit ihren Macheten umherzogen und Gummi für die »Wrigley Kaugummi«-Gesellschaft sammelten.

Gegen Abend erhoben sie sich vom Eßtisch, und während Babette ihrer Mutter beim Abwaschen half, setzte Tony Bring sich in den Schaukelstuhl und hörte dem alten Herrn zu. Der wurde immer ernster; er legte sich, den Kopf auf den Unterarm gelegt, in den Sessel mit der verstellbaren Rückenlehne und dachte laut über die traurige Situation in der Finanzwelt nach. Er hatte das Temperament verloren, das seine Trinkkumpane immer so geschätzt hatten. Den Alkohol hatte er nun schon seit fünfzehn Jahren aufgegeben, und immer wenn er diesen Wendepunkt in seinem Leben erwähnte, tat er das mit einem Unterton trauriger Resignation, als habe er einen großen Fehler gemacht, denn seit diesem denkwürdigen Tag war es mit seinem Leben bergab gegangen. Ein Kunde nach dem anderen war gestorben, und es schien keine neuen zu geben, die ihren Platz einnahmen. Die kleinen Fische, zu denen auch er gehörte, wurden nach und nach aus dem Geschäft gedrängt von den großen Gesellschaften, die sich ihrerseits zusammentaten, um noch größere Konzerne zu bilden. Alle schienen knapp bei Kasse zu sein; manche seiner Kunden hatten seit fünf Jahren nichts mehr gekauft. Es wäre viel besser, sagte der alte Herr, wenn die Leute sich die Gewohnheit zulegen würden, Geld auszugeben, anstatt es zu sparen. Es war mal wieder eins von diesen *schlechten* Weihnachtsfesten.

Beim Zuhören hatte Tony Bring den Eindruck, daß der alte Herr langsam senil wurde. Das frühere Feuer war erloschen; er war bloß noch eine Hülle, die ein hohles, klagendes Murmeln von sich gab. Sanft und gezähmt lehnte er sich in seinem Sessel zurück, verwirrt und gelähmt vom überwältigenden Lauf der Dinge. Er beklagte, daß die guten alten Zeiten vorbei waren, daß die Generation, deren Gewohnheiten und Werte er verstand und respektierte, abgetreten war. Einmal hatte er für kurze Zeit bei der Religion Zuflucht gesucht, aber die Kirche mit ihren leeren Versprechungen und traurigen Gesichtern flößte ihm noch weniger Hoffnung ein als die Republikanische Partei.

Bei diesen trübseligen Grübeleien waren Hildred und Vanya auf dem Sofa eingeschlafen. Das Essen, das sie in sich hineingeschlungen hatten, hatte sie müde gemacht, und sie rollten sich wie zwei Katzen zusammen und fielen in einen tiefen Schlummer. Tony Bring entschuldigte sich für sie und sagte, sie hätten in letzter Zeit sehr schwer gearbeitet.

Nach einer Weile erschien seine Mutter wieder. Sie zog einen Schaukelstuhl heran, faltete die Hände friedlich über dem Bauch und machte sich daran, ebenfalls ein Nickerchen zu machen. Doch bevor sie eindöste, mußte sie noch ein paar Bemerkungen loswerden. »Du führst nicht das richtige Leben«, sagte sie. »Es ist nicht fair, daß du Hildred so schuften läßt. Du solltest langsam etwas aus dir machen.« Er mußte sich noch einmal anhören, wie sinnlos es war zu glauben, er könnte es mit dem Schreiben zu etwas bringen. *Gekritzel* nannte sie es. »Früher hast du so gut verdient... Aber jetzt lebst du wie ein Faulpelz, läßt dich treiben und hast kein Geld, nichts, gar nichts. Eines Tages wirst du das bereuen. Und was soll aus Babette werden, wenn wir nicht mehr da sind? Denkst du nie an sie? Denkst du denn nie an die Zukunft?«

»Natürlich tue ich das, Mutter«, antwortete Tony Bring. »Aber...«

»*Aber!* Das ist alles, was du sagst: immer *aber*!«

»Aber, Mutter, hör mir doch zu...«

Sie hob überdrüssig die Hand. Es war sinnlos zu versuchen, ihr etwas vorzumachen; sie war zu alt, um auf diesen Unsinn hereinzufallen. Babette hörte ihrer Mutter zu, mit großen, ernsten Augen, deren Anblick ihn schmerzte. Arme Babette, dachte er, was soll ich nur mit ihr machen?

Inzwischen war sein Vater eingeschlafen. Der kahle Kopf war auf dem knochigen Hals nach vorn gesunken, der Unterkiefer war heruntergeklappt, so daß der Mund, mit eigenartiger, totenähnlicher Starre, offen stand. Ein paar dünne Strähnen des grauen Haars, das den Schädel über den großen Ohren in einem Kranz umgab, standen vom Kopf ab. Wie eine Mumie, dachte Tony Bring. Genau wie eine Mumie, mit echten Haaren und einer Haut, die sich straff über die Knochen spannt...

Es klingelte an der Tür. Es war ein Nachbar, der sehen wollte, was für einen schönen Weihnachtsbaum sie hatten. Im Verlauf der sehr sprunghaften Unterhaltung kam er immer wieder auf Kain und Abel zu sprechen. Niemand zeigte jedoch das geringste Interesse für dieses Thema. Man lenkte das Gespräch bewußt wieder auf den Weihnachtsbaum und reichte ihm Teile des Baumschmucks zur Begutachtung. Er blieb nur ein paar Minuten, und dann, so kam es Tony Bring vor, komplimentierte man ihn wieder hinaus. Als man ihn in der Eingangshalle zur Tür schob, blieb er stehen und verabschiedete sich noch einmal von Tony Bring. Er wünschte ihm ein sehr schönes Weihnachtsfest und fragte ihn dann – so beiläufig, als erkundigte er sich nach dem Weg zur U-Bahn –, ob er vielleicht wisse, wo das Land Nod liege.

»Mein Sohn liest nicht in der Bibel«, sagte Tony Brings Mutter, ergriff die Hand des Besuchers, schüttelte sie kräftig und öffnete die Tür. Als er gegangen war, erklärte sie, der arme Mann habe kürzlich Frau und Kinder verloren.

»Er ist religiös«, sagte Babette.

Ob es an dem Nickerchen lag oder eine Folge des tröstlichen Gedankens war, daß er selbst einem solchen traurigen Schicksal mit knapper Not entgangen war – jedenfalls erwachte der alte Herr plötzlich und legte ein wenig von seinem alten Schwung an den Tag. Er holte ein Berlitz-Lehrbuch hervor und erklärte seinem Sohn, er lerne nun Französisch. Es sei, wie er sich ausdrückte, sehr praktisch, diese Sprache zu beherrschen. Er könne »Guten Tag«, »Wie geht es Ihnen?« und »Fahren Sie mich zum Gare St. Lazare – ich habe es eilig« sagen. Diese kleinen Sätze seien nützlich, für den Fall, daß er eines Tages nach Frankreich reisen würde. Was ihn verwirrte, waren Wörter wie beispielsweise *fut.* Er wußte nie, ob das wie »fut« oder wie »fü« ausgesprochen wurde.

»Darüber würde ich mir nicht allzu viele Gedanken machen, Vater«, sagte Tony Bring. »Wahrscheinlich fährst du ja doch nie nach Frankreich.«

Hildred und Vanya mußten zum Abendessen geweckt werden. Sie benahmen sich, als wären sie zu Hause: Sie grummelten vor sich hin, rieben sich verschlafen die Augen, gähnten, riefen sogleich nach Zigaretten und kitzelten einander. Schließlich fiel es ihnen ein, einen Ringkampf zu beginnen, was der alte Herr ziemlich amüsant fand. »Sie ist wie ein Mann, nicht wahr?« sagte er. In diesem Augenblick rollten die beiden auf den Boden. Ihre

Röcke waren bis zum Hals hinaufgerutscht, und man konnte ihren Busen sehen. Gleichzeitig hörte man ein lautes Knacken. Babette kam ins Zimmer gerannt, um nachzusehen, was passiert war. Vanya und Hildred saßen auf dem Boden und brachten ihre Kleider in Ordnung, als Tony Brings Mutter eintrat.

»Sie haben das Sofa kaputtgemacht, Mutter!« rief Babette.

Alle sahen auf das Sofa und waren so still und ernst, als wäre gerade jemand gestorben.

»So gebt ihr also auf die Sachen anderer Leute acht«, sagte Tony Brings Mutter. »Bei uns hat dieses Sofa fünfundzwanzig Jahre lang gehalten.«

Tony Bring sah zu Boden. Er wartete einen Augenblick auf das, was nun kommen würde, doch es kam nichts mehr. Seine Mutter drehte sich um und ging zurück in die Küche. Es kam ihm so vor, als ließe sie ihre Schultern noch ein bißchen mehr hängen als sonst.

Doch Hildred stand schnell auf und folgte seiner Mutter. »Es tut mir schrecklich leid«, sagte sie. »Bitte, glaub mir. Ich lasse es reparieren... morgen. Ich bezahle die Reparatur.«

Das Angebot hatte keine Wirkung.

»Du mußt schon genug bezahlen«, sagte Tony Brings Mutter mit resignierter Stimme. »Nein, mach dir deswegen kein schlechtes Gewissen. Es wurde sowieso Zeit, daß wir uns ein neues kaufen.«

»Aber Mutter, ich weiß doch, wie du an diesem Sofa hängst. Ich wußte ja nicht, daß das passieren würde.«

»Nein, natürlich nicht. Wir sind nicht so wild wie ihr jungen Leute. Wir werden eben immer gesetzter.«

Tony Bring stand neben ihr. »Wirf das Sofa nicht weg,

Mutter. Mach es so, wie Hildred gesagt hat. Das ist viel besser, als ein neues zu kaufen.« Und während er sich tausendmal entschuldigte, packte er Hildred am Arm und drückte zu, so fest er konnte. Bald darauf setzten sie sich zum Abendessen, und die Kerzen am Weihnachtsbaum wurden noch einmal angezündet, und der Tisch wurde in ein unheimliches, scheinheiliges Licht getaucht.

So brachten sie diesen Tag hinter sich.

Als sie gingen, rief Babette ihnen nach, sie werde bald kommen und sich Vanyas Bilder ansehen. Tony Bring drehte sich ein letztes Mal um und winkte. Seine Eltern standen am Geländer und sahen zum Himmel. Morgen wird's wahrscheinlich regnen, dachte er.

Als sie an dem Beerdigungsunternehmen vorbei waren, pfiff Hildred einem Taxi. Sie wechselten kein Wort, bis sie fast zu Hause waren. Dort gab Hildred plötzlich ihren Entschluß bekannt, ins Village zu gehen und Wein zu kaufen.

»Ich komme mit«, sagte er.

Nein, das wollte sie nicht. Sie würde gleich wieder da sein. Sie stritten sich noch darüber, als das Taxi vor ihrem Haus hielt.

»Versprichst du mir, daß du in einer Stunde wieder da bist?«

»In weniger als einer Stunde«, sagte sie.

Das Morgengrauen war nicht mehr weit, als sie schließlich, »Onward Christian Soldiers« singend, die Straße entlanggetaumelt kamen. In der Wohnung brachen sie einfach zusammen. Vanya lag auf dem Boden, in der einen Hand eine leere Flasche, in der anderen einen

Schokoladenkuchen. Hildred mußte wie eine Tote aufs Bett gelegt und ausgezogen werden. Betrunken lallend murmelte sie wüste Beschimpfungen gegen irgendeinen Schweinehund, der ihnen etwas in ihre Drinks getan hatte. »Fröhliche Weihnachten, Tony! Fröhliche Weihnachten!« rief sie. Dann begann sie zu miauen wie eine Katze, doch anschließend zeigte sie Reue und murmelte: »Es tut mir leid, daß ich das Sofa kaputtgemacht habe, wirklich. Du liebst mich nicht mehr, oder? Ich bin nicht betrunken, Lieber, ich bin krank... Irgendein schmutziger Schweinehund hat uns was in die Drinks getan...«

Vanya ließ er auf dem Boden liegen. Er stieg über sie hinweg, als wäre sie ein räudiger Hund. Sie riefen nach nassen Handtüchern und Eis. Hildred wollte ein Schmerzmittel. Vanya wollte Krapfen und Kaffee.

»Möchtet ihr nicht lieber ein paar schöne Bergaustern?« fragte er höhnisch.

»Bitte, mach Feuer«, stöhnte Hildred mit leiser, gequälter Stimme. »Ich bin krank... Ich sag dir doch, daß ich nicht betrunken bin.«

»Allez à la gare St. Lazare... je suis très pressé.«

»Ich friere... Bitte, mach Feuer!«

»Armes Mädchen... Du möchtest, daß ich ein schönes, warmes Feuer mache?«

»Bitte, Tony, bitte...«

»Warte«, sagte er. »Gleich wird es dir wärmer.« Er ging zu der Kiste, in der er seine Manuskripte aufbewahrte, leerte den Inhalt in den Kamin und hielt ein Streichholz daran. Als die Flamme am Papier emporleckte, erfüllte ein eigenartiges Leuchten das Zimmer; die Wände zuckten, und die Gestalten begannen zu tanzen.«

»Besser?« fragte er, trat auf die Kiste und machte sie

zu Kleinholz. »Ihr habt doch wohl nicht gedacht, ich lasse euch erfrieren.« Er nahm einen Stuhl nach dem anderen und zerlegte sie ebenfalls.

»Gut!« rief Hildred. »Verbrenn sie, verbrenn alles... Morgen kaufen wir uns neue Möbel.«

Knisternd und brüllend schlugen die Flammen hinauf in den Schornstein. »Wunderbar, *wunderbar*«, stöhnte Hildred. »Du bist so gut zu uns, Tony. Hoffentlich hast du ein schönes, schönes Weihnachtsfest.«

»Fröhliche Weihnachten!« rief Vanya. »Ist das nicht *herrlich*?«

»Ihr armen kleinen Häschen«, sagte er. »Sie haben also versucht, euch zu vergiften. Das muß man sich mal vorstellen!«

Er saß auf dem Kotztisch und sah zu, wie das Feuer das Gekritzel von zehn Jahren verschlang. Wo war das Land Nod? Das Land Nod lag im Norden, und Kain und Abel waren zwei protzige Burschen mit roten Halstüchern. *Comment allez-vous? Très bien, monsieur, et vous-même?* Das mußte man sich mal vorstellen: Jemand hatte versucht, am Weihnachtstag zwei schwache Frauen mit Drogen zu betäuben! Wo um Himmels willen hatte sie bloß diesen Hut her? Ein hübscher Sarg war das gewesen – mit Satin ausgeschlagen. Wie ein Mann... so gesund. Und tief im Urwald waren die riesigen Götzenbilder, und ihre Augen waren glimmende Edelsteine... eine Wildnis, die die *chicleros* auf der Suche nach Kaugummi durchstreiften. Automaten für saubere, weiße Zähne. Fahren Sie mich zum Gare St. Lazare – ich habe es eilig...

3

Sylvesterabend! Amerika versucht, auf den Hinterbeinen zu stehen. Jeder ist beschwipst, betrunken, hat einen sitzen. Dredge ist voll bis zum Eichstrich, und Hildred hat schon das Zittern. Eine ausgelassene Feier, auf der Vanya der Welt ein hübsches kleines Gedicht schenkt: über die jungfräuliche Spucke in der Gosse, die sieben Kathedralen, welche warme Milch geben, und die toten Ratten, die in der Seine schwimmen. Bob Ramsay schaut mit seinem Freund Homer Reed und dessen Geliebter Amy vorbei, gefolgt von einer schmuddeligen kleinen Hure, die unbedingt überall ihre Karte verteilen muß. Ringkämpfe zwischen Amy und Vanya, zwischen Vanya und Hildred und zwischen Hildred und Amy, und der Ringrichter geht in die Hocke, um sicherzugehen, daß keine verbotenen Griffe angewendet werden, und um zu sehen, welche Unterwäsche, wenn überhaupt, man denn so trägt. Amy kämpft wie eine Wildkatze, ihre Kleider hängen in Fetzen, ihr Gesicht ist gerötet und geschwollen. Und dann tauchen Emil Sluter und ein Jude mit Namen Bunchek auf. Man erzählt Anekdoten über eine Frau namens Ilias, die in ihre eigene Mutter verliebt ist. Eine komische Affäre ist das – Eifersucht, Intrigen, Inzest. Sluter, der höfliche Schweinehund mit den buttergelben Handschuhen, hört aufmerksam zu. »Und auf wen war die Mutter eifersüchtig, wenn meine Frage nicht zu indiskret ist?« Hildred, noch ganz erhitzt, ruft: »Auf mich natürlich!«

»Auf dich? Nein! Da soll mich doch... Hast du das gehört, Tony?«

Tony Bring hat es nur zu gut gehört. Er denkt an die schmierigen Bemerkungen, die Sluter machen wird, wenn sie sich das nächste Mal begegnen. »Herrje, Mann, ich sage dir, man hat ja keine Ahnung, mit was für einer schrecklichen Gewalt diese Dinge über einen herfallen und einen zerstören können; und das Gemeine daran ist, daß man nicht damit rechnet. Findest du nicht auch?« So ist Sluters Ausdrucksweise: voller abschwächender Wendungen, Einleitungsfloskeln, Rücknahmen, Entschuldigungen, versteckter Andeutungen, verborgener Schlupflöcher, Notausgänge...

Inzwischen entleert Hildred ihren Kopf wie einen Eimer mit Schweinefutter. Und Bunchek, dieser picklige Bauer, macht große Augen. Hildred, die Ehefrau, sitzt breitbeinig da; ihre Strümpfe sind heruntergerutscht, und man kann ihre Oberschenkel sehen. Ihre Beine sind zerschunden und zerkratzt. Sie erzählt allen und jedem von ihrem starken Rückgrat und der kleinen Höhlung knapp über seinem Ende, die alle so bewundern, wenn sie mit ihr tanzen. Und das ist ihr noch immer nicht genug – sie geht ins Detail, schmückt ihre Schilderung aus und bittet Homer Reed, seine Hand auf die Stelle zu legen, denn er ist Künstler und weiß diese Launen der Natur, diese anatomischen Nuancen zu würdigen.

Dann meldet sich Bunchek, zunächst pianissimo, mit einem Menuett aus dem Kamasutra zu Wort, auf das er gleich darauf die voll orchestrierten Werke von Stekel, Jung und Pawlow folgen läßt. Was er im Kopf hat, ist eine

Jauchegrube. Selbst für Hildreds starken Magen ist das eindeutig zuviel. Sluter – immer korrekt – entschuldigt sich, um hinauszugehen und sich den Finger in den Hals zu stecken.

Und schließlich zieht sich Amy, angefeuert von ihrem Freund, bis auf den Slip aus und führt einen langsamen Muskeltanz vor. Aber das ist noch nicht der Höhepunkt, denn gleich darauf fangen Bunchek und Ramsay mit einem Wort-Reaktions-Wettbewerb an: Sticken-Zicken, Glanz-Kranz, Blitz-Kitz, harsch-barsch, Buren-Uhren, Geier-Feier. Sluter steigt ein, und dann auch Hildred; der Raum ist erfüllt von Worten, die sich verbinden und wieder trennen: Stengel-Engel, richtig-wichtig, Platte-Latte, Teil-Heil, Hibbel-Kribbel, Apennin-Terpentin, Haus-Laus... Bis Dredge bekannt gibt, der Homunkulus sei geboren worden, während der heilige Thomas von Aquin sein Dach ausbesserte, damit die Engel nicht ins Haus kämen. Ein kleines Wortspiel über die gastronomischen Funktionen einzelliger Organismen, und dann: »Die Alpen und die Anden sind lediglich verhärtete Meeresablagerungen, und vielleicht ist die ganze Erde nichts weiter als eine Verdichtung toter Materie.« Eine herrliche koprolalische Orgie, angereichert mit zweideutigen Weisheiten und sprachlichen Neuschöpfungen wie *Stoßwürden* und *Mutter Unterin*. Sluter ist der einzige, der noch bleibt, nachdem die anderen »noch einen für den Heimweg« getrunken haben. Er brennt darauf, noch einige fundamentale Weisheiten zu erörtern, wie zum Beispiel:

1. »Wie hat sich dann das Leben auf der Erde ausgebreitet?«
2. »Worauf wollen die Symbolisten hinaus?«

3. »Habe ich recht, wenn ich sage, daß Gauguin vielleicht ein bißchen zuviel Wert auf das Dekorative gelegt hat?«

Die Morgendämmerung kommt mit *Hibbeldikribbeldibumbum.*

Neujahr! Neue Vorsätze, neue Streite, neue Ideen zuhauf. Wieder Paris. Und von Vanya ein Leitmotiv: Schweden, Schweden! Und warum Schweden? Schweden: Land der Mitternachtssonne, der Fjords und der opulenten Vorspeisen, Land der Freizügigkeit für das dritte Geschlecht, die goldene Verheißung für Homos und Lesben.

Kurze Unterbrechung, in der Vanya und Hildred mit dem Gedanken spielen, sich eine bessere Arbeit zu suchen. Launen. Kapricen. Hirngespinste.

Während der Unterbrechung setzt ihnen jemand den Floh ins Ohr, sie müßten Paul Jukes kennenlernen. Paul Jukes ist der bedeutendste lebende Maler! Hält nicht viel von Cézanne, von Matisse noch weniger. Und Picasso? Das einzige, was Picasso – nach Meinung von Paul Jukes – je beherrscht hat, ist die Kunst, mechanische Enten zu malen. Bei Paul Jukes gibt es keine mechanischen Enten und Linoleummuster. Nicht mal für Geld! Der größte amerikanische Maler, den es je gegeben hat, bevorzugt Muskeln und grüne Felder, er zeichnet die rechte Brust so penibel wie die linke und stattet die Körper mit Gesichtern und nicht mit Fliederbüschen und Blumenkohlköpfen aus. Wenn man einen Mann malen will, muß man mit seinen Armen und Beinen anfangen... *Alors*, Paul Jukes muß man kennenlernen. Vielleicht kann Paul Jukes ein Modell gebrauchen. Von einem, der sich einen Pinsel in den Hintern stecken und das Nordlicht malen kann, von einem solchen Tausendsassa ist vielleicht auch der eine oder andere Rat zu haben – oder gar eine Passage nach Schweden. Keine bestimmten Vorstellungen. Nur: Paul Jukes solltet ihr kennenlernen.

Wie es der Zufall wollte, war der Tag dieser Begegnung einer von den *schlechten* Tagen. Der große Paul Jukes, der erst einige Tage zuvor aus dem Krankenhaus entlassen worden war, bereitete gerade eine Zivilklage gegen den Arzt vor, der seine Blase punktiert hatte. Er war geschwächt und kurz angebunden und besaß nicht einmal die Höflichkeit, seinen ihm unbekannten Besuch hereinzubitten.

Enttäuscht gingen sie wieder. Der große Paul Jukes – pah! Zum Zeichen ihrer Verachtung spuckte Vanya aus. Pah! Pfui! Und Hildred – Hildred reichte es nicht, bloß auszuspucken. Für sie mußte es noch mehr sein. Sie nannte ihn »einen Pferdearsch«.

Ein paar Tage später hatten sie eine andere Idee. Diesmal war es Hildreds. »Modelle gesucht für die Präsentation von Unterwäsche... Leichte Tätigkeit... Nur einige Stunden täglich.« Warum nicht ein bißchen leichtes Geld verdienen? Warum nicht?

Früh und gutgelaunt standen sie auf. Selbst Tony Bring wurde gebeten zu helfen. Er nahm eine große Bürste mit einem langen, gebogenen Griff und striegelte Vanyas Rücken. Sie kämmten die Knoten aus ihrem Haar, wuschen ihre Schlüpfer und bügelten ihr blaues Cheviot-Kostüm. Als Tüpfelchen auf dem I spritzte Hildred Eau de Toilette auf Vanyas Blusensaum. Startbereit. Vanya so munter wie ein Spatz auf einem Telegraphendraht. Wackelt ein bißchen mit dem Hintern, à la Margie Pennetti. Hinreißend. Was hat sie nur die ganze Zeit versteckt? Einfach überaus...

Doch als sie zurückkehrten, machte Hildred ein langes Gesicht. Irgendein schmutziger Judenlümmel mit einem Bandmaß war frech geworden – besonders bei Vanya. Er hatte die beiden begutachtet, als wären sie Rennpferde. Und es gab keinen Paravent. Sie mußte sich vor den Augen von drei schmutzigen Judenlümmeln ausziehen. Der eine hielt das Bandmaß, der zweite schrieb die Maße auf einen Block, und der dritte – der dritte stand anscheinend bloß dabei wie eine Schaufensterpuppe und paßte auf, daß alles seine Richtigkeit hatte. Er kaute die ganze Zeit auf einer dicken Havanna-Zigarre herum. Der Höhepunkt war erreicht, als sie feststellten, daß Vanya ein drittes Mal vermessen werden mußte. Das war die Schuld des Herrn mit dem Bleistift und dem Block. Offenbar war er mit den Gedanken nicht bei der Sache gewesen. Das mußte man sich mal vorstellen: Er brauchte doch nichts weiter zu tun, als die Zahlen richtig aufzuschreiben – doch als sie auf den Block sahen, waren die Zahlen alle falsch. Und um es noch schlimmer zu machen, hatte Vanya sich anscheinend so benommen, als wäre das Ganze ein einziger Witz. Selbst als sie zwischen ihren Beinen herumfummelten, war sie so widerwärtig ungerührt geblieben. Sie hatte sich nicht einmal die Hände vor den Busen gehalten. »Nicht die Spur von Anstand«, lautete Hildreds wütendes Urteil.

»Aber was hab ich denn getan?« rief Vanya. »Hast du dich etwa nicht ausgezogen? Meinst du vielleicht, du hast anständiger ausgesehen, bloß weil du deinen blöden BH anbehalten hast?«

»Das war es nicht! Es war die Art, wie du dagestanden bist.«

»Was hätte ich denn tun sollen – mich hinstellen wie die Madonna mit dem Kinde? Herrgott, wie dämlich du manchmal bist!«

Eine Zeitlang ging alles gut, bis auf die Tatsache, daß Hildred Schwierigkeiten im »Caravan« bekam. Man drohte ihr, sie werde rausfliegen, wenn sie sich nicht bessere.

»Sieh zu, daß du die Stelle behältst«, warnte Tony Bring sie, »sonst stecken wir hier in der Scheiße.«

Das fand Vanya ebenfalls. Irgendeiner mußte schließlich ein bißchen Verantwortungsgefühl haben.

Es gab jedoch noch einen anderen, wichtigeren Grund, warum Hildred weitermachen mußte. Vanya hatte wieder angefangen, mit Gips und anderem Zeug zu experimentieren. Sie drohte, noch mehr Graf Brugas, noch mehr Masken und Abdrücke zu machen. Geld mußte her. Natürlich – sobald Hildred ein paar verkauft hatte, würde alles von allein laufen. Und wo gab es einen besseren Markt als das »Caravan«? Lausberg würde den Ball wahrscheinlich ins Rollen bringen; und dann gab es da noch diesen großen, gutmütigen Trottel Earl Biggers, ganz zu schweigen von Ilias' Mutter und den Jungen mit den goldenen Locken, die nach allem verrückt waren, was irgendwie nach Kunst aussah.

Hildred gehörte nicht zu denen, die an einem Köder bloß zupften. Sie verschlang ihn mit Haken und Bleigewicht. Die Idee war genial. Natürlich war sie das! Ein Genie hatte sie sich ausgedacht. Ein Romanow-Genie.

Sie kam jetzt immer gleich nach der Arbeit nach Hause. Jeder half mit. Wenn ein Besucher da war, bekam er Hammer und Säge in die Hand gedrückt, oder man zeigte ihm, wie braunes Packpapier in schmale Streifen gerissen wurde. Der Boden verwandelte sich in einen Sumpf aus gebranntem Gips, Sägemehl, Nägeln, Firnis, Leim, Samt- und Satinresten, Puppenperücken, mexikanischen Farben... Es herrschte ein Durcheinander wie hinter einer Striptease-Bühne.

Zum Üben machten sie Gipsabdrücke voneinander. Hildred lehnte die normalen, ruhigen, totenähnlichen Posen ab. Sie strebte immer nach dem Grotesken. Anstelle von Ebenbildern kamen also Mißgeburten, Satyre, Verrückte, Wahnsinnige dabei heraus. Hin und wieder ein Hiob oder ein Hamlet, oder vielleicht auch mal eine römische Münze.

Tony Bring nahm das alles mit außergewöhnlicher Gelassenheit hin. Sollten sie doch ihre Opiumträume träumen. Sollten sie reden. Mit einem Taschengeld würden sie nicht nach Paris kommen. Und über Nacht reich werden – was für ein Blödsinn! Wenn es nur für die Miete reichte! Wenn sie es nur schafften, für etwas zu essen zu sorgen! Hildred dachte natürlich schon wieder in Lastwagenladungen, aber das war so ihre Art. Nichts weiter als eine Schilddrüsen-Überfunktion.

Gegen drei oder vier Uhr morgens schlich sich Vanya in ihrem Overall hinaus, auf der Suche nach Brötchentüten und Milchflaschen, die die Lieferanten den Leuten vor die Tür stellten. Die paar Stunden, die ihnen zum Schlafen blieben, verbrachten sie damit, sich hin und her zu wälzen, Beschuldigungen auszustoßen und sich wieder zu versöhnen. Völlig erschöpft, mit den Nerven am Ende, weinend, schluchzend, eben noch fluchend und nun schon wieder nachgebend, schlief Hildred schließlich in seinen Armen ein und lag da wie ein Stein. Manchmal fuhr sie angstvoll hoch und schrie: »Ah, du bist es!« Und dann flehte sie ihn an, von ihr abzulassen, und sagte ihm, er sei grausam, er bringe sie um.

»Was hast du denn nur geträumt?«

»O Gott, ich weiß es nicht... frag mich nicht. Ich sage dir, ich fühle mich wie tot.«

Und während er sich bemühte, ihre Träume aus ihr herauszuholen, während er rasch alle Lügen und Intrigen, von denen sie umgeben war, an sich vorbeiziehen ließ, hörte er dann plötzlich Vanya die Tür zu ihrem Zimmer schließen. Ihr Schatten glitt immer wieder an der schweren Tür mit der Buntglasfüllung vorbei. Was machte sie da draußen, diese langmähnige Teufelin? Was für eine neue Verschwörung heckte sie aus? Er nahm Hildred in die Arme und drückte sie an sich, als wollte er sie vor einem bösen Geist beschützen. Und wieder bekam sie dann diesen alptraumhaften Gesichtsausdruck und schrie: »Herrgott, laß mich doch in Ruhe!«

»Hildred, hörst du mich denn nicht?«

»Wenn das noch lange so weitergeht, werde ich noch verrückt.«

»Und was ist mit mir? Glaubst du denn, für mich ist das der reine Genuß?«

»Himmelherrgott, was willst du denn eigentlich von mir?«

»Das weißt du doch... Ich will, daß du sie wegschickst.«

»Wenn du so redest, laufe ich davon... Ich schwöre dir, ich halte das nicht länger aus.«

»Aber hör doch, Hildred... Du sagst, daß du mich liebst, daß du alles für mich tun würdest...«

»Ja, aber nicht das!«

»Warum nicht?«

»Darum nicht.«

»Weil du verrückt bist, weil du eine verdammte Hexe bist, weil du wahnsinnig bist! Ich sollte diesen Mist aus dir herausprügeln.«

»Tony, Tony! Mein Gott, was für Sachen du sagst!« Sie wirft sich über ihn und bedeckt sein Gesicht mit Küssen. Sie streicht über seine Stirn und fährt ihm mit der Hand durchs Haar. »Mein Gott, Tony, wie kannst du so was nur sagen? Du bist krank. Du brauchst Ruhe. Weißt du nicht, daß ich dich liebe, Tony? Was würde ich denn ohne dich anfangen? Willst du mich zerstören?«

»Aber ich bin nicht verrückt... Ich meine es ernst. Jedes Wort.«

»Aber du *kannst* das doch nicht ernst meinen, Tony. Du bist krank. Du bist krank.«

4

Alle Nerven lagen blank. Alle waren nervös, gereizt, empfindlich. Überempfindlich. Wie einer, der sich über kalte Füße beklagt, nachdem man ihm die Beine amputiert hat. Vanya, die Stoikerin, sagte eines Tages zu Tony Bring: »Es ist gut für dich, daß du leidest... Dann kannst du besser schreiben.«

Dann kannst du besser schreiben! Eine schöne Art, ihn mit der Nase auf seine Trägheit zu stoßen. Das große Buch, für dessen Zusammenfassung er viele Packpapierbögen gebraucht hatte, gab es nicht mehr. Er hatte es durch den Schornstein gejagt, zusammen mit den Stühlen und allem möglichen anderen Zeug. Man konnte natürlich jederzeit mit einem neuen Buch anfangen. Hatte Carlyle sein Buch *Die Französische Revolution* denn nicht auch neu geschrieben, als das Manuskript verlorengegangen war? Doch er war nicht Carlyle. Trotzdem – es tat sich wieder etwas in seinem Kopf. Er kritzelte auf Papierfetzen und in ein kleines Notizbuch – es war eine Art Sherwood-Anderson-Unsinn, nur daß es hier kein Wandern von einem Mißerfolg zum anderen gab, keine Handlangerarbeiten in Brauereien, daß hier keine Sachen aus einem Fenster im ersten Stock geworfen wurden.

Oder war es nur eine Art, die Zeit totzuschlagen? Man konnte bloß eine gewisse Menge Spengler und Proust lesen, dann hatte man genug. Auch Joyce gab einem Verstopfung. In Frankreich gab es schlaue Burschen, die sich hin und wieder die Nadel setzten. Alle sechs Monate ein neues Buch – und dann auch noch mit Illustrationen. Eine unerschöpfliche Schaffenskraft. Aber in Amerika führte eine Kokain-Atmosphäre irgendwie nicht zu Literatur. Amerika brachte Revolverhelden und Bierbarone hervor. Die Literatur überließ man den Frauen. Alles war den Frauen überlassen, alles bis auf die Weiblichkeit.

Was kritzelte er denn überhaupt? Und warum mußte er ins »Caravan« gehen, um seine Notizen zu machen? Vanya regte sich andauernd darüber auf. Wenn er ein Buch über sie schreiben wolle, solle er lieber aufpassen. Man konnte einen verklagen wegen… Sie wußte auch nicht, weswegen. Auch Hildred riet ihm, vorsichtig zu sein. Du liebe Zeit, sie waren wirklich zimperlich – und dabei hatte er noch keine einzige Zeile geschrieben. Trotzdem: gut. Vielleicht würde diese Kuh in Panik geraten und endlich Leine ziehen. Sie war in letzter Zeit so nervös, daß sie einen Hammer und ein Messer an ihre Tür gehängt hatte. Warum tat sie das? Wollte sie ihn auf Gedanken bringen?

Hildred war von diesem Drama nicht mehr erbaut. Sie war völlig fertig. Tagsüber bedienen und nachts Holzbeine schnitzen und Perücken färben. Und was den Herrn und Meister anging, so konnte er nicht mal einen Nagel gerade in die Wand schlagen. Er kritzelte bloß seine Notizen oder brach neue Auseinandersetzungen vom Zaun, mit denen sie sich in den Wahnsinn trieben. Nein, für Hildred konnte es nicht mehr lange so weitergehen. Sie war müde, erschöpft. Zu erschöpft, um auch nur so zu tun, als empfände sie Lust, wenn sie miteinander schliefen. Und ihr Herr und Meister war hellwach, wenn sie ins Bett gingen. Natürlich – er hatte ja auch den ganzen Tag nichts anderes getan als das Geschirr abzuwaschen und den Boden zu fegen, und selbst das war ihm noch zuviel. Es hielt ihn von seinem Gekritzel ab.

Es gab jetzt Tage, da er, wenn sie zu Bett gegangen waren, wieder aufstand und einen Spaziergang machte. Hildred rührte sich nicht, wenn er über sie hinwegkletterte. Sie schlief wie eine Tote.

Es wurde ihm zur Gewohnheit. Er konnte ohne seinen Spaziergang nicht mehr einschlafen. Eines Nachts... Nachts? Der Morgen hatte schon fast gegraut. Er war im Hafen herumgewandert und hatte nachgedacht. Tief in Gedanken versunken, ging er die schmale, schluchtartige Straße gleich hinter den Lagerhäusern entlang. Eine totenähnliche Stille, nur hin und wieder durchbrochen vom Tuten eines Schleppers. Plötzlich hörte er einen Schrei, gefolgt vom Geräusch schlurfender Füße. Er fuhr herum, und ein Schlag streifte seinen Hinterkopf. Im nächsten Augenblick lag er in der Gosse und wälzte sich herum. Als er hochkam, sah er einen Mann, der an der Mauer stand. »Komm her, du...!« Er begann zu rennen. »Bleib stehn, oder es wird dir noch leid tun!« Er beschleunigte seine Schritte. Er rannte, so schnell er konnte. Dann: Peng! Ein Schuß und ein dumpfes Splittern an der Mauer. Fast wäre er gefallen. Einen Augenblick lang herrschte wieder die totenähnliche Stille, und dann hörte er das vertraute Geräusch eines Totschlägers, der auf das Pflaster hämmert. Das machte ihm noch mehr angst. Wenn diese verdammten Idioten sich nun in den Kopf gesetzt hatten... Es sah ihnen ähnlich, auf den ersten besten, den sie sahen, zu schießen...

Als er wieder zu Hause war, setzte er sich keuchend in einen Sessel. Er war naß und schlaff. Langsam und unter großen Mühen zog er sich aus. Er kroch ins Bett und lag zitternd da. Hildred schlief wie ein Stein. Er döste ein. Seine Füße ragten aus dem Fenster. Ein Mann mit einer Axt kam und schlug sie ab; er vergrub die Füße in dem Schnee, der das kleine Stück Rasen bedeckte, und dann fing es an zu regnen, und der Regen kitzelte die gefrorenen Füße, aber er konnte nicht aus dem Fenster klettern, um sie hereinzuholen, weil das Fenster zugesperrt war. Ein Wagen fuhr vor, und Männer mit Schrotflinten sprangen heraus; sie stützten die Gewehre auf dem Vorgartengitter ab und schossen auf das Fenster. Das Fenster war voller Löcher, durch die die Sonne ins Zimmer schien; es war eine Qual, so dazuliegen, wenn die Sonne einem in die Augen schien und die Füße draußen in dem Rasenstück steckten. Er ging. Also mußte er seine Füße wiederbekommen haben. Er ging wieder zwischen den hohen Mauern hinter den Lagerhäusern. Und seine Füße waren fest an seine Beine geklebt, denn er rannte. Eine mit Sensen und Schrotflinten bewaffnete Menge verfolgte ihn. Während er rannte, rückten die Mauern immer enger zusammen. Am Ende der Straße war nur ein schmaler Streifen Licht, als wäre dort ein Vorhang nicht ganz geschlossen. Das Licht wurde schwächer und schwächer. Er mußte sich zur Seite drehen und zwischen den Mauern hindurchzwängen. Sie scheuerten ihm die Schienbeine auf. Ein Schuß ertönte, und dann noch einer, und noch einer… eine ganze Salve. Die Kugeln klatschten über seinem Kopf an die Wände, schlugen quer und fielen ihm wie Sterne vor die Füße. Man schrie: »Halt! Halt!«, doch er wand sich weiter, stolperte, duckte sich, scheuerte sich Ellbogen und Schienbeine auf. Plötzlich wichen die Mauern zurück wie automatische Türen, und der Himmel leuchtete in einem gewaltigen, blendenden Licht. »Gerettet! Gerettet!« rief er. Doch vor ihm stand eine Abteilung Fußsoldaten in schimmernder Rüstung und versperrte ihm mit langen, spitzen, vorgereckten Speeren den Weg. Hinter ihm näherte sich schreiend und fluchend die bewaffnete Menge. Er konnte die Sensen an den Mauern klirren hören, fast den Atem seiner Verfolger im Nacken spüren. Es überkam ihn eine so große Angst, daß er gelähmt war, im Boden verwurzelt. Zaghaft versuchte er die Hände zu heben. »Seht doch... seht doch«, murmelte er schwach, »ich ergebe mich.« Einen Augenblick lang herrschte tiefe, ohrenbetäubende Stille. Dann schritten die Männer mit den riesigen, vorgereckten Speeren voran, steif wie Automaten. Als sie ihn fast erreicht hatten, blieben sie stehen. Langsam holten sie mit ihren gewaltigen, gepanzerten Armen aus. »Ich gebe auf! Ich gebe auf!« rief er verzweifelt, und als die Worte aus seinem Mund kamen – vielleicht wurden sie ja nie gehört –, fiel ein den Himmel verdunkelnder Regen, ein spitzer, grausamer Regen von Speeren, die sich tief und bebend in ihn bohrten. »O Gott, sie haben mich umgebracht!« schrie er.

Als er die Augen aufschlug, beugte sich Hildred, ein Handtuch in der Hand, über ihn. Sie sah so sanft und traurig aus. In ihren Augen standen Tränen. »Was ist?« fragte er, und dann sah er, daß das Handtuch voller Blut war.

Beim Frühstück erzählte er ihnen, was passiert war. Sie sahen ihn ungläubig an. »Ach, was soll's!« sagte er. »Was glaubt *ihr* denn, was passiert ist?« Seltsam, der

Blick, mit dem sie ihn bedachten. Hildred sah mitgenommen und niedergeschlagen aus. Vanya hatte ihr sarkastisches Lächeln aufgesetzt.

»Meint ihr vielleicht, ich hätte mich umbringen wollen?«

Vanya lächelte immer noch. »Du hast es versucht«, schien ihr Lächeln zu sagen, »aber du hattest nicht den Mumm, es wirklich zu tun.«

Er sah auf seinen Teller. Es gab keine Dramen mehr, nur noch Enttäuschungen. Er enttäuschte sie. Er war kein *Romantiker*, wie Vanya sich auszudrücken pflegte. Ein Mann, der sich nicht umbringen ließ, wenn er doch allen Grund hatte zu sterben, war eine Enttäuschung. Ein solcher Mann würde auch dann noch weiterleben, wenn man seine Füße in der Rasenfläche vergrub. Er würde weiterleben, weil er nicht genug Grips hatte, um zu sterben. Dazu brauchte man nicht Mumm, sondern Phantasie. Er lebte das Leben eines Amputierten. Man hatte ihm die Phantasie weggeschnitten. Und ohne Phantasie konnte ein Mann ewig weiterleben, auch wenn er gar kein Mann mehr war, auch wenn man ihm Arme und Beine genommen hatte – solange nur ein paar Stücke von ihm übrig waren, die man zusammenflicken und in einen Rollstuhl setzen konnte.

5

Es sieht aus wie in einem Spielzeuggeschäft, das gerade geplündert worden ist. Arme und Beine liegen herum, Ungeheuer in Samtjacketts, Neros mit grünen Perükken, hingestreckt wie betrunkene Matrosen. Überproduktion. Arbeitslosigkeit. Alle ausgeflogen, um Essen, Zigaretten, Feuerholz aufzutreiben. Hildred ist traurigverzagt und geht oft ins Kino, wo sie im Dunkeln sitzt und ihren Gedanken nachhängt. Niemand weiß, wann die beiden nach Hause kommen. Aber um Mitternacht findet man sie mit Sicherheit im Café am Sheridan Square, in der Bude, wo Willie Hyslop und seine Kumpane sich früher zu treffen pflegten, wo sie sich natürlich immer noch treffen, wenn auch nicht so oft und gutgelaunt wie ehedem. Hier bei »Lorber's« also versuchen Hildred und Vanya nach Mitternacht noch jemanden aufzutreiben, der ein bißchen Kleingeld springen läßt. Dieselbe alte Meute: Toots und Ebba, Ilias und ihre Mutter, maskuline Lesben, Zuhälter, Dichter, Maler und die Huren der Maler... Auch Amy schaut ab und zu mal vorbei, meistens mit einem blauen Auge, einem Geschenk von Homer Reed, diesem Connaisseur der Anatomien, der nicht damit zufrieden ist, hin und wieder mal ein bißchen blau zu sein, sondern unbedingt ein ganzes Jahr im Tee sein muß. Und dann ist da noch Jake... Alle paar Minuten taucht jemand auf und fragt, wo Jake ist.

Und wenn Jake da ist, ist alles in Butter, wie man so sagt.

Wer Jake ist? Also, Jake ist Schlosser – aber das sagt schließlich gar nichts aus über ihn, über sein Temperament, sein großes Herz, seine schalkhafte Art. Also lieber: Er ist ein Mäzen – ein Mäzen mit einem kleinen *m*. Er hat auch etwas von einem Künstler, dieser Jake der Mäzen. Soll heißen, er hat in der Nähe ein Atelier – ein Atelier mit allem, was ein Künstler so braucht. Was bedeutet, daß er da auch ein Samtjackett hat. Wenn er ein Modell braucht – bei »Lorber's« gibt es immer jede Menge davon –, geht Jake hin, zahlt die Rechnung, und fertig. Man ist der Meinung, daß Jake nicht nur ein anerkannter Künstler, sondern auch spendabel ist. Da er immer dasselbe malt – vielleicht ist »malen« eine etwas zu anspruchsvolle Bezeichnung für sein Geklecksе –, übt Jake Sparsamkeit, indem er immer wieder dieselbe Leinwand benutzt. Vanya, die nie irgendwelche Skrupel hatte, nackt zu posieren, ist eines der Modelle, die Jake auswendig kennt.

Man trifft hier auch noch andere Philanthropen. Da gibt es zum Beispiel einen Kapitän auf großer Fahrt und seinen ersten Offizier und einen verhutzelten alten Kerl mit einem meergrünen Bart, der früher in der U-Bahn Fahrscheine geknipst hat; außerdem gibt es einen Schachspieler namens Roberto und einen Chiropraktiker, der unter anderem die Kunst des Jiu-Jitsu beherrscht. Und es gibt Leslie, den pickligen Tölpel, der in Vanya verliebt ist und jetzt Taxi fährt. Das ist bereits ein hübscher Grundstock an potentiellen Wohltätern. Es kommt bloß darauf an, sie getrennt zu halten oder gegeneinander auszuspielen. Der Kartenknipser zum Beispiel würde jederzeit eine Hypothek auf sein Haus aufnehmen, um den jungen Damen zu helfen, doch er besteht darauf, daß sie Roberto mit dem rabenschwarzen Haar links liegen lassen. Ein komischer Kauz, dieser alte Kartenknipser. Schreibt wirklich rührende Briefe, in einer altertümlichen Handschrift. Unterschreibt mit »Ludwig«. Seine Briefe werden unter brüllendem Gelächter von Tisch zu Tisch gereicht, selbst wenn der arme Kerl dabei ist und vielleicht gerade die Hand in die Tasche seiner langen Arbeitshose steckt, um einen Fünfer hervorzuholen.

Hin und wieder, schon um zu beweisen, daß sie tatsächlich ein *domicile fixe* haben, wird einer der edlen Ritter ins »Leichenschauhaus« eingeladen. Wenn es darum geht, ein paar Lebensmittel ins Haus zu kriegen, ist Jake eine gute Wahl. Kaum hat er seinen Hut abgelegt, fällt Vanya plötzlich ein, daß ja gar nichts zu essen da ist. Es folgt ein Augenblick gespielter Verlegenheit und Peinlichkeit. Dann sagt Jake unschuldig: »Warum habt ihr mir nicht im Restaurant gesagt, daß ihr hungrig seid?« Aber da waren sie ja noch gar nicht hungrig. »Na gut, dann laßt uns gehen und was zu essen einkaufen. Wir essen dann hier, oder?« Gut. Könnte nicht besser sein. Und sie nehmen Jake an der Hand und führen ihn zu einem teuren Delikatessengeschäft, wo man Kaviar und Gänseleberpastete, »Maxwell House«-Kaffee, Pumpernickel und andere leckere Sachen kaufen kann. Wenn sie zurückkommen, haben sie genug Vorräte für eine ganze Woche. Manchmal sagt Jake das selbst.

Nachdem man ihm etwas zu essen vorgesetzt und eine von seinen eigenen Zigarren angeboten hat, beklagt sich Hildred unfehlbar darüber, daß die Luft im Zimmer stikkig ist. Sie geht zum Fenster, öffnet es einen Spalt weit und zieht das Rollo ein Stück herauf. Und siehe da: einen Augenblick später klingelt es an der Tür, und da steht ihr alter Freund Tony Bring. Was machst du denn hier, um diese Uhrzeit? Ach, er ist nur gerade vorbeigegangen und hat Licht brennen sehen und dachte, er sagt mal Hallo. Obwohl es, ehrlich gesagt, eine ziemliche Anstrengung für ihn ist, Hallo zu sagen – seine Gesichtsmuskeln sind durch die Kälte fast gelähmt. Er ist bloß so vorbeigegangen. Keine Rede von den zweihundertdreiundsiebzig Malen, die er »vorbeigegangen« ist, bevor das Rollo heraufgezogen wurde...

Doch wenn der Kapitän auf großer Fahrt und sein erster Offizier eingeladen sind, legt Tony Bring eine unerwartete Dickköpfigkeit an den Tag. Als Grund für seinen Widerwillen führt er nicht mehr die Kälte an, denn er hat genug Kleingeld und könnte sich bei »Bickford's« in einen Sessel setzen. Es ist reine Dickköpfigkeit. Oder traut er diesen rauhen, aufrechten Seeleuten vielleicht nicht? Jedenfalls weigert er sich, das Feld zu räumen. Besteht darauf, sich in Vanyas Zimmer einzuschließen...

Und so lag er, während nebenan geschlemmt wurde, im Dunkeln, lauschte dem Gurgeln des Wassers und versuchte, die Gesprächsfetzen, die an sein Ohr drangen, zusammenzustückeln. Zeitweise kam es ihm vor, als fände überhaupt kein Gespräch statt, doch wurde er später darüber aufgeklärt, daß diese Gesprächspausen durch eine stille Versenkung in Vanyas Gedichte entstanden seien. Daß er es gewagt hatte, schmutzige Unterstellungen auch nur zu denken, war Anlaß für bissige

Bemerkungen. Es war Hildred, die feststellte, daß ein Seemann ebensosehr ein Gentleman sein konnte wie jeder andere, vielleicht sogar noch mehr.

Kurz nach diesem Besuch jedoch trat eine jener Widersprüchlichkeiten zutage, die den Beziehungen zwischen Menschen zu eigen sind, und die beiden kamen sehr erregt nach Hause. Das war, nachdem sie mit den beiden galanten Seeleuten im Theater gewesen waren.

»Was meinst du, was diese beiden Schweine versucht haben?« Es war Hildred, die, kaum daß sie zur Tür herein war, derart explodierte.

Tony Brings Phantasie war in einem Maße geschwächt, daß er bekennen mußte, er habe nicht die leiseste Ahnung, was sich ereignet haben könnte.

»Sie haben versucht, uns zu küssen – kannst du dir das vorstellen? Wir saßen im Taxi und haben...« Sie wandte sich an Vanya. »Worüber haben wir nochmal geredet?«

Und Vanya antwortete mit einem süßlichen Grinsen: »Du hast versucht, ihnen zu erklären, was Sadismus ist.«

»Genau, das war's – Sadismus... Ich versuche gerade, in ihre dicken Schädel zu kriegen, was das ist, als ich plötzlich merke, daß sich ein Arm um meinen Hals legt. Es war dieser alte Drecksack, der Kapitän. Er sagte, ich müßte ihm einen kleinen Kuß geben...«

Sie hielt einen Augenblick inne, um zu sehen, welche Reaktion dieser »kleine Kuß« hervorrief, doch da Tony Bring nicht einmal leichte Verwunderung zeigte, fuhr sie mit ein wenig zu dick aufgetragener Wut fort: »Ich hab ihm eine saftige Ohrfeige verpaßt!«

Vanya mußte kichern. Das schien Hildred noch mehr aufzuregen als das beleidigende Benehmen der beiden Herren im Taxi.

»Was ist los mit dir?« schrie sie.

»Ach, nichts«, sagte Vanya und wandte das Gesicht ab.

»Und weiter ist nichts passiert?« fragte Tony Bring. Er begriff nicht, was die ganze Aufregung sollte. Er sah Vanya an – sie konnte sich nur mühsam beherrschen.

»Ich verstehe nicht, was es da zu lachen gibt«, rief Hildred wütend. »Hab ich ihm etwa keine Ohrfeige gegeben? Na? Und du, was hast *du* getan?«

Es folgte eine Szene, in der das Wort »Schlampe« hin und her flog. Er hörte verwundert zu. Hildred nannte ihr liebes krankes Genie, ihre Prinzessin, eine Schlampe! Schließlich lief Vanya in ihr Zimmer, schlug Hildred die Tür vor der Nase zu und schloß ab. Nach einer Weile hörten sie sie schluchzen.

»Du lieber Himmel, nun geh doch schon zu ihr und beruhige sie«, sagte Tony Bring. »Ich halte dieses Geräusch nicht aus... Man könnte meinen, es schneidet ihr jemand die Kehle durch.«

Aber Hildred rührte sich nicht. Sie teilte ihm mit, es gebe Dinge, die unverzeihlich seien.

Was für Dinge? fragte er sich. Was hatte das alles zu bedeuten? *Nur ein kleiner Kuß?* Das konnte es nicht gewesen sein. Was war *wirklich* passiert? Seine Phantasie lief heiß. Im Lauf der Zeit würde es schon herauskommen, aber... Er hörte Vanya schluchzen, als bräche ihr das Herz. Und dann, gerade als es unmöglich schien, es auch nur einen Augenblick länger zu ertragen, hörte das Schluchzen auf, und es trat eine lange, unheilvolle Stille ein. Vielleicht begeht sie eine Verzweiflungstat, dachte er, und seine Gedanken liefen ab wie ein Uhrwerk: Polizei, gerichtliche Untersuchung, Schlagzeilen, Friedhof, Selbstmord, Verzweiflung, Überdruß, Enttäuschung.

Wenn sie es nur täte! Tu es, du Zicke! Er fuhr hoch, als ein Schrei ertönte, der das Blut gefrieren ließ, gleich darauf gefolgt von einem Gerumpel, als würden Schuhe umhergeworfen. Hildred sprang auf, rannte zu Vanyas Zimmer und hämmerte mit beiden Fäusten an die Tür. »Vanya... liebe Vanya, mach auf. *Bitte*, Vanya... Ich will mit dir reden...« Einen Augenblick lang herrschte tiefe Stille, dann ertönte eine Salve von Flüchen. »Vanya... Vanya! Es tut mir leid... Verzeih mir! *Bitte*, Vanya..., *bitte*, mach auf!«

Sie hörten sie da drinnen wüten und gegen die Möbel stolpern, hin und her, hin und her, wie eine Verrückte. Dann ihre seltsame, wütende Stimme, die wie ein betrunkener Engel brüllte, wie ein Engel mit einem russischen Akzent, ein Engel, in dessen Kehle ein Grammophon steckte, das langsam auslief, und eine Stimme, die alle Tonlagen durchlief und tiefer und tiefer fiel, wie Regen in einem Gully...

Tony Brings Enttäuschung war heftig und bitter. Strohfeuer – das war alles, auf das es hinauslief. Morgen früh würde sie wieder nach Erdbeeren mit Schlagsahne schreien. Er steigerte sich in eine solche Wut hinein, daß er kurz davor war, sich die eigenen Gedärme herauszureißen. Wenn nur die Tür nicht abgeschlossen gewesen wäre! Wenn er nur da drinnen bei ihr hätte sein können, um ihr das Brotmesser zu geben, als sie geschrien hatte wie ein abgestochenes Schwein! Er fühlte sich gedemütigt.

Er stand, den Besen in der Hand, auf der Schwelle von Vanyas Zimmer. Jedesmal, wenn er diesen Flügel des Leichenschauhauses aufsuchte, überkam ihn irgendwie das wilde Verlangen, sich mit Schaufel und Mistgabel ans Werk zu machen, das Zimmer zu säubern und neues Stroh auszulegen. »Hier lebt ein Pferd«, knurrte er. »Ein Pferd, das kein Pferd ist, sondern ein Akrobat, der Lyrik absondert. Ein Tier, das sich in seiner eigenen Scheiße wälzt. Ein ausgelassenes Biest, das mit jedem Wedeln seines Schwanzes ein neues Bild an die Wand malt. Nein, kein Pferd, sondern eine Seekuh mit einem gelben Schwanz, ein faules, pflanzenfressendes Tier, das sich mit Tabak vergiftet. Es spreizt die nassen, plumpen Flossen auf dem Tisch unter dem Wasserbehälter und saugt Inspirationen aus dem Gurgeln der Abflußrohre...«

Alles hier roch nach Verfall, nach Verderbtheit. Hier, in dieser fauligen, feuchten Höhle kämpfte sie mit den Dämonen ihrer Träume oder wälzte sich aus dem Bett, wenn sich die Wände blähten und wölbten. Hier rollte sie sich, wenn sie betrunken war, wie ein Foetus zusammen und leckte die Asche ihrer Zigaretten auf. Hierhin kamen ihre Freunde, stiegen mit ihren schmutzigen Schuhen auf das Bett und verkündeten ihre mottenzerfressenen Theorien über Kunst, nagelten Schlüpfer auf ihre fleischigen Akte oder fügten ihnen eine Nase oder einen Fuß hinzu. Ein schmutziger Bauch von einem Raum, der Gift und Finsternis hervorbrachte, schlüpfrig und dunkel wie der schillernde Schleim von Michelet.

Den Besen in der Hand, ging er von Zimmer zu Zimmer. Eine Höhle! Ein stinkendes Verlies! Das Leben mit diesen beiden war wie ein Leben mit einem zweiköpfigen Ungeheuer. Er entzündete eine Kerze, hielt sie an die Wand und ging von einem Bild zum nächsten. Schwertschlucker, Nymphen mit Krampfadern, Dryaden und Hamadryaden, die am Mond lutschten, Monstrositäten in Schaugläsern, Skelette mit ausgefallenen Hüten, Springbrunnen, die wie Edelsteine funkelten, Leda und der Schwan, Gemüse, das sprechen konnte...

Ein bleiches Licht sickerte herein, als er die Vorhänge aus schwerer Sackleinwand zurückzog. Draußen war es Tag! Tag! Ein Tag nach dem anderen vertröpfelte in Verwirrung, ohne Anfang und Ende. Wie die Gezeiten dem Mond folgten, so rollten die Tage dahin, einer nach dem anderen, und schwollen mal zu einer Flut wütender Geschäftigkeit an, um dann wieder in eine Ebbe von Untätigkeit zu fallen. Und dieser Strom, sagte man, war das *Leben.* Auf der Oberfläche dieses rastlosen Stroms bildeten sich Formen, leuchtend und energiegeladen; für einen unendlich kurzen Augenblick schenkte ihnen das Leben ein Leuchten und eine Ausgeglichenheit; im Aufblitzen ihres Vergehens umgab sie so etwas wie eine feierliche Bedeutung. Doch wie ein Meteor, der durch den kalten Weltraum rast, waren sie dann verschwunden; wie tote Meereslebewesen, leblos, ausgestorben, sanken sie unter die glatte Oberfläche, durch die undurchdringliche Düsternis schreckenerregender Tiefen, und blieben als Skelette auf dem Boden des Universums liegen. Geboren aus Gewalt und Chaos, aus Vergeblichkeit und Verzweiflung, erhoben sie sich aus der Urschwärze und dem Urschleim, nur um wieder zurückzufallen.

Er fuhr mit der Kerze vor und zurück. Wie eine feurige Zunge leckte die Flamme über die Wände, bemalte einen zarten Arm mit schmutzigen Adern, ließ Körper tanzen und Muskeln beben. Farbflecken sprangen ihn an; sie waren wie die Spuren des Bösen, die man auf dem Gesicht eines schlafenden Freundes überrascht.

6

Gegen Mitternacht stieg er die Stufen zu dem kleinen Balkon bei »Paul & Joe's« hinauf. Es war Sonntagabend. Der Balkon war voller Seeleute, die Arm in Arm mit gutaussehenden jungen Homosexuellen, die lispelten und verzückt die Augen verdrehten, auf und ab gingen. Auf dem Gang, in dem ein Gedränge herrschte wie in einer U-Bahn zur Hauptverkehrszeit, lagen sich Frauen in den Armen, schwarze und weiße bunt gemischt. Die Luft war parfümgeschwängert. Es war ohrenbetäubend laut. Er bahnte sich einen Weg in den Keller, wo, fast im Mittelpunkt des Raumes, Hildred saß, umgeben von einer Gruppe verlebt aussehender Frauen, unter ihnen auch Toots und Ebba sowie Ilias und ihre Mutter. Sie hingen schlaff halb über den Tischen und redeten alle gleichzeitig, und offenbar störte sich keine an dem Lärm, der hier herrschte. Sie sehen verblüht aus, dachte er, als er zu dem Tisch ging und Hildred auf die Schulter klopfte.

Hildred sah ihn entgeistert an.

»Ich möchte mit dir sprechen«, sagte er. Sogleich verstummte das Geplapper.

Hildred entschuldigte sich, stand auf und ging zur Garderobe, gefolgt von Vanya, die ihn rachsüchtig anstarrte. Er setzte sich neben eine dicke Norwegerin, mit der Hildred sich unterhalten hatte. Sie schien die einzige zu sein, die sein Erscheinen nicht übelnahm. Trotz des schläfrigen Ausdrucks ihrer Augen besaß sie einen ungewöhnlich wachen Geist, eine fast unverschämte Direktheit. Zugleich hatte sie etwas Lächerliches an sich – ihre großen, schlaffen Brüste hingen wie Bratpfannen unter ihrer gestärkten Bluse. Sie fragte ihn, ob er Hildred und Vanya schon sehr lange kenne. Ihre Unterhaltung wurde unterbrochen. Zwei Lesben mit stachligen Frisuren sprangen plötzlich an gegenüberliegenden Seiten des Raums auf und begannen einander zuzusingen, die eine in einem tiefen Bariton, die andere in einem alkoholvergifteten Falsett. Kaum war diese Vorstellung beendet, da erhob sich eine junge Wikingerin und trällerte mit engelsgleicher Stimme »My Little Gray Home in the West«. Dann stand ein Seemann auf und sang ein unanständiges Lied, worauf die Norwegerin Tony Bring sehr unverblümt und kühl fragte, wie lange Hildred eigentlich schon Rauschgift nehme. Er sah sie befremdet an. Toots und Ebba schalteten sich in die Unterhaltung ein. Sie könnten nicht verstehen, sagten sie, daß Vanya einem Menschen wie Hildred erlaube, sie zu tyrannisieren. Jeder könne doch sehen, daß Hildred hohl und leer sei. Vanya sei diejenige, die über Persönlichkeit und Intelligenz verfüge. Auch Ilias' Mutter hatte etwas dazu zu sagen. Sie mochte Hildred nicht. Sie mißtraute ihr, verriet jedoch nicht, warum. Ebba sagte, Hildred sei durch und durch falsch. Sie sei gar nicht wirklich an Vanya interessiert – sie benutze sie bloß. Wenn man ihre Meinung hören wolle: Was Hildred wolle, sei ein *Mann.* »Du meinst...?« rief Ilias' Mutter, hielt jedoch unvermittelt inne, als sie den Ausdruck auf dem Gesicht ihrer Tochter bemerkte. Hier wurde Minna, die Norwegerin, wieder lebendig. In ihren Augen hatte sie ein verschlagenes, ein bösartiges Glitzern, das bis dahin unter dem Schleimfilm verborgen gewesen war, den sie anscheinend willentlich erzeugen konnte. »Was wißt ihr denn schon?« sagte sie. »Hildred könnte ebensogut verheiratet sein. Und wenn sie nicht verheiratet ist, liebt sie jemanden... einen Mann. Vanya ist nicht die einzige Saite auf ihrer Geige.« Das wurde mit brüllendem Gelächter quittiert, gefolgt von unbezähmbarer Heiterkeit, als Ilias zu der Bemerkung ansetzte, Hildred sei ein sehr lieber Mensch und habe sich ihr gegenüber nie anders verhalten als eine gute Freundin, und so weiter.

Sie lagen im Bett. Er weigerte sich zu erklären, warum er sie geholt hatte, warum er sie nach Hause geschleppt hatte. Kein Wort kam über seine Lippen. Er murmelte bloß unzusammenhängendes Zeug – »Männer in bunten Hemden... Athleten mit Stiernacken« – Geschwätz, Geschwätz. Ab und zu wälzte er sich herum und sagte: »Der Brief... der Brief hat sich nicht wegspülen lassen«, und dann kamen wieder unzusammenhängende Sätze. Sie tat, als sei sie eingeschlafen, sie schnarchte sogar, doch immer noch murmelte er: »Der Brief... der Brief hat sich nicht wegspülen lassen... Streng vertraulich... Heilig...« Sie schnarchte jetzt noch lauter.

Als er mit dem Gemurmel aufgehört hatte und sie ganz sicher war, daß er schlief, stand sie leise auf und durchsuchte seine Jackentaschen. Er lag friedlich da, die Hände auf der Brust gefaltet. Sie zündete ein Streichholz an, um nachzusehen, ob seine Augen auch fest geschlossen waren. Dann schlich sie auf Zehenspitzen schnurstracks ins Badezimmer. »Gut!« murmelte Tony Bring im Schlaf. »Gut! Sollen sie ihn nur wieder verstecken.

Worte, die sich nicht wegspülen lassen wollen, kommen immer wieder an den Tag.«

Sie schien ganz beruhigt zu sein, denn als sie wieder im Bett lag, schlief sie sogleich ein. Sie war immer beruhigt, wenn sie im Badezimmer gewesen war. Diese Sonderzustellung jedoch war für die kleine Nonne in ihrer Zelle sicher eine Überraschung gewesen. Ob sie wohl die Handschrift aus ihrer Prä-Romanow-Zeit wiedererkannte? »Mein Sodom und Gomorrha!« So fing der Brief an. »Du, die so leichtherzig ihre grünen Lippen umherwirft. Männer in bunten Hemden, Athleten mit Stiernacken... immer nehmen Geliebte vor diesen schweren Türen Abschied voneinander. Der Fluß hat eine starke Strömung, und tote Ratten werden schnell davongetrieben, doch ich bin keine tote Ratte. Da ist ein Revolver, aber die Kugeln bleiben immer stecken. Ich habe es nicht geschafft, Selbstmord zu begehen... aber ich liebe Dich, Hildred. Ich liebe Dich schrecklich.« (Zweifellos eine schrecklich platonische Liebe, diese Liebe zwischen Sodom und Gomorrha.) »Hildred, Du wärst eine außergewöhnliche, feinfühlige Perverse (Entschuldigung!), wenn dieses ganze teuflische Chaos, von dem Du umgeben bist, nicht wäre. Siehst Du denn nicht, was Du in Dir hast?« Seitdem hatte diese feinfühlige kleine Perverse natürlich in den juwelenbesetzten Sarg ihrer Seele geschaut und gesehen, was darin war. Er dachte an Minna, die Norwegerin mit den Bratpfannen, die ihr um den Hals hingen. Wie war es ihr gelungen, den Deckel dieses mit Satin ausgeschlagenen Sarges zu öffnen, und was hatte sie darin gefunden? Waren außer Athleten mit Stiernacken auch Skelette darin? Und wo war in diesem Geruch nach Räucherwerk und Parfüm der Ehemann? War auch er dort abgelegt, zusammen mit den bunten Hemden und den Kugeln, die immer steckenblieben?

Sie lag dicht neben ihm, entspannt, reglos, und ihr Gesicht war ihm in friedlicher Trance zugewandt. Ihr Atem roch leicht nach Alkohol. Doch sie war schön... schön. Keine Spur von Bosheit, von Lügen oder Rauschgift. Unschuld. Erhabene Unschuld. *Ich liebe Dich, Hildred, ich liebe Dich schrecklich.* Es war ein Wunder, daß die Leute sich nicht auf der Straße ihr zu Füßen warfen. Es war ein Wunder, daß sie aus Fleisch und Blut war, keine Statue, keine Blume, kein Edelstein. *Eine außergewöhnliche, feinfühlige Perverse...* Er betrachtete ihre Stirn, so glatt, so friedlich, so absolut undurchdringlich. Eine Ansammlung von Geheimnissen, sogar für sie selbst. Was war hinter dieser Wand aus Fleisch und Knochen? Konnte er hoffen, je zu erfahren, was dort vor sich ging? Angenommen, sie sagte in einem Augenblick tiefer Zerknirschung zu ihm: »Ich werde dir *alles* enthüllen.« Selbst dann würde er es nicht wissen. Er würde nur wissen, was er wissen sollte, mehr nicht.

Das Bewußtsein seiner Hilflosigkeit ergriff so stark Besitz von ihm, daß er schließlich die Augen schloß und sich einer Phantasie von wilder, brutaler Grausamkeit hingab. Er sah, wie er sich wie ein kühler, forschender Vivisektor mit einem Skalpell über sie beugte, den Schädelknochen freilegte und mit ruhiger Hand durchsägte, um die weichen, stumpfgrauen Windungen zu entblößen, dieses zarte, wohlschmeckende Gewirr von Geheimnissen, die niemand zu enträtseln vermochte. Ein kaltes, freudloses Lachen entfuhr ihm – jene Art von Lachen, das man nur allein lacht. Ein Lachen, das ein Hund ausstoßen würde, wenn er die Witze der Menschen verstehen könnte. Er rief sich die hohlen Formeln aus den Witzbüchern der Gelehrten ins Gedächtnis. Sie konnten alles, was es im Universum gab, erklären, auch Gott den Allmächtigen, nur sich selbst nicht. Sie stocherten in Eingeweiden herum, kochten unsichtbare Mikroben, wogen das Unwägbare, extrahierten die Säfte von Wut und Eifersucht, analysierten die Zusammensetzung von Planeten, die für das Auge nicht größer waren als ein Stecknadelkopf – doch das Schwierigste für sie war zuzugeben, daß sie nichts wußten. Oder wenn sie es eingestanden, dann drückten sie sich so kompliziert und geschwollen aus, daß man ihnen unmöglich glauben konnte. Niemand vermochte so viel über nichts zu sagen wie die Männer, die so taten, als wüßten sie nichts.

Mit diesem Geplapper auf den Lippen fiel er in einen tiefen Schlaf, in dem er träumte, er hänge an den Füßen vom Dach eines Güterwaggons. Er konnte nur den Boden und die Käfige der Männer neben ihm sehen. Der Waggon war voller Käfige, mannshoher, runder Käfige, die an der Decke befestigt waren. Alle hingen an den Füßen. Wenn der Zug schwankte, stießen die Käfige aneinander und machten leise, klingende Geräusche. Auch die Gespräche standen auf dem Kopf, oder vielleicht schien das auch nur so, weil sie alle verrückt waren. Als sie vor der Irrenanstalt angekommen waren, wurden die Käfige einer nach dem anderen hinausgetragen; an jedem wurde ein Zettel mit der Aufschrift ZERBRECHLICH befestigt. Und da waren sie nun also – alle säuberlich beschriftet und an den Füßen aufgehängt. Einer, der das Etikett »Phagomanie« trug, fragte, ob sie auch mit dem Kopf nach unten essen sollten, und der Wärter antwortete: »Natürlich, warum nicht? Wenn ihr mit dem Kopf nach unten reden könnt, könnt ihr auch mit dem Kopf nach unten essen.« Darauf wurden die Käfige im Kreis aufgestellt und ein wunderschönes weißes Pferd herbeigeführt. Seltsam war, daß es einen Pfauenschwanz hatte. Noch seltsamer war, daß es auf den Hinterbeinen tänzelte und Englisch mit ihnen sprach. Das Pferd tänzelte zu jedem Käfig, verbeugte sich und fragte in perfektem Pferdeenglisch: »Sind Sie im Gleichgewicht oder sind Sie nicht im Gleichgewicht?« Was für eine Frage! Niemand war bereit, auf einen solchen Unsinn zu antworten. Und so wurden sie weggetragen, einer nach dem anderen, und in einen Eisschrank gehängt, zum Abkühlen. Und keiner von ihnen konnte mehr sagen, ob er im Gleichgewicht war oder nicht. Es war kühl im Eisschrank, und die Käfige schwangen hin und her wie Pendel. Die Zeit verging. Eiskalte Zeit. Sie war anders als alle Zeit, die sie bisher kennengelernt hatten. Es war eine eiskalte Zeit, ohne Unterteilungen und ohne einen Stillstand. Eine kreisförmige, pränatale Zeit ohne Sprünge, ohne Puls, ohne Fluß...

SECHSTER TEIL

1

Das Ende. Alles kommt zu einem Ende, wo es dann von neuem beginnt. Es ist wie eine Kreisbewegung oder wie ein Hund, der seinen Schwanz jagt, oder wie das Erkennen der Ewigkeit, die unbegreiflich und unantastbar ist. Das Ende ist ein Kaninchen, das das Mondlicht vom Pflaster leckt, es ist ein Revolver, der automatisch klickt, wo das Rückgrat sich zu einer knochigen Kugel verflacht. Das Ende ist der Anfang eines Kreises, bevor der Kreisumfang gelähmt wird und zu Punkten gerinnt, die nie existiert haben und jetzt nicht existieren könnten, gäbe es keine Schiefertafeln und das, woraus man Schiefertafeln macht. Das Ende ist gekommen, wenn alle Schubladen durchwühlt sind und alles, was man mitnehmen will, in ein Taschentuch paßt, oder wenn man in seinem Hut keine Initialen mehr braucht und seine Größe eine sinnlose Gleichung geworden ist. Der Kompaß zeigt vier Himmelsrichtungen, und man kann sich in horizontaler oder vertikaler Richtung bewegen, denn es ist ja doch alles eine Illusion: Fahrscheine, Bahnhöfe, Bestimmungsort, Fahrtstrecke, Geschwindigkeit. Wenn man sich verabschiedet, ist das Ende gekommen, ein eigenartiges, unbeendetes Ende, das wie ein Bandwurm ist, der sich selbst auffrißt. Ein Ende, das sich in einen Kloß im Hals oder in ein Schluchzen verwandelt, mahlende Räder, Ruß, Bauernhöfe, Gesichter, leer, Leere, Gesichter, Bauernhöfe,

Erinnerungen, Duft der Erinnerung, mahlende Räder, klickende Revolverkugeln, zu spät, alles zu spät, ändern, ändere deine Pläne, bleib, spring, kehr um, Dunst, Bauernhöfe, Gesichter, leer, Leere.

Er hatte gerade erst die Tür geschlossen, als sie die Treppe hinaufrannte, zum Telephon. »Er ist unterwegs... er kommt... er fährt weg. Ja, er will Adieu sagen. Adieu. Ich komme. Ich bin gleich da. Adieu. Adieu.«

Aug in Aug, Feuer in Feuer. Blutrotes Eis und schwarzes Parfüm. Mondgöttin und Mondfeuer. Der Rauch verschwundener Küsse. Die Harfe blutet ihre grüne Musik, Mohnblüten treiben auf dem kalten Meer. Die Rundheit des Anfangs, das Ende wie ein Nabel. Krater fließen über von blutrotem Eis, Halbkugeln voll warmer Milch, Schwanendaunen und Olivenfleisch.

Das Wunder war Adieu, und das ist das Ende. Bauernhöfe, Gesichter, mahlende Räder. Ich liebe dich schrecklich siehst du denn nicht was du in dir hast? Schwarze Erdbrocken fliegen in den Himmel du die so leichtherzig ihre grünen Lippen umherwirft.

Die Erinnerung an Dinge war in ihrer Berührung, ein unverderbliches Ei, das den Ereignissen vorausgeht und sie überdauert, unaufgesogene Erinnerung, die ein letztes Licht verströmt. Das Beben ihrer Lenden im Blut verborgen, ihre Brüste gekrönt von Melancholie, der betäubte Rauch und die Leidenschaft ihrer Lügen mit Narben und spiraligen Reißzähnen versetzt, Deiche auf Deiche aus blutenden Harfen, aus unter Mohnblüten und Melancholie erstickten Küssen, aus vergangener Jugend, umgedrehte Bäuche, Saiten, die unter toter Musik reißen, Musik der Nacht, in den Sand geschrieben, und der Sand übersät mit Sternen, und Wellen erleuchten das Nest des Skorpions.

Zwischen ihnen lagen tausend Jahre Melancholie, und sie wußte keine Antwort. Was hätte man antworten können, wenn das Leben ein Gedicht wäre, die Droge und das Räucherwerk endloser Gestern und Morgen? Ihre Knie berührten sich unter dem Tisch. Unter wie vielen Tischen Knie und Hände, durch Liebe verbundene Skelette, Dinge, die automatisch gehen, sich automatisch berühren, Pollen, Wurzeln, die sich in die Erde krallen, Fasern und Wirbel, grüne Säfte, rauschender Wind und Dinge, die in der Nacht herumkrabbeln und kein Geräusch machen. Regung und Bewegung, gefaltete Flügel, der Stachel des Lichts ohne Hitze, Welten, die unhörbar seufzen, und Knochen, die bleich werden, und Staub, der zum Leben erwacht.

Sein ganzes Leben hing an einem Faden. In ihrer Hand hielt sie ein Stück Papier, das mit Worten bedeckt war, die sie immer wieder las und in Gedanken neu ordnete. Es gab eine Physik und Chemie der Worte; es gab eine Elektrolyse der Sprache, Gedanken wurden zu Symbolen erhoben, eingesetzt und abgesetzt, durch Blut polarisiert, im Instinkt verankert, ließen mit dem Mond ihre Ebbe und Flut durch den eintönigen, verrückten Zyklus von eingebildetem Fleisch und Leben fließen, von Gefängnisgitter und Fenster zum Himmel, von Sangeslust und Delirium. Sie nahm die Wörter, eins nach dem anderen, die nicht greifbare innere Harmonie aus Kathode und Wirbel und jener süßen, sichtbaren Substanz molekularen Wachstums, sie nahm sie und ordnete sie dynamisch zu einer Schrift des Lebens.

Sie würde ihn entweder gehen lassen oder bitten zu

bleiben. Es reichte nicht zu sagen: »Geh nicht!« Nicht annähernd. Nein, es würde etwas Gewaltiges stattfinden müssen. Sie würde auf die Knie sinken und ihn bitten und anflehen müssen. Einst, bevor einer von ihnen an Fragen und Antworten gedacht hatte, war sie vor ihm auf die Knie gesunken, auf der Straße. Sie hatte ihn ihren »Gott« genannt. Seitdem waren andere Götter zum Leben erwacht. Der große Gott war kleinen Göttern gewichen. Doch es gibt nur einen Gott. Es kann gar nicht anders sein, denn laut Definition ist Gott Gott.

Die Zeit für Gewaltiges ist vorbei. »Geh für eine kleine Weile – aber komm zu mir zurück!« Das waren ihre Worte gewesen. Das Leben hatte sie also verlassen. Sie machte sich zu einem Angelpunkt, und es sollte ein stumpfes, schales Gleichgewicht herrschen, ein Abklatsch des Lebens, eine auf Geometrie reduzierte Leidenschaft. *Geh für eine kleine Weile*... Sie stand im Schlamm, die Augen weit aufgerissen, und wo sie Engel sah, waren in Wirklichkeit bloß Albatrosse. Im Himmel flatterten noch Flügel, doch was erschöpft zu ihren Füßen niederfiel, waren keine Engel.

Plötzlich kam Vanya hereingerauscht – oder vielmehr: sie lief ein. Ein Fährschiff, das sich seitwärts an den Kai schiebt. Sie war außer Atem, knarzte ein bißchen. Die Gezeitenströmung war stark. Man hörte Holz splittern, und die Maschinen liefen rückwärts.

»Er geht doch nicht wirklich, oder?« wollte sie wissen.

»Doch«, sagte Hildred, »aber nur für eine kleine Weile.«

»Nein! Lieber gehe ich. Ich will nicht, daß er geht.«

Sie sprach erregt, wiederholte sich, verfiel in ihren

eigenartigen russischen Akzent. Hildred hörte ihr mit tödlicher Ruhe und gefrorenen Augen zu; hinter dieser Maske verwandelte sich schreckliche Angst in Bitterkeit. Ihre Gedanken rasten wie eine Turbine.

Die Idee war so simpel, so ungeheuerlich direkt und brutal, daß sie wie betäubt waren. Bis zu diesem Augenblick waren sie an Krücken einhergehumpelt; nun plötzlich befahl man ihnen, sie wegzuwerfen. Und nicht das – man verlangte von ihnen sogar, an den Rand eines Abgrunds zu treten und sich hinunterzustürzen. Ohne Vorwarnung, ohne Vorbereitung. Nicht einmal ein Tropfen Weihwasser, um ein Wunder zu beschwören, kein Knochen durfte berührt werden, und es war nicht der leiseste Hauch einer Pest zu spüren. Mann und Frau saßen da, und ihre Knie berührten sich: Sie saßen einander gegenüber wie zwei feindliche Städte, die von jahrhundertelanger Fehde ausgelaugt sind. Es war, als wären sie Opfer einer schrecklichen Täuschung geworden, als wäre ohne vorheriges Abschlachten Frieden eingekehrt, als hätte die Natur selbst eingegriffen, hätte den Boden zwischen ihnen geöffnet und die Gegensätze zwischen ihnen aufgehoben. Es war völlig widernatürlich und verstieß gegen alle menschlichen Instinkte, einem komplizierten, greifbaren Problem einfach den Rücken zu kehren wie ein Hypnotiseur, der die Bühne verläßt, auf der sein Demonstrationsobjekt noch steif, kataleptisch und vollkommen hilflos in der Luft hängt. Morgen mochte ein ganzer Kontinent im Meer versinken; man konnte nicht sagen, ob das gerecht oder ungerecht war. Doch wenn eine Frau ein Ungeheuer geboren hatte und es selbst auf sich nahm, den Schädel dieses Kindes zu zerschmettern, dann war das eine andere Sache; dann war das ein Verbrechen gegen die Natur oder gegen die Gesellschaft, etwas, das – ob gerecht oder ungerecht – strafbar war. Die Gesellschaft hatte die Beziehungen zwischen den Menschen so kompliziert, hatte den einzelnen so eingebunden in Gesetze und Glaubenssätze, in Totems und Tabus, daß der Mensch zu etwas Unnatürlichem geworden war, zu etwas, das von der Natur getrennt war, zu einem Phänomen, das die Natur zwar hervorgebracht hatte, das ihr jedoch nicht mehr unterworfen war.

Er ging mit Vanya den unteren Teil des Broadways entlang und dann über die Brooklyn Bridge. Sie bestand darauf, seine Tasche zu tragen; sie trug sie dankbar, wie ein Träger, der stolz darauf ist, die Ehre zu haben, einen großen Entdecker zu seinem Hotel begleiten zu dürfen, so stolz, daß er beleidigt wäre, wenn man ihm ein Trinkgeld anbieten würde.

Hildred wollte nach Hause kommen, sobald sie fertig war.

Sie kamen am Haus an, der große Entdecker und sein Träger, und stellten die Reisetasche in einer Ecke ab. Und jetzt? Wünschte der große Entdecker vielleicht einen Tee und Marmelade, durfte sie ihm eine Zigarette anstecken? Sie zog ihm die Schuhe aus und half ihm in ein Paar warme Pantoffeln, deckte ihn mit einem Bademantel zu und dämpfte das Licht. Tausend ungeforderte Liebesdienste...

Hildred würde bald zurückkommen. Sie flüsterte es ihm zu, wie ein Kindermädchen, das sagt: »Mama ist bald wieder da.« Es ist ein Verbrechen, Kindern die Flasche zu geben. Ein Kind braucht die Mutterbrust. Moderne Mütter haben keine Brust oder binden sie ab. Trotzdem, eine

Mutter ist eine Mutter; eine Flasche kann nie die Brust ersetzen.

In der Zwischenzeit wird das Kind bei Laune gehalten vom Kindermädchen, das Märchen für es erfindet...

Es war einmal eine Königin mit Haaren aus Gold und einem Hintern aus Elfenbein. Sie stammte vom Wendekreis des Steinbocks, der unterhalb des Äquators liegt. Ihre Zunge war aus Quecksilber, und sie betete fremdartige Götter an. Sie waren von handlicher Größe und angenehmem Gewicht, diese Götter; sie sammelte sie, wenn sie Spaß haben wollte, und versteckte sie in einem Sarg. Manchmal trug sie sie wie Perlen an einer Kette um den Hals. Oft, wenn sie einen kleinen Spaziergang machte, sagte sie: »In dem Sarg ist noch Platz für einen Gott.« Worauf sie sich, beim Klang göttergleicher Schritte, zu Füßen eines Fremden niederwarf und rief: »Du bist mein Gott! Laß mich dich anbeten – für immer... für immer!« Und weil sie zu impulsiv war, um auf wichtige Dinge zu achten, mußte sie gelegentlich feststellen, daß ihre Verehrung einem Ochsen oder einem Schwertwal galt.

»Wo ist Vanya?« rief Hildred. Sie sprach mit einer eigenartigen Stimme, als stünde ihr Zwerchfell in Flammen, als stieße sie Rauch aus. Obwohl sie überall nachsah – unter der Badewanne, unter dem Wasserkasten der Toilette, unter der Spüle –, konnte sie keine Spur von Vanya entdecken. Doch ihre Sachen waren alle da, auch die schmutzige Wäsche, die sie mit Bedacht unter das Bett geschoben hatte. Und auch die Puppe war da und lag in der Ecke wie eine alte Mandoline. Und Arme und Beine lagen herum, und Ärmel und Perücken, die in blauviolette Farbe getaucht worden waren. Es sah aus wie in einem Laboratorium, in dem ein Experiment stattfand – ein nicht zu Ende geführtes Experiment. Ein Heim, das alle Elemente von Poesie und Experimenten miteinander verband, in einem solchen Heim fehlt nichts außer Musik und Kindern. Von diesen beiden war Musik vielleicht schwieriger zu erzeugen. Da war natürlich die alte Mandoline, die Puppe, und da war die Spieldose im Frauengemach, die hübsch spielte, solange noch eine Walze darin war. Und da war die blutrote Harfe, aus der grüne Töne flossen, und die, wenn alle Saiten schwangen, eine Symphonie aus sizilianischen Monden spielte. Die Kinder würden zu gegebener Zeit schon noch kommen. Wenn Vanya betrunken war, wenn ihre Blase voll war, versprach sie, einen blonden Supermann zu gebären – obwohl nach den Vererbungsgesetzen Genies nur selten etwas anderes als Mittelmaß hervorbrachten. Von allen Träumen, die Hildred im Schlaf überfielen, war dieser Traum von dem klugen, blonden Baby mit einem Schuß Wikinger-Vitalität in seinem Blut der bizarrste und erstaunlichste. Dieses Kind wurde wieder und wieder geboren, immer bereits ausgestattet mit allen Zähnen und einer wundersamen Zunge. Es lispelte leicht, allerdings nicht, weil es einen angeborenen Sprachfehler hatte, sondern aus purem Eigensinn. Doch das war nichts angesichts der Weisheiten, die es von sich gab. Es waren keine Worte, die von seinen Lippen fielen, sondern Juwelen, die aus einem Sarg geschüttet wurden. Hin und wieder waren Knochen darunter – nie sehr viel, kaum ausreichend, sollte man meinen, für ein richtiges Skelett...

Gegen Morgen klingelte das Telephon. Hildred schlüpfte in einen Kimono und rannte hinauf. Sie sprach so leise, daß es wie eine Liebkosung war. Er konnte sie kaum hören, obwohl er auf Zehenspitzen am Fuß der Treppe stand. »Ich kann nicht... Ich kann nicht...«, war alles, was er verstehen konnte.

»Sie ist furchtbar betrunken«, sagte Hildred, als sie wieder im Bett lag. »Ich konnte sie kaum verstehen.«

»Wo ist sie jetzt?«

»Ich weiß es nicht«, sagte Hildred.

»Und was wollte sie?«

»Sie wollte, daß ich sie nach Hause bringe.«

»Wie sollst du das machen, wenn du nicht weißt, wo sie ist?«

»Eben.«

»Ihr Pech!« sagte Tony Bring. »Sie geht vor die Hunde.«

Darüber mußte Hildred so lachen – und sie lachte nur selten über irgend etwas, das er sagte –, daß eine der Adern an ihrem Hals platzte und tagelang angeschwollen blieb.

2

Jedermann wußte, wer die Nachtigall von Lesbos war, aber es war Vanya, die entdeckte, daß sie auch sowohl der achtzigste Asteroid als auch ein Kolibri mit einem feurig leuchtenden Schwanz war. Sie machte Gedichte auf den achtzigsten Asteroiden und auf Tauben, jene Zwillingsvögel, die pro Gelege immer nur zwei Eier legen. In den Sümpfen und Marschen des Wissens putzte sich Vanya wie ein Purpurreiher. Sie sprach von delphinoiden Cetaceen und Goldbarschen, von Asymptoten und Parabeln, von Sarasvati, der Göttin der Wissenschaft, von Froschlurchen und Lapithen.

Drei Tage lang hielt sie ihnen andauernd Vorträge über die Weiße Kernfäule. Dies war eine Krankheit, die gewöhnlich nur Baumexperten kannten. Vanya eignete sich diese Kenntnisse an. Es gibt zahllose Krankheiten. Von dieser jedoch ging eine besondere Faszination aus. Sie wurde hervorgerufen durch einen bestimmten Pilz, der das Kernholz gewisser Laubbäume befiel. Wie der Schwertwal war dieser Pilz ein Mörder, nur daß seine Opfer nicht Robben oder Fische waren, sondern Bäume. Ein Laubbaum war absolut wehrlos gegen diesen Pilz. Sobald dieser sich im Kernholz des Stamms eingenistet hatte, gab es keine Rettung mehr; es hatte keinen Zweck, Kohlenstoff-Bisulfit durch Bohrlöcher in den Stamm zu spritzen oder die Blätter mit Blei-Arsen-Lösung zu besprühen. *Der Baum war zum Tod durch die Weiße Kernfäule verurteilt.*

Dieses Lied der Verderbnis, diese Baumsaga von Tod und Umgestaltung, machte sie eindeutig ganz blöde. Sie benahm sich wie ein wurmstichiges Schiff, das einem Sturm entgegenfährt. Während in ihrem Kopf der Wind heulte, tummelten sich unten die Würmer und verwandelten Holz in Sägemehl. Es hatte keinen Zweck, die Löcher mit Füllmasse zu verstopfen. Die Krankheit breitete sich immer weiter aus und ließ Löcher entstehen, durch die man einen Regenschirm stecken konnte.

Eines Abends kam Tony Bring spät nach Hause und fand Hildred allein, den Kopf auf die Arme gelegt. Sie weinte. Und Vanya? Vanya war in ihrem Zimmer und kritzelte – sie legte bläulichgrüne, makellose Eier, so hübsch wie Taubeneier. Es war ein Drama im Gange, doch in welchem Akt man sich befand oder was die Handlung war, wußte er nicht. Verschlossene Seelen: zugeknöpft und schweigsam wie Ganoven. Keine zarten Polypen, auch wenn sie miteinander im Krieg lagen. Seltsam, daß ausgerechnet jetzt Konflikte aufbrachen, wo doch alle Arbeit hatten und Paris näher denn je war. Vielleicht war an der Kunstakademie etwas schiefgegangen, oder vielleicht hatte Vanya wieder einmal die Schlampe gespielt... Gewiß, es war idiotisch, mit einem Stoffetzen vor der Brust auf einem Hocker zu sitzen oder träumend auf einem Bein zu stehen. Wer konnte ihnen einen Vorwurf machen, wenn sie sich zwischendurch mit ein bißchen Gin stärkten? Die Nachtigall von Lesbos war es zuweilen müde, Marmor zu imitieren und zu Träumen zu inspirieren, und gab sich dann einer Hysterie hin. Es war die

Hysterie einer Statue. Doch wenn ein gütiger Mensch ihr ein paar Schneeflöckchen gegeben hatte, wurde sie wieder gefügig, verwandelte sich in Marmor und verlor nie das Gleichgewicht. Wenn sie dann die Akademie verließ, flog sie dahin wie ein Kolibri und spreizte ihren feurig leuchtenden Schwanz. Durch die ausgeprägten Posen entwickelte sie eine Nostalgie, was ein ausgefallenes Wort für »Rückenschmerzen« ist. Hildred behauptete hartnäckig, daß sie Nostalgie meinte, aber Nostalgie war das falsche Wort. Sie hatte kein Heimweh, sondern ein Rückenleiden, hervorgerufen durch das Fliegen oder das Posieren als Geflügelte Siegesgöttin. Gelindert wurden die Schmerzen erst, als man ihr Schneeflöckchen gab.

Und Tony Bring – womit verdient er seinen Lebensunterhalt? In letzter Zeit war er so still, so gedämpft. Wenn man diesen ruhigen, nüchternen Menschen nach Hause gehen sieht, würde man nie auf den Gedanken kommen, daß er die ganze letzte Nacht aus Leibeskräften gebrüllt hat. Er ist ganz eindeutig keiner von denen, die auf der Straße oder in der U-Bahn die Stimme erheben. Wenn er den Mund aufmachte, klang es anfangs eher wie ein Flüstern. Doch mit Flüstern verkauft man keine Zeitungen. Nein, das hat er ziemlich schnell gelernt. Man mußte sich eine Stentorstimme zulegen, eine Stimme aus Messing, die auch einen Toten aus seinen Träumen schrecken würde. Man mußte schieben und drängeln, man mußte die Ellbogen einsetzen und lauter schreien als die anderen. Nur so wurde man seine Last los. An Samstagabenden wußte Tony Bring, was Notalgie war: eine Verkrümmung des Rückgrats. In seinem Fall allerdings waren die Ursache dafür nicht irgendwelche Höhenflüge, denn wenn er Flügel hatte, so war er sich ihrer nicht bewußt, oder sie waren verkümmert. Er fühlte sich eher, wie sich eine Schnecke fühlen muß, die mit ihrem Haus auf dem Rücken umherkriecht. Und als der Schnee kam und die Schlagzeilen verkündeten, es sei ein Schneesturm, dann war es ein Schneesturm, denn ein Schneesturm ist ein Schneesturm. Die weichen, knochenlosen, harmlosen, geschmackslosen, geruchlosen Flocken trugen die Botschaft durch seine Nervenbahnen und verdünnten sein Blut... Obwohl er nun enger denn je mit der Großstadtpresse verbunden war, las er nichts als Schlagzeilen. Die Schlagzeilen waren die von Wirrköpfen errichteten Deiche, welche die Flut von Druckerschwärze abhalten sollten, die mit jeder Ausgabe stieg und die Bewohner zu ertränken drohte. Sie wurden in Schweiß und Gestank geschrieben, sie verschworen sich wie Prostituierte, sie schrien mit bösartiger Wut, sie verklärten und glorifizierten das wilde Getümmel, sie kreuzigten die Sünder, sie bewahrten das Andenken an die Toten, begeisterten die Dummen, rüttelten die Schwerfälligen aus ihrer dumpfen Lethargie. Die Schlagzeilen lasteten schwer auf seinem Geist, erstickten seine Träume, brachen ihm das Kreuz. Nicht einen Körper schleppte er abends nach Hause, sondern eine Ansammlung von blauen Flecken. Seine Träume waren wie die einer Raupe, die noch nicht gelernt hat zu fliegen, wie die einer Schildkröte, auf deren Panzer die Wellen hämmern.

Besser als mit einem Handtuch um die Hüften auf einem Bein zu stehen war es, Blut für die zu spenden, die es brauchten. Dazu mußte man bloß gesund sein. Wenn man gesund war, hatte man gesundes Blut, und dafür wurden erstklassige Preise bezahlt. Für einen halben Liter gab es zwischen fünfzehn und hundert Dollar. Je nach Qualität.

Mal angenommen, man hatte 1A-Blut. Natürlich hieß das nicht »1A«, aber das spielt ja keine Rolle. Der springende Punkt war: Wenn man gut aß, regelmäßig ein Glas Portwein trank und die Gedärme frei von Giften hielt, konnte man alle zehn bis vierzehn Tage einen halben Liter Blut verkaufen. Und dafür brauchte man keine Werbung zu machen, brauchte keinen politischen Einfluß zu haben und kein Kapital zu investieren. Bloß gutes, starkes, gesundes Blut, möglichst 1A-Blut – mehr brauchte man nicht.

Nun gab es im Village einen Blutspender, der das Geschäft aus dem Effeff kannte. Er hatte 1A-Blut, und seine Frau konnte, was die Blutqualität betraf, mit ihm mithalten. Sie hatten zusammen schon so viel Blut gespendet, daß ein Schlachtschiff darauf hätte schwimmen können. Und man brauchte sie nur anzusehen: eine gesunde Röte auf den Wangen, Pelzmäntel... man konnte sie fast jeden Abend im »Caravan« sehen, wo sie Beefsteak aßen und tanzten, betrunken vom Blut oder vom Blutverlust.

Es gab solche und solche Krankenhäuser in New York – manche waren, vom Standpunkt des Blutspenders, besser als andere. Eine bestimmte jüdische Einrichtung war großzügiger als alle anderen, aber dort gab es eine Warteliste – eine furchterregende Warteliste. Natürlich – wenn man erst einmal bekannt war, wenn die Qualität des Blutes, das man anbot, sozusagen eine gewisse Reputation erlangt hatte, konnte man sich hinaufarbeiten. Am besten war es, mit einem bescheidenen Krankenhaus anzufangen, mit einem presbyterianischen Krankenhaus oder dergleichen.

Doch zuvor mußten sie Proben abgeben. Sie verschenkten – absolut umsonst, als Proben – einige Spritzenvoll. Sie verteilten ihre Proben in den Krankenhäusern der ganzen Stadt. Hildred hatte eine schwere Zeit; irgendein Dilettant hatte die Nadel an der falschen Stelle angesetzt, und ihr Arm schwoll an, und ihre Venen wurden schwarz. Sie schwor, sie werde ihren Arm verlieren, doch dazu kam es dann doch nicht. Außerdem hatte sie Anfälle von Übelkeit. Nicht einmal Walderdbeeren konnte sie bei sich behalten. Das einzige, was sie vertrug, war Portwein. Portwein war ihre Medizin. Sie riet jedem, Portwein zu trinken.

Es gab Krankenhäuser, denen es nicht reichte, einem bloß eine Nadel in den Arm zu stechen. Man bestand auf einer eingehenden Untersuchung: Herz. Lunge, Urinprobe, Größe, Gewicht, Wassermann-Test, Nationalität, Familiengeschichte, usw. Man hätte mit weniger Aufwand eine Versicherung über fünfzigtausend Dollar abschließen können. Und dann gab es die jungen Springer, die ein Stethoskop um den Hals baumeln hatten – die waren ungeheuer gründlich. Selbst ein so kleines Ding wie ein BH störte bei ihren langen, ausgedehnten Untersuchungen. Andere – müde alte Säcke – ließen einen nicht mal husten. Eine komische Branche, ganz gleich, von welchem Standpunkt man sie betrachtete.

Und dann trafen die Befunde ein! Sie kamen mit der Post, wie die Ablehnungsbriefe der Redaktionen. Einige waren vorgedruckte Formulare, die in einer überhöflichen Sprache verfaßt waren, andere waren grob und barsch und in Schreibschrift geschrieben – von Ausländern oder Nachtwächtern. Eines jedenfalls war klar: Sie waren ungeeignet. Ihr Blut war weder 1A noch 2B noch 3C noch 4D. Was die guten, im Augenblick so gefragten roten Blutkörperchen betraf, so herrschte bei ihnen ein Defizit. Abgesehen von der Frage, ob sie gutes oder schlechtes Blut hatten, war noch einiges andere bei ihnen nicht in Ordnung. Es war bei ihnen so vieles nicht in Ordnung, daß es ein reines Wunder war, daß sie keinen Krebs, keine Ödeme, keine Syphilis hatten. Die Wurzel all dieser Übel war Anämie. Anämie war eine Art Weiße Kernfäule, die Stadtmenschen befiel, eine Krankheit, die das Blut in Spülwasser verwandelte. Wer konnte in einer Stadt wie New York schon eine Bescheinigung über erstklassiges Blut vorweisen? Das war doch alles Unsinn. Sie waren nicht bereit, sich von jungen Springern, die ein Stethoskop um den Hals trugen und deren weiße Hosen rasiermesserscharfe Bügelfalten hatten, Angst einjagen zu lassen. *Unterernährung* – das war die Lösung dieses Problems. Mehr Erdbeeren. Mehr Portwein. Dicke, saftige Steaks mit blutroter Sauce. Scheiß auf die Ärzte! Alles falscher Alarm. Wenn man Geld hatte und es sich leisten konnte, sich Sorgen um seine Gesundheit zu machen, jagten sie einem eine Heidenangst ein. Einen Millionär konnte man am Leben erhalten, auch wenn man ihm den Magen herausgeschnitten hatte. Es gab Leute, deren Zunge von Krebs oder Lasterhaftigkeit zerfressen worden war, und doch konnten sie im Smoking zu einer Abendgesellschaft gehen und sich das Essen durch ein künstliches Loch hineinstopfen. Ein Armer, der bloß einen Husten hatte, konnte unbeachtet sterben. Ein Husten interessierte die Ärzteschaft nicht besonders. Für Husten und Rückenschmerzen war der Apotheker zuständig. Die Medizin machte derartige Fortschritte, daß sie nicht mehr eine Wissenschaft war – sofern sie das je gewesen war –, sondern eine Kunst. Die Kunst, das Leben zu verlängern, mit künstlichen Mitteln. Ach, wenn es die Reichen nicht gäbe, auf welche Weiterentwicklung müßte man dann verzichten, auf welche Feinheiten, auf welche Komplexitäten! In den Körpern der Reichen wucherten die Krankheiten. Welch herrliche Rosen blühten auf diesen edlen Misthaufen, welch wunderbare Geschwüre! Aus Tattergreisen und Hyänen konnten die Männer der Medizin inzwischen fast schon Schmetterlinge machen. Fortschritt... Fortschritt... Vor hundert Jahren noch war der Baum des Lebens von rasch fortschreitender Fäule befallen gewesen – doch heute blühte und gedieh er, und er würde weiterhin blühen und gedeihen, bis der Stamm zu drei Vierteln aus Zement bestand.

3

Am Abend von Lincolns Geburtstag gab es einen Schneesturm, und zwischen Lincolns und Washingtons Geburtstag schneite es ab und zu. Alles war in Watte gepackt, so daß selbst die Aschen- und Mülltonnen hübsch aussahen. Und während der Schnee fiel, geschah etwas – wie in russischen Romanen, wie in der russischen Seele, wo es Gott und Eis und Schnee und Mord und Epilepsie gibt, wo die Geschichte sich verabschiedet, um der Natur Platz zu machen, wo auch in einem kleinen Zimmer Raum ist für das größte Drama, das je geschrieben worden ist, Raum für den unsichtbaren Gastgeber und für alle Menschen, Sprachen und Klimate. Am Abend von Lincolns Geburtstag, kurz bevor der Schneesturm hereinbrach, ging Hildred in einem Samtkleid aus dem Haus, um einen Brief zum Briefkasten zu bringen. Sie blieb drei Tage und drei Nächte fort, in einem Samtkleid, das vorn mit hohlen Silberkugeln besetzt war. Es waren sechsundzwanzig oder siebenundzwanzig, allesamt leer, und jede von ihnen hatte Riefen, die sich für ein mikroskopisch kleines Wesen, das imstande war zu sehen, zweifellos genauso ausgenommen hätten wie die Marskanäle für das menschliche Auge. Während ihrer Abwesenheit klingelte das Telephon nicht ein einziges Mal, und auch nicht einer der verkrüppelten, greisen und verblödeten Boten der Telegrammgesellschaft läutete an der Tür, um einen unverschlossenen Umschlag und – mit der Aufforderung: »Hier unterschreiben !« – einen drei Zentimeter langen Bleistiftstummel mit abgebrochener Mine zu präsentieren. Die Welt war in Watte gepackt, und die Watte gab nichts preis.

Tony Bring lag in seinem Bett, und Vanya lag in ihrem. Am ersten Tag fragte sie machst du dir keine Sorgen, und er antwortete nein. Am zweiten Tag fragte Vanya was wirst du jetzt unternehmen, und er antwortete nichts. Am dritten Tag sagte Vanya ich werde die Polizei benachrichtigen, und er gab keine Antwort. Aber anstatt die Polizei zu benachrichtigen, ging sie aus und betrank sich, und als sie zurückkam, schwadronierte sie von Kathedralen und Ratten und Athleten mit Stiernacken; sie hörte sogar auf, originell zu sein, und bezeichnete sich als »Pfeil der Sehnsucht nach dem anderen Ufer«. Gegen Morgen begann sie falsch zu singen und zu schreien und zu kreischen, und sie stand auf und hielt mit ihren schmutzigen Händen die Wände auseinander. Die dänischen Schwestern hämmerten mit ihren Schuhen auf den Boden. Da dies keine Wirkung zeitigte, blieb als einzige Möglichkeit, sie mit einem Eimer voll kaltem Wasser zu übergießen, und das tat man dann auch. Darauf schlief sie so friedlich, als hätte man sie in eine Zwangsjacke gesteckt. Am Morgen ging die Tür auf, und Hildred trat ein. Ihre Augen waren glasig, und das einzige, was sie als Erklärung sagte, war, daß sie einen Dichter kennengelernt habe, und nachdem sie das gesagt hatte, taumelte sie ins Bett, ohne zuvor das Samtkleid auszuziehen, das jetzt nur noch mit zweiundzwanzig oder dreiundzwanzig Silberkugeln besetzt war, allesamt leer und jede von ihnen voller Riefen.

Sie schlief sehr, sehr lange, und als sie erwachte, wußte niemand, ob es sieben Uhr morgens oder sieben Uhr abends war. Sie öffnete das Fenster und sammelte eine Schüssel voll Schnee. Dann ging sie einkaufen und sagte, wie schön es sei, draußen zu sein. Zwei Dinge seien gut für die Haut, nur zwei: ein feuchtes Klima, wie es in England herrsche, und nasser Schnee. Ganz gleich, welches Thema sie anschnitt – sie hatte nur Schnee im Kopf. Ihre Augen waren noch immer glasig, und ihr Kopf war klar, wenn auch seltsam klar, schneeklar, und als sie gegessen hatte, erbrach sie sich, und das schöne Rot auf ihren Wangen, das mit dem Schnee gekommen war, verblaßte, und ihre Haut sah aus, wie sie immer aussah: mehlweiß, seidig, schwer, matt. Mit ihren leuchtend roten Lippen und den leuchtenden Augen war sie wie ein Fiebertraum, und was sie sagte, trug ein Fieber in sich.

Von dem Tag, an dem der Schneesturm einsetzte, nämlich Lincolns Geburtstag, bis Washingtons Geburtstag stand Tony Bring nur aus dem Bett auf, um auf die Toilette zu gehen. Die Hämorrhoiden machten ihm zu schaffen. In der Schachtel mit der Salbe, die Hildred in der Apotheke gekauft hatte, fand sich ein Zettel, auf dem dieses Leiden in fünf Sprachen beschrieben war. Dort stand:

Hämorrhoiden

Hämorrhoiden sind Krampfadern, die durch eine Erweiterung der Venen rings um das Rektum entstehen. Die Ursache hierfür sind meist Verstopfung und Darmkatarrh. Hämorrhoiden können innerlich oder äußerlich sein. Beim Drücken kann ein Juckreiz auftreten. Das Sitzen im Sattel bereitet fast immer Schmerzen.

Unsere Behandlungsmethode

Vermeiden Sie Speisen, die das Verdauungssystem reizen können, wie Wild, stark gewürzte Speisen, usw.

Essen Sie wenig Fleisch. Ernähren Sie sich hauptsächlich vegetarisch.

Vermeiden Sie Verstopfung, wenden Sie jedoch keine starken Abführmittel wie Skammonium Aloe oder Jalapenwurzel an.

Machen Sie leichte Einläufe mit Bourdaine oder, besser noch, mit Paraffinöl.

Anwendung

Bringen Sie mit Hilfe der Kanüle ein wenig *Sedosol* in das Rektum ein. Falls ein Juckreiz auftritt, reiben Sie die betroffenen Partien mit *Sedosol* ein. Die lindernde Wirkung tritt sofort ein.

Bereiten Sie vor jeder Anwendung eine Lösung aus warmem, abgekochtem Wasser.

Unser Produkt ist auf wissenschaftlicher Basis völlig neu entwickelt. Es schmiert und fettet nicht und kann selbst mit kaltem Wasser entfernt werden.

So drehten sie ihn zweimal täglich auf den Bauch und behandelten sein Rektum. Zwischen diesen Anwendungen schmierten sie sein Verdauungssystem so gründlich und gewissenhaft, daß er, wäre er eine Setzmaschine oder ein Dieselmotor gewesen, ein ganzes Jahr lang reibungslos funktioniert hätte. Allerdings war er ein schwieriger Patient. Anstatt ihnen für ihre Bemühungen dankbar zu sein, schrie und fluchte er. Er beklagte sich, weil das Eis zu schnell schmolz und schimpfte, weil sie ihm nicht vorlesen wollten. Er bat um *Jerusalem* von Pierre Loti, und sie brachten ihm Claude Farreres *L'Homme Qui Assassina.* Sie waren wieder damit beschäftigt, Arme und Beine zusammenzufügen, Perücken zu färben, Gelenke zu machen und Kleider für ihre Liliputaner-Schießbudenfiguren zu nähen. Den ganzen Tag bis spät in die Nacht arbeiteten sie, und dabei klopften und kratzten und pfiffen sie und sangen russische und französische und deutsche Lieder und kippten Wodkas und stopften sich mit Weißbrot und Kaviar und Stör voll. Sie drehten die alten Glühbirnen, die ein gelbes, kränkliches Licht gegeben hatten, aus den Lampen und ersetzten sie durch Tageslichtbirnen. Die Wirkung war gewaltig. Es schien ihm, als wäre sein Körper ein Haufen Splitter, als wären seine Nerven freigelegt und zerschunden. Er konnte spüren, wie die Venen in seinem Rektum pochten, wie das Blut Blasen schlug, als würde es von einem wilden Puls vorangetrieben. Und was interessierte ihn schon ihr wirres Gerede über Picasso und Rimbaud und den Comte de Lautréamont? Sie redeten, als säßen sie schon auf der *terrasse* vor dem Dôme. Sie hatten sogar schon den Tag der Abreise festgesetzt und stritten sich erregt darüber, mit welcher Schiffahrtslinie sie fahren und ob sie sich ein billiges Hotelzimmer oder ein Atelier mieten würden. Sie wußten jetzt schon, daß sie nur in großen Abständen baden würden, daß »Camels« viel zu teuer sein würden und daß man für einen Sou nicht einmal einen Hosenknopf kaufen konnte.

Allein schon diese Haufen können einen nervös und reizbar machen; sie drücken einen zu Boden und geben einem das Gefühl, als würden einem die Eingeweide herausfallen. Sie können so verdammt unerträglich werden, daß der Gedanke, an den Handgelenken aufgehängt zu sein, ein regelrechter Genuß ist. Doch wenn noch hinzukommt, daß die Wohnung jeden Tag bis spät in die Nacht in eine Schreinerwerkstatt verwandelt wird und ständig Gebrabbel und Gläserklingen zu hören ist, kann man schon verstehen, daß einer den Verstand verliert. Und Tony Bring benahm sich genau so, als hätte er eine Schraube locker. Er schrie vor Schmerz oder Wut, und dann sang er, und dann fluchte oder lachte er. Wenn sie von Picasso anfingen, sprach er von Matisse oder diesem wilden Czobel, und weder Czobel noch Matisse oder irgend jemand sonst bedeuteten ihm irgend etwas, aber er wollte gehört werden und sie mit seinen Worten ersäufen, und wenn er sie nicht ersäufen konnte, wollte er sie wenigstens ersticken, denn wenn sie so weiterredeten, dann würden, so glaubte er, seine Gedärme sich in Sägemehl verwandeln, und schon würde sich die Geschichte mit dem Baumpilz wiederholen. Injektionen von Kohlenstoff-Bisulfit oder Blei-Arsen-Lösung würden kein bißchen helfen. Von einem Mann, dessen Rektum gewürgt wird, der nichts weiter will als einen Sattel aus zerstoßenem Eis, kann man nicht die Gelassenheit eines Heiligen oder die Heldenhaftigkeit eines Gottes erwarten. Er will seine Ruhe und seinen Frieden haben, am liebsten in einem abgedunkelten Zimmer, und einem guten Engel lauschen, der ihm aus einem verzaubernden oder ernüchternden Buch vorliest. Er will nichts hören von Gedichten, die mit Kupferglanz eingefaßt sind, oder von Häusern, die sich wie Austern öffnen. Er will sich nicht mit chinesischen Puzzles bei Laune halten, denn es war und blieb nichts anderes als ein chinesisches Puzzle, wohin Hildred in jener Nacht des Schneesturms gegangen war, als sie das Haus in einem vorne mit hohlen Silberkugeln besetzten Samtkleid verlassen hatte, um einen Brief einzuwerfen, worauf sie, nachdem sie drei Tage und Nächte weder angerufen noch telegraphiert hatte, plötzlich mit glasigen Augen wieder hereinmarschiert gekommen war und verkündet hatte, sie habe einen Dichter kennengelernt, und weiter nichts, nicht einmal ein Satzzeichen. Und wenn sie dachte, es könnte alles wieder in Ordnung gebracht werden, wenn sie einen heruntergekommenen, abgehalfterten Quacksalber holte, dann hatte sie sich geirrt. Er würde keine schmierigen Jidden an sich herumfummeln lassen, nicht einmal an seinem Rektum. Doch der Arzt kam trotzdem, und es war die altbewährte Tour mit dem Thermometer, das einem unter die Zunge geschoben wurde, und den Fragen, die man nicht beantworten konnte. Seltsam, daß der Arzt nicht von Capablanca oder Einstein, sondern von Hilaire Belloc redete, von dem er sagte, er sei ein Gelehrter ohne Weisheit, und überhaupt sei es, wenn ein Nicht-Jude sich in Konkurrenz zu einem Juden begebe, wie wenn man mit gefesselten Beinen zu einem Rennen antrete, denn der jüdische Verstand sei scharf, schnell, schlüpfrig und in der Lage, tausendmal einen neuen Standpunkt einzunehmen, und zwar in derselben Zeit, die der Verstand des Nicht-Juden brauche, um ein einziges Mal den Standpunkt zu wechseln. Hildred, der es sehr peinlich war, wie ausfallend ihr Mann geworden war, brachte den Arzt zur Tür und entschuldigte sich bei ihm, und er küßte ihr die Hand und sagte, sie brauche sich keine Sorgen zu machen. »Er ist faul ... er simuliert«, sagte er. Und so kehrte sie mit leichtem Herzen in ihre Schreinerwerkstatt zurück und kümmerte sich von da an nicht im mindesten um ihn.

Sich selbst überlassen, unbeachtet wie ein kaputter Regenschirm, mit langsam nachlassenden Schmerzen – denn im Lauf der Zeit vergeht alles –, stellte Tony Bring fest, daß es ganz angenehm war, so dazuliegen und das Drama seines Lebens vor seinem inneren Auge vorbeiziehen zu lassen, ein Drama, das, wie er sich deutlich erinnerte, begonnen hatte, als er auf seinem hohen Kinderstuhl gesessen und wie ein dressierter Hund deutsche Gedichte aufgesagt hatte, in der barbarischen Sprache seiner barbarischen Vorfahren. Seine Erinnerung war so deutlich, genau und vollständig, daß er sich mit wildem, stolzem, verrücktem Frohlocken sagte: Wenn ich lange genug hier liege, kann ich mein ganzes Leben, Tag für Tag, vor mir ablaufen lassen. Und bestimmte Tage, die aus bestimmten Gründen wie Meilensteine aus den übrigen herausragten, durchlebte er tatsächlich noch einmal, Stunde für Stunde, Minute für Minute. Frauen, die seinem Gedächtnis so ganz und gar entfallen gewesen waren, daß er noch eine Woche zuvor nicht einmal ihr Bild hätte heraufbeschwören können, erwachten jetzt in allen Einzelheiten wieder zum Leben: Größe, Gewicht, Widerstand, Beschaffenheit der Haut, Kleider, die Art, wie sie ihn umarmt hatten... alles... alles. Er verfolgte den Verlauf seines Lebens und sah, daß es nicht der weite, geschwungene Bogen war, den man sich vorstellte, daß es auch nicht ein Pfeil war, der auf den Tod zuflog, nicht der parabolische Kuß der Unendlichkeit und auch nicht die edle Symphonie der Biologie, sondern eher eine Folge von Erschütterungen, eine seismographische Aufzeichnung von Beben, von Gipfeln und Abgründen und weiten, friedlichen Tälern, die wie göttliche Menopausen waren.

Eines späten Nachmittags sprang er wie elektrisiert aus dem Bett, nahm ein herzhaftes Mahl ein, mit dem er gegen alle Diätregeln verstieß, die für ihn aufgestellt worden waren, und begann zu schreiben. Je lauter sie klopften, je mehr sie pfiffen und sangen, desto besser schrieb er. Die Wörter ragten in ihm auf wie Grabsteine, sie tanzten, obwohl sie keine Füße hatten; er häufte sie auf wie eine Akropolis aus Fleisch, er ließ seinen bitteren Haß auf sie niederprasseln, bis sie dahingen wie Leichen an einem Laternenpfahl. Die Augen der Welt waren Gitarren, und sie waren von schwarzen Spitzen eingerahmt, und er setzte seinen Wörtern verrückte Hüte auf und schob ihnen Tischbeine und Servietten unter den Schoß. Und er ließ seine Wörter miteinander kopulieren, damit sie Imperien zeugten, Skarabäen, Weihwasser, Läuse von Träumen und Träume von Wunden. Er setzte seine Wörter hin und band sie mit ihren schwarzen Spitzen an die Stühle und fiel dann über sie her und peitschte sie aus, peitschte sie aus, bis das Blut schwarz wurde und die Augen die Schleier durchbohrten. Das, an was er sich von seinem Leben erinnern konnte, waren die Erschütterungen, die seismographischen Orgasmen, die gesagt hatten: »Jetzt lebst du« – »Jetzt stirbst du«. Und die weiten, friedlichen Täler, nach denen man sich sehnte, waren das Futter, das die Kühe wiederkäuten, waren die Liebe, die die Frauen zwischen ihre Beine nahmen, wo sie sie zerkauten, waren eine Glocke mit einem riesigen Klöppel, die mit ihrem Läuten den Wind zerriß. Die Gipfel und Abgründe – dort war das Leben, das Hochschnellen des Quecksilbers im Thermometer der Adern, der ungezügelte Pulsschlag. Die Gipfel – der Heilige, der hinaufsteigt, um einen verstohlenen Blick auf Gottes Hintern zu werfen, ein Prophet mit Dung in den Händen und Schaum vor dem Mund, ein Derwisch mit Musik in seinen Fußballen, mit sich windenden Schlangen in den Eingeweiden, und er tanzt, tanzt, tanzt, weil er Maden im Hirn hat... Keine Höhen und Tiefen, sondern Ekstase umgekehrt, die Innenseite nach außen gekehrt, und das Unten reicht ebensoweit wie das Oben. Erniedrigung endet nicht am Boden, sondern geht durch den Boden hindurch, durch Gras und Wurzeln und unterirdischen Strom, vom Zenit bis zum Nadir. Alles, was geliebt wurde, wurde inbrünstig gehaßt. Nicht der kalte Stachel des Gewissens, nicht die quälende Kasteiung des Geistes, sondern blitzende, helle, grausame Klingen, Verachtung, Beleidigung, Anmaßung, kein Zweifel an Gott, sondern die Verleugnung Gottes, das Verwerfen Gottes, das Anspucken Gottes. *Aber immer Gott!*

Und dann sprang Vanya eines Nachts auf wie ein schlammbedeckter Delphin, und sie sagte: »Ich werde verrückt... werde verrückt!« und er sagte zu sich: Gut! Nun sind wir also endlich soweit... *Dann werd doch verrückt!* Verrückt zu werden heißt aufzuhören, ein Eunuch zu sein, heißt die fruchtbaren Täler aufgeben, nicht mehr mit Farben zu masturbieren oder seinen Namen zu ändern. Wenn sie nur verrückt werden würde, würde er sie in Verrücktheit umarmen – sie männlich und er weiblich. Er würde die Öffnungen des Hauses verschließen, und sie würden den Tod durch Ausschweifung sterben. Und die Amphibische, die ihr Geschlecht mit der Jahreszeit wechselte, die sich wie eine Auster verschloß und die beiden harten Schalen ihr Geheimnis nannte, konnte ihr Geheimnis in Jod und Schlamm hätscheln. Kälter als eine Statue, mit lebloser Stimme und glasigen Augen, stand sie, die ein Geheimnis war, neben dem Kotztisch. Wie eine Schlafwandlerin, die immer wieder auf sich einsticht. Eine Generalprobe vor leerem Haus, ein Impromptu-Debakel, in dem die Schauspielerin sich an dem Autor rächt. Wohin sie ihre fiebrigen Augen auch richtete – überall waren Arme und Beine und purpurrote Perücken, und in einer Ecke lag Graf Bruga wie eine Mandoline, und der Graf hatte die Ohren gespitzt und lauschte angestrengt auf das Gurgeln der Abflußrohre, auf den Fall fallenden Wassers, gebremst durch Eis und flüssiges Feuer und geronnenes Blut und murmelnde Veilchen. Sie war wie eine Schlafwandlerin, die immer wieder auf sich einsticht, und aus den Wunden, die sie sich mit einem abgebrochenen Messer beibrachte, floß in Sägemehl-Gesten ihr herrliches Ego. Sie sah durch den Dunst zwischen ihren Augen und erblickte Berge und riesige Salzebenen und mit Beifußbüschen gesprenkelte Tafelberge, wo nachts das Thermometer fiel wie ein Anker und der Wind stöhnte.

Die Große Vanya setzte sich und schloß die Ohren, damit alles von vorn beginnen konnte; sie krümmte sich, und ihr Körper wurde schlaff und rollte sich zu einem Knoten zusammen, Arme und Beine zu Schlangen, ein Ball aus Gummibändern. Reglos und wie ein Foetus atmend, und wenn in ihr irgendwelche Gedanken waren, so wurden sie in ihrem Nabel ertränkt, und wenn man sie nach ihrem Namen gefragt hätte, so hätte sie nicht gewußt, ob er Miriam, Michael, David, Vanya, Esther, Ashteroth, Beelzebub oder Romanow lautete. So tief, blindlings und grimmig verkroch sie sich in sich selbst, daß sie sowohl Schoß als auch Foetus war, und was im

Jenseits bebte und sich bewegte, war wie das Klopfen in einem geschwollenen Bauch... klopf, klopf... eine wilde Stute, die auf ihrem Bauch herumtrampelte, und ihre Kruppe war gewölbt wie die Wölbung des Himmels.

Die Statue stand kalt da, mit glasigen Augen, und stach immer wieder auf sich ein, und es war wie ein Film, mit dem man hundertmal dieselbe Aufnahme gemacht hat. Jedesmal, wenn der Verschluß klickte, versank das Auge tiefer im Traum. Die Wiederholung und die Gewalt des Todes träumen vom Leben. Traum und Tod... hundertmal dieselbe Aufnahme. Jedesmal, wenn der Verschluß klickt, sinkt das Auge tiefer. Stummer Marmor, umzüngelt von Erotizismus, schwarze Ekstase, projiziert auf leinwandweiße Phantasie. Hysterie. Hysterie des Steins. Weiblicher Stein, der vor Musik erbebt. Statue, die mit der Wahrheit Unzucht treibt. Statue, die mit Lügen masturbiert. Unablässiges Masturbieren, obszön... eine Gummilitanei in einem Gummitraum. Eine hysterische Frau mit Marmororganen, eine Frau aus Marmor mit hysterischen Organen, ein weiblicher Stein, der seine Gedärme ausspuckt, ist ein feuriger Springbrunnen, der das Eis durchbricht. Eine hysterische Frau kann alles von sich glauben: daß sie mit Napoleon geschlafen oder Gott ihre Lippen dargeboten hat. Sie kann sagen, daß Ziegenböcke oder Shetlandponies ihr Verlangen gestillt haben, sie mag gestehen, daß sie sechs Männer gleichzeitig geliebt hat, und jeden mit aller Kraft. Sie mag so vor Musik erbeben, daß selbst die Erinnerung an ihre Leidenschaft zerfällt, zusammenbricht wie ein brennendes Gebäude. Alles, was nicht aus Stein ist, verbrennt. Die Organe bleiben intakt, stummer Marmor, umzüngelt vor Erotizismus, Ekstase, die auf eine weiße Leinwand gehängt worden ist. Verschließt alle Türen und setzt das Haus in Brand, und wo die Statue steht und mit Lügen masturbiert, wird doch Musik sein, das Beben brennenden Steins, Feuer, das das Eis durchstößt. Stich immer wieder auf sie ein, laß das Auge immer tiefer in den Traum fallen, nichts als die Wiederholung des Todes, Augen glasig vor Ekstase, jedes Klicken des Verschlusses eine Lüge, eine Unzucht. Wenn Frauen mit marmornen Organen versuchen, mit Gott zu schlafen, tritt Göttlichkeit in die Menopause ein. Was einst das Drama der Antike war, edle Musik der Mythen und Legenden, endet in der Prophylaxe. Diejenigen, die einst das Gefühl hatten, Persönlichkeiten zu sein, sehen ihre Falten und Gesten im Sägemehl verrinnen. Einst war die Welt jung, und die Wunden, die man davontrug, stellte man stolz zur Schau, weil Gott Seinen Finger in diese Wunden gelegt hatte und sie nicht heilen sollten – sie sollten mit Mut und Leiden ertragen werden. Und nun fahren wir wie wurmzerfressene Schiffe dem Sturm entgegen, und man kann einen Regenschirm durch die klaffenden Risse stecken, die unsere Wunden sind – doch es gibt kein Leiden und keinen Mut. Wir und unsere Persönlichkeit – denn wir sind unsere Persönlichkeit – gehen unter wie aufgegebene Schiffe, wie Schiffe, die zu wurmzerfressen sind, um den ersten Sturm zu überstehen.

Finis.

Nachwort

Es war das Jahr 1927. Henry Millers zweite Frau war soeben mit ihrer Geliebten nach Europa durchgebrannt. Er selbst erholte sich gerade von einer langen Phase der – wie er es nannte – nervlichen Zerrüttung. Er war gedemütigt und mittellos und hatte wieder zu seinen Eltern ziehen müssen, die entsetzt waren, daß ihr sechsunddreißgjähriger Sohn ihren bürgerlichen Erwartungen nicht entsprach. Voller Verzweiflung hatte er das Angebot eines Rivalen aus Jugendzeiten angenommen und einen Bürojob angetreten, der keinerlei Aufstiegschancen bot. Eines Abends jedoch blieb er nach Feierabend an seinem Schreibtisch sitzen und begann unablässig zu tippen. Nach Mitternacht lag ein Stoß von eng beschriebenem Papier – eine Sturzflut von Wörtern – neben der Maschine. Es waren Notizen für das Buch, das zu schreiben ihm, wie er glaubte, bestimmt war: die Geschichte seiner Ehe mit June, ihrer Liebe zu Jean Kronski und seiner tiefen Erniedrigung durch diesen Verrat. Aus diesen Notizen wurde dann *Verrückte Lust*, Henry Millers dritter Roman und sein sicherster Schritt in Richtung *Wendekreis des Krebses*, jene literarische Glanzleistung, die einige Jahre später folgen sollte.

Es war nicht der erste schriftstellerische Versuch, den Miller unternahm. Für ihn hatte immer schon festgestanden, daß er Schriftsteller oder etwas ähnlich Herausragendes werden würde. Selbst die Tatsache, daß er einen Tag nach Weihnachten geboren war, war für ihn ein Beweis für seine Besonderheit; er behauptete später, sein Geburtsjahr 1891 sei ein Jahr von außerordentlicher literarischer Bedeutung gewesen.

Miller stammte aus einer kleinbürgerlichen Familie deutscher Herkunft; sein Vater war Schneider. Als Kind war Henry reifer als seine Altersgenossen, und seine Eltern hegten große Erwartungen für seine Zukunft. In späteren Jahren lehnte er die hergebrachte Form von schulischer Ausbildung jedoch ab und wurde überzeugter Autodidakt. Da die Familie nur über begrenzte Mittel verfügte, kam der Besuch eines Colleges nicht in Frage – bis auf einen kurzen Aufenthalt am City College, das keine Studiengebühren verlangte –, und Henry trat 1913 widerwillig in den väterlichen Betrieb ein. Um diese Zeit unternahm er den ersten Versuch zu schreiben – einen Essay über Nietzsche –, doch wichtiger war das, was er auf dem Weg zur Arbeit oder nach Hause tat; später sagte er, er habe dabei im Kopf dicke Bücher geschrieben, schwere Wälzer über die Geschichte seiner Familie und seiner Kindheit, und tatsächlich finden sich Spuren dieser »Werke« in seinen späteren Büchern *Schwarzer Frühling* und *Wendekreis des Steinbocks*.

1917 heiratete er und wurde kurz darauf Vater einer Tochter. Angesichts dieser Verantwortung nahm er eine Stellung an als Personalleiter bei der Western Union, der »Kosmodämonischen Telegraphengesellschaft« seiner späteren Bücher. Er hatte Boten einzustellen und zu entlassen, und die Fluktuation war gewaltig; die Absurdität seines Jobs brachte ihn zur Verzweiflung. 1923 schrieb er während eines dreiwöchigen Urlaubs ein Manuskript von Buchlänge. Sein Chef hatte ihn mit der Bemerkung verärgert, es sei wirklich schade, daß es keine Horatio-Alger-Geschichte (»Vom Schuhputzer zum Millionär«) über einen Telegrammboten gebe. Inspiriert von Theodore Dreisers *Twelve Men*, das er sehr bewunderte, schrieb Miller ein Buch, das er später *Clipped Wings* nannte. Der Titel bezog sich auf das Firmenzeichen der »Western Union«, und das Buch war ein Porträt von zwölf Telegrammboten – Engeln, deren Flügel gestutzt worden waren. Die Fragmente, die von diesem Buch noch erhalten sind, lassen vermuten, daß es eine zähe Übung in Zynismus und Misanthropie war; Miller selbst sagte, er wisse, daß es »von der ersten bis zur letzten Seite falsch« gewesen sei – »unzulänglich, schlecht, entsetzlich«.

Er kehrte zur Western Union zurück – lustlos und deprimiert, weniger denn je überzeugt von seiner Zukunft als Schriftsteller, gefangen in einer Ehe ohne Liebe. Eines Abends lernte er in einem Tanzlokal June Mansfield Smith kennen, die Mona aus *Wendekreis des Krebses*, die Hildred aus *Verrückte Lust*, die Mara aus *Sexus, Plexus* und *Nexus*, die mythische »Sie«, der *Wendekreis des Steinbocks* gewidmet ist. June war geheimnisvoll, hatte einen Sinn für das Dramatische und war von bezaubernder Schönheit, und Miller verliebte sich auf der Stelle in sie. Er war gebannt von ihrem unablässigen Redefluß, von ihren komplizierten und dunklen Geschichten, in denen es um Liebesaffären mit anderen Männern ging; in *Verrückte Lust* beschreibt er sie als »eine regelrechte Verstellungskünstlerin«. June war umgeben von Chaos, und Miller ging darin auf. Später schrieb er in *Wendekreis des Steinbocks*:

> Als ich sie kennenlernte, dachte ich, ich bekäme das Leben zu fassen ... Statt dessen entglitt mir das Leben ganz und gar. Ich griff nach etwas, das mir Halt geben sollte – und fand nichts. Doch indem ich die Hand ausstreckte, in meinem Versuch, Halt zu finden, mich festzuhalten, fand ich, im Stich gelassen, wie ich war, doch etwas, das ich gar nicht gesucht hatte: *mich selbst.*

Noch wichtiger war, daß er entdeckte, was er wollte, nämlich »nicht leben – wenn man das, was andere tun, leben nennen soll –, sondern mich ausdrücken«. Denn June bestand kategorisch darauf, daß er seine Stellung bei der Western Union (und außerdem Frau und Kind) aufgeben und nur noch schreiben sollte. Wenige Monate nach ihrer Heirat im Juni 1924 begann er sein Leben als Schriftsteller. June ernährte sie durch verschiedene Jobs als Bedienung im Greenwich Village; zusätzlich brachte sie immer öfter Geld heim, das sie durch komplizierte Machenschaften gewann, in die sie ihre zahlreichen Verehrer verstrickte. Sie nannte das »Gold schürfen«, in Wirklichkeit scheint es sich aber um eine vornehmere Art von Prostitution gehandelt zu haben.

Miller sagte später, er sei in die Vorstellung, Schriftsteller zu werden, so verliebt gewesen, daß er nicht habe schreiben können. Mit ganz untypischer Bescheidenheit machte er einen Anfang, indem er versuchte, Beiträge in Zeitschriften unterzubringen. Er schrieb eine Reihe von kleinen Skizzen, Betrachtungen über Themen wie das Marinegelände in Brooklyn oder berühmte Ringkämpfer, die er an alle möglichen großen Zeitschriften schickte und die fast immer abgelehnt wurden. June und er brüteten den Plan aus, diese Skizzen auf farbigen Karton drucken zu lassen und damit hausieren zu gehen. Bald darauf verwendete June die »Mezzotintos«, wie sie diese Blätter nannten, bei ihren Spielchen: Ihre Bewunderer kauften ganze Serien von Prosagedichten als Gegenleistung für Junes Gesellschaft – oder, was wahrscheinlicher ist, dafür, daß sie mit ihnen ins Bett ging. Es gelang ihr, eines davon in der Zeitschrift *Pearson's* unterzubringen, doch es erschien nicht unter Henrys Namen, sondern unter ihrem. Seine Arbeiten wurden zu einem Zahlungsmittel in Junes sexuellen Beziehungen, und das wirkte sich, wie man sich leicht vorstellen kann, nicht sehr vorteilhaft auf seine schriftstellerische Entwicklung aus. Seine Geschichten waren flach, schwunglos, detailüberladen und überdies in einer barocken Sprache geschrieben.

Millers zweiter Roman, den er 1928 schrieb, war ein Ergebnis solch bizarrer Umstände. June versuchte, einen reichen älteren Mann zu umgarnen, den sie nur »Pop« nannte, gab Henrys Arbeiten als ihre eigenen aus und wandte sich an Pop mit der Bitte um finanzielle Unterstützung, damit *sie* einen Roman schreiben könne. Er erklärte sich bereit, ihr ein wöchentliches Stipendium zu zahlen, wenn sie ihm jede Woche ein paar Seiten zeigte – Seiten, die ihr Mann geschrieben hatte. In dieser Zwangslage schrieb Miller *Moloch, or This Gentile World*, ein autobiographisches Porträt von Dion Moloch, einem Mann, der bei Western Union arbeitet und mit einer spröden, ständig nörgelnden Frau verheiratet ist.

Ein anderes »Arrangement« hatte in dieser Zeit jedoch noch weit größere Auswirkungen auf seine Arbeit. Miller erholte sich damals von einem völligen Zusammenbruch, den er als Folge von Junes Affäre mit Jean Kronski erlitten hatte. 1927 fuhren die beiden Frauen nach Paris, und in Junes Abwesenheit begann Henry die Ereignisse zu schildern, die zu seinem Zusammenbruch geführt hatten. Er sammelte damit Material, das später in *Verrückte Lust* sowie in *Wendekreis des Steinbocks* und *Sexus, Plexus* und *Nexus* einfloß. *Verrückte Lust* ist sein erster Versuch, jene quälenden Erfahrungen in ein Kunstwerk zu verwandeln, und das macht dieses Buch zu einem faszinierenden Dokument.

Die Geschichte, die er zu erzählen hatte, war fast ein Alptraum. Während Henry in dem Apartment in Brooklyn Heights versuchte zu schreiben, arbeitete June als Kellnerin und Bedienung in Greenwich Village. Sie gehörte zur Subkultur dieses Viertels und kam mit allen möglichen fragwürdigen Gestalten in Berührung – von Millionären, die sich mal unter Künstlern und gescheiterten Existenzen umsehen wollten, bis zu androgynen Kreaturen der Nacht. Eine dieser Gestalten – die Vanya aus *Verrückte Lust* – erschien eines Tages in dem Restaurant, in dem June arbeitete. Sie war gerade von der Westküste nach New York gekommen und suchte Arbeit. June fand sie außerordentlich schön: Sie hatte langes schwarzes Haar, hohe Backenknochen, dunkelblaue Augen und einen selbstbewußten Gang. Sie erzählte June, sie wolle Künstlerin werden, und zeigte ihr eine Puppe, die sie Graf Bruga nannte – eine grellbunte und furchterregende Gestalt, der June einen Platz am Kopfteil ihres Ehebettes gab. June taufte die Fremde in Jean Kronski um und erfand eine romantische Geschichte, in der ihre neue Freundin von den Romanows abstammte.

Bald waren June und Jean unzertrennlich. Jean zog

nach Brooklyn, um immer in Junes Nähe sein zu können. Binnen kurzem war Henry klar, daß Jean eine ernstzunehmende Konkurrentin für ihn darstellte. Er glaubte unbedingt herausfinden zu müssen, welcher Art die Beziehung zwischen den beiden Frauen war. Er war sicher, daß Jean lesbisch war – aber June? Seine ganze Jugend hindurch hatte ihn die Frage nach seiner sexuellen Identität gequält, und nun sah er sein schwer erkämpftes Gefühl der Männlichkeit durch Junes heftige Zuneigung zu einer anderen Frau vollkommen in Frage gestellt. In seinen Notizen zu *Verrückte Lust* steht an dieser Stelle: »Und jetzt ernsthaft durchdrehen.«

Das Dreiecksdrama kam schnell auf Touren. Jean und die Millers mieteten eine Souterrain-Wohnung in der Henry Street in Brooklyn, gleich neben einer Gasse, die unter dem Namen Love Lane bekannt war. Sie bemalten die Wände mit bizarren Fresken und strichen die Decken dunkelblau. In *Verrückte Lust* schreibt Miller, die Luft dort sei »blau von lauter Erklärungen« gewesen: komplizierte Geschichten, erfundene Geständnisse, irreführende Lügenmärchen wurden am »Kotztisch« erzählt. Aus *Verrückte Lust* erfahren wir, daß June Henrys sexuelle Neigungen in Frage stellte, was ihren zunehmend labilen Mann zur Weißglut trieb. Ihnen allen fehlte das innere Gleichgewicht: Jean war (wie Vanya) in einer Heilanstalt gewesen, June befand sich fast sicher an der Grenze zur Psychotikerin, und Miller begann sich zu fragen, ob seine Situation ein Symptom für die Geisteskrankheit war, die bereits ein Mitglied seiner Familie in eine Heilanstalt gebracht hatte. Sowohl June als auch Jean nahmen Drogen, und nach und nach herrschte in der Souterrain-Wohnung eine Atmosphäre wie in einer

Rauschgifthöhle. Abends kämmte er oft Jeans üppiges schwarzes Haar und schnitt ihr die Fußnägel; doch im nächsten Augenblick schon konnte er ein Messer in die Tür zu ihrem Zimmer stoßen. Eines Nachts unternahm er einen halbherzigen Selbstmordversuch; June las nicht einmal den Brief, den er ihr hinterlassen wollte.

Das war die Stimmung, die Miller in *Verrückte Lust* einfangen wollte. Am Ende des Romans befinden sich Hildred, Vanya und Tony Bring noch immer in ihrer selbstzerstörerischen Umklammerung in der Souterrain-Wohnung. Für Miller endete diese Phase seines Lebens an einem Abend im April 1927, als er nach Hause kam und einen Zettel fand, auf dem ihm die beiden Frauen mitteilten, sie seien nach Paris abgereist. Während ihrer Abwesenheit schrieb er die umfangreichen Notizen, aus denen dann die fiktionale Schilderung seiner Erniedrigung durch June und Jean wurde. Langsam erholte er sich. Zwei Monate später kehrte June allein zurück.

Erst ein Jahr später – und nach einer Reise nach Europa mit June – wandte sich Miller wieder den Ereignissen des Winters 1926/27 zu und begann mit der Niederschrift von *Verrückte Lust.* June sagte, sie sei nun bereit, jedes Opfer zu bringen, um ihm seinen Durchbruch als Schriftsteller zu ermöglichen. Sie wollte ihn nach Paris schicken, wo er, wie sie hoffte, einen Roman schreiben würde, der ihn berühmt machen und sie in den Rang einer großen Muse erheben würde. In dieser Zeit schrieb er drei Versionen des vorliegenden Romans, der zunächst den Titel *Lovely Lesbians* trug. Innerhalb der folgenden vier Jahre überarbeitete er das Manuskript mehrmals, strich Passagen und wählte einen anderen

Schluß. Er änderte den Titel in *Crazy Cock*, so daß er sich nicht mehr auf die beiden Frauen, sondern auf Tony Bring bezog. Miller hatte gelernt, daß sein eigenes bemerkenswertes Leben – und nicht die Rolle, die andere darin spielten – das Thema war, das ihm am meisten lag. Das war eine wichtige Erkenntnis, denn der »autobiographische Roman« sollte Millers bevorzugtes Genre werden, und sein Leben stand dabei immer im Mittelpunkt.

Im Februar 1930 traf Miller in Paris ein. Er hatte June ein Exemplar von *Lovely Lesbians* übergeben, damit sie es New Yorker Verlegern anbieten konnte. June schrieb ihm von Zeit zu Zeit, daß verschiedene Verlage interessiert seien, doch auf diese Informationen war ebensowenig Verlaß wie auf alle ihre Geschichten. Kurz nach seiner Ankunft hatte Miller mit seinem – wie er es nannte – »Paris-Buch« begonnen, jener umfangreichen, pathetischen Schilderung der Abenteuer, welche der abgerissene Ich-Erzähler in Paris erlebt, und aus der schließlich *Wendekreis des Krebses* wurde. Selbst als das »Paris-Buch« von Jack Kahane von der Obelisk Press gekauft worden war, versuchte Miller noch, *Verrückte Lust* unterzubringen, indem er das Manuskript an Samuel Putnam schickte.

Als *Wendekreis des Krebses* jedoch 1934 erschien, gab Miller seinen dritten Roman auf. Die Manuskripte von *Verrückte Lust* befanden sich nun allesamt in Junes Besitz; er bat sie, diese bei ihrem letzten Besuch in Paris mitzubringen, doch June vergaß sie. Zu dieser Zeit verarbeitete Miller Elemente seines Lebens mit June in *Wendekreis des Steinbocks*; er griff die Geschichte der *ménage à trois* in der Henry Street erst wieder auf, als er 1942 mit der Arbeit an *Sexus, Plexus* und *Nexus* begann. 1940 kehrte er nach Amerika zurück und ließ sich schließlich im abgelegenen Küstengebiet von Big Sur in Kalifornien nieder, wo er als der berühmteste verbotene Schriftsteller des Landes in völliger Armut lebte.

Das Manuskript von *Verrückte Lust* schien verschollen zu sein – kein Wunder bei Junes rastloser Lebensweise. Nach ihrer Rückkehr aus Paris heiratete sie Stratford Corbett, einen Angestellten bei der New York Life Versicherungsgesellschaft. Im Zweiten Weltkrieg wurde Corbett Bomberpilot, und nach dem Krieg blieb er bei der Luftwaffe. June folgte ihm von einem Stützpunkt zum anderen, erst nach Florida, dann nach Texas. Dort wurde die Ehe geschieden, und June zog wieder nach New York. 1947 schrieb sie an Henry, zum erstenmal seit fünfzehn Jahren, und was sie schrieb, klang nicht gut. Ihre Gesundheit war sehr angegriffen; sie litt an einer schweren Dickdarmentzündung, und es war deutlich, daß ihr Geisteszustand sich verschlechtert hatte. Während der fünfziger Jahre schrieb sie Henry regelmäßig und bedankte sich für die kleinen Geldsummen, die er ihr zukommen ließ. Ihre Briefe – sie befinden sich in den Miller-Archiven der University of California in Los Angeles – sind bedrükkend. In der Hoffnung auf eine feste Anstellung arbeitete sie mehrere Jahre lang ohne Bezahlung für die Wohlfahrtsbehörde der Stadt. Sie war fast völlig mittellos und hatte gesundheitliche Probleme; mehrmals schrieb sie, sie leide an schwerer Unterernährung. Dennoch interessierte sie sich für Henrys Kinder und freundete sich mit Lepska und dann mit Eve, Henrys Ehefrauen, an.

1956 erfuhr Miller, daß Junes Bruder sie nach einem Zwischenfall, in dessen Verlauf ein Fernsehgerät aus ihrem Fenster in einer Pension in der Upper West Side gefallen war, in das Pilgrim State Hospital hatte einweisen lassen. Miller sorgte dafür, daß ein New Yorker Ehepaar – James und Annette Baxter – June nach ihrer Entlassung regelmäßig besuchte und sich um ihr materielles Wohlergehen kümmerte. Einige Jahre später, auf dem Rückweg von einer Europareise, besuchte er sie selbst. Ihr körperlicher Zustand hatte sich weiter verschlechtert, und sie war – infolge eines Sturzes bei einer Elektroschockbehandlung – teilweise gelähmt. Doch er war beeindruckt von ihrem Lebensmut; er war überzeugt, daß sie allein durch ihren starken Willen überlebt hatte.

Niemand dachte daran, sie nach den Manuskripten von Millers frühen Romanen zu fragen. Zwei große Koffer hatten June auf all ihren Reisen begleitet, und sie behauptete, daß der Inhalt des einen durch Wasser beschädigt worden sei. Annette Baxter hatte sich jedoch wissenschaftlich mit Miller beschäftigt – ihre Dissertation befaßte sich mit seinen Romanen –, und sie überzeugte June, daß alle Manuskripte, die noch in ihrem Besitz seien, große wissenschaftliche Bedeutung hätten. Im Dezember 1960 teilten die Baxters Miller voller Freude mit, sie hätten die »Tony Bring«-Manuskripte gefunden. June war jedoch nicht bereit, sie herauszugeben. Die Baxters erörterten bereits die Anschaffung eines der gerade auf den Markt gekommenen Photokopiergeräte, als June schließlich nachgab und ihnen auch das Manuskript zu *Moloch* aushändigte. Triumphierend schickten die Baxters beide Manuskripte an Miller.

Doch dessen Verhältnisse hatten sich entscheidend geändert. Barney Rosset vom Verlag Grove Press hatte nach der amerikanischen Veröffentlichung von *Wendekreis des Krebses* im Jahr 1961 die letztlich erfolgreiche

Klage gegen das Verbot von Millers Büchern eingereicht, und Miller war eine internationale Berühmtheit geworden. Er hoffte, in Europa eine neue Heimat zu finden; als sich diese Hoffnung zerschlug, ließ er sich in Pacific Palisades in Los Angeles nieder. Rosset konnte auf etliche bis dahin verbotene Bücher von Miller zurückgreifen, und Henry beschloß, ihm seine ersten Arbeiten, die nun unbedeutend zu sein schienen, gar nicht erst zu zeigen. Er schickte sie schließlich an das Department of Special Collections an der UCLA, wo sie viele Jahre lang unkatalogisiert liegenblieben.

Mary V. Dearborn
April 1991